# 天保図録

(三)

松本清張

目次

# 天保図録（三）

# 大奥への指

水野越前は、すでに天保十二年の暮れに十組問屋の廃止を政令で発した。菱垣樽廻船《ひがきたるかいせん》という商船問屋や、十組問屋の仲間株札を廃して、その冥加金《みょうがきん》（税金）一万二百両を免除し、従前の規定にかまわず、船主、荷主相対《あいたい》（相談ずく）で便利の船に積み込んでよろしい、右の廻船に積み込んできた商品は誰でも勝手に相対で売買し、何商売にかかわらず新たに開業すること勝手たるべし、と改めた。

これはずっと前にも書いたように、江戸の市民が年々物価高で困却するのは、ひっきょう、各商売の同業組合があって生産地を独占し、売買価格を自分らの都合のいいように操作するからだと解釈しての禁令だった。

これは、天保改革令の中でも大きな問題で、江戸市内の経済界を攪乱《こうらん》した。商人たちは水野忠邦を憎んだくらいである。

十組といっても、これは元禄七年にはじめて、太物《ふともの》、小間物、綿店など十種類に限られていたが、その後組合数が増して、天保の禁令が出たころは六十五組に及んでいる。つまり、商店のほとんどが同業組合の独占になっていたわけであるから、経済界の混乱が来たのも無理はない。

独占となれば、商品の値段が勝手に上げられ、消費者は彼らの一方的に決めた高い品物を買わなければならないことになる。忠邦は、この制度を破壊することによって物価の下落、生活安定ができるものと信じていた。

また、組合の撤廃をしただけでなく、問屋、仲買、小売の組織も破壊しようとし、問屋という名称は悉《ことごと》く葬《ほうむ》らせた。現在で言えば、一種の「流通革命」をはかったといえる。しかし、組合廃止、問屋勝手の新しい法令は、物価の下落には役立たなかった。

十三年四月七日の物価引下げ諭告《ゆこく》は、

「このたび諸品値下げの儀仰せ出されたのは細民の生活安定のご仁慈《じんじ》で、ありがたいご趣旨につき、商人は力の及ぶ限り値下げいたすべきはずのところ、表向きだけ値下げをして内実は品質を落とし、または目方を減らしたものもあり、右の類《たぐい》の不埒《ふらち》な商人はお上のお耳にも達するから、さように心得よ。ゆえに、この趣旨を厳重に心得て商品の精良をはかり、量目たっぷりにし、値段も安くしなければならぬ。もし、この諭告を聞かずに不正の商《あきな》いをするなら、どのようなお咎《とが》めがあるかもしれないから、あらかじめ申し聞かせる」

という文句だったが、値下げの効果はなかった。

同じく五月十二日に奉行所からまた重ねて諭達を出した。

「十組の上納金さえ許したご趣旨をありがたいとも思わず、未だに値下げを行なわないのははなはだもって怪《け》しからぬことである。早々断行するがよい。しかし、元方が下落しないからできないと言うならば、元方の掛合いはこちらで取り計らってやるから、斟酌《しんしゃく》なく書面をもって申し出るがよい」

生産地の値段を一片の政令や幕府の権威で引き下げようとするところに、水野忠邦の甘い経済政策観念があった。むろん、値段はそれでいっこうに下がらないのである。

組合株廃止などという経済界の大変革を幕府が行なったので、逆に人心不安となった。問屋商人は独占の特権が失われたうえ、いつでも、誰でも、その商売をしていいというところから、同業者が増加し、利益がうすくなった。したがって、商売に意欲を失い、かえって商品の取扱いをしなくなってきた。

また生産地でも、これまでのような組合によって一括《いっかつ》買上げという便利な方法と、支払保証という安心感がなくなったうえ、お上のお布令で安い品を売るということから、これまた生産を手控《てびか》えるようになった。そのため市場からはかえって商品の姿が消えていくという奇現象を呈した。

のみならず、忠邦の経済政策ではどのような改革が行なわれるかわからないということで人心は兢々《きょうきょう》とした。貸金なども、いつ棒引きの徳政が出るかわからないというので、たいそうな高利ででもなければ、金を貸す者がなくなった。このため金融が逼迫《ひっぱく》してきた。

そこで、忠邦は十三年九月に利息制限法を出して、これを緩和《かんわ》しようとした。つまり、年利一割を公定利率とし、それ以上の高利の金は貸してはならぬということになったのだ。

「右の定めのほか種々の名目で多分の雑費を取ることは相成らぬ。これ以前に公定以上の高利で貸し出してあったものも、今後は新法に直して利息の計算をすべし。巷《ちまた》の風聞にあるような徳政まがいの法令は向後決してないから、みんな安心して貸し出し、金融の円滑《えんかつ》をはかるがよい」

という布令だ。

貸金の利息を制限するにつれて、十三年十二月には質《しち》の利息も制限した。

奉行所からは市内の物価の引下げを矢のように責めてくる。だが、市内の店はそう引下げるわけにはいかないので、その間にはいった名主は、そのつど、奉行所から叱《しか》られ、店からは恨まれ、板挟《いたばさ》みとなってきりきり舞をした。

ともかく値下げを承知したぶんは奉行所でいちいち請書《うけしょ》を差し出させた。すでに同業組合がなくなってしまったので、その品の種類は百余種にも上《のぼ》ったが、各戸まちまちの届けで奉行所にはその請書が山積するありさまだった。

その書類は、たとえば袋物、酒、蠟燭《ろうそく》、味噌《みそ》、油。大工、左官、日傭取《ひようとり》、石工《いしく》などの賃銀《ちんぎん》、また紙類に至るまで、ほとんど全商品に亙《わた》っている。


しかし、商品が値下がりしない根本理由は、文政元年から天保九年に至るまでの二十一年間、幕府が後藤三右衛門に命じて通貨の改鋳《かいちゅう》を行なってきたからである。つまり、三十万両の吹替えで幕府に十万両の益金があったというくらいだから、そのぶんだけ新しい貨幣《かへい》には銅か鉛か錫《すず》かが混入されて品質を下げたわけである。通貨の品質が劣等になれば、物価が高騰《こうとう》するのは自然の道理だ。忠邦はそれに眼をつぶって、幕府の威厳だけで値下げを断行しようとしたのだ。

後藤三右衛門は、その吹替えによってこれまでに益金合計四百五十万両を上納し、天保八年にも益金三十八万両を上納している。幕府は通貨を粗悪にすることによってそれだけ儲けたわけだが、これは財政逼迫《ひっぱく》の前には焼け石に水でしかなかった。

しかも、後藤三右衛門は、つづいて忠邦に通貨の吹替えを印旛沼開鑿用金の交換条件として申し込んでいる。吹替えのたびに後藤も幕府と同じように大儲けをしているので、その味が忘れられないのだ。吹替え手数料は法定で決まっているが、後藤がそれほど吹替えを希望するのは、それ以外の含《ふく》み利益が十分にあるからである。

その手品は当の後藤三右衛門のほかに、忠邦、鳥居ぐらいしか知らぬ。

金銀の吹替えをするには、もとより、在来の通貨の流通を停止《ちょうじ》して、これを地金にしなければならない。

そのため、文政年度の文字金銀、草字二分判、二朱銀、一朱銀の通用を今後残らず停止するとした。さらに古金銀の通用停止になった品を持っている者は、多少にかかわらず全額の数量を書きしるして差し出し、引替えを受けるようにたびたび布令を出した。

が、あまり差し出す者がないとみえて、さらに追いかけて布令を発した。

「古金銀を出さない者は、ひっきょう、暮らしに困らない者どもで、品質が良いと思って匿《かく》しておくからであろう。しかし、金銀の宝たるゆえんは世上に通用すればこそ宝になるので、すでに通用停止のものを個人の手もとに囲っておいたのでは天下の宝というものではない。お上の造られた天下の宝を個人で死蔵するなどは民を思うのご趣旨に背《そむ》き、もってのほかであるから、重き罪科に処すものである。しかし、その場合になって後悔《こうかい》するのは不憫《ふびん》の至りなので、ここに改めて諭《さと》す次第である。もし、発覚したるうえは、没収したうえ重きお咎《とが》めを蒙《こうむ》るから、よくよく料簡して違背なきようにするがよい」

さらに十月十一日の布令には、その効果がうすいとみて、

「古金銀の引替期間は今年十月限りであったが、引替期限を来卯年十月いっぱいまで行なうこととする。引替所より五里以上離れた場所の引替えは入費手当を支給する」

脅《おど》し文句でも効果がないとみると、さらに一年も延期し、しかも遠隔の土地にいる者は引替所に来るまでの手当を出すというのだから、いよいよ幕府も困り果てのことで

ある。誰しも純度の高い金貨を銅、錫、鉛の混じった悪貨と交換する者はない。市民が交換を渋《しぶ》るのも当然だった。この法令の恫喝《どうかつ》は町奉行鳥居甲斐の進言による。

だが、後藤三右衛門の魔術は、過去の金銀吹替えだけでも不思議な身上《しんしょう》を作っている。しかも、なお、彼は忠邦に新しい吹替えをさせたがっている。

忠邦には、目下、二つの事業目標がある。一つは、いうまでもなく、印旛沼の開鑿工事の一件だ。一つは、来年（十四年）四月に、ぜひとも現将軍家慶《いえよし》を日光廟《びょう》に参詣させたいことである。

これは家慶からの希望であった。

「日光社参のことは有徳院《うとくいん》さま（八代吉宗）以来、絶えている。いつもいつも上野の御《お》廟《たまや》では仕方がない。この際、諸大名を従え、日光まで詣ったなら、神君のおよろこびのみならず、公儀の威勢を諸大名、百姓の上に示すことができる。越前、ぜひ、これを実現させせよ」

家慶の心中にも幕府の権威の衰退が感じられているのだ。外は外夷の船が近海に出没している。内は、府庫の窮乏と、世上の物価高と、急激な改革とで人心の動揺がある。この際の将軍日光社参は幕府健在の示威である。

それは忠邦にも理解できるが、なにしろ、これには少なからず金がかかる。府庫は貧乏だから、またしても後藤三右衛門から金を出させなければならない。

後藤は、新貨吹替えという甘い汁の確約でも忠邦から取りつけない以上、畏《かしこま》りました、とすぐに金を出すはずもなかった。彼がのちに忠邦にさし出した意見書の中でも、

「去る亥《い》年（天保十年）二十万金の上金（献金）をしましたあと、私はじめ役人ども（後藤家の手代のこと）にいたるまで家財も乏しく相成り、貯え金ははなはだ僅少の折柄……」

と書いて、手もとに余裕のないことを言っている。

しかし、この後藤三右衛門の泣き言にかかわらず、忠邦は後藤が少なからざる隠し財産をもっていることを知っていた。過去二回の吹替えで、純度の高い古金銀を地金に潰《つぶ》して造り替えることはせず、その原形のままにごまかして密蔵していることを察しているからだ。それも夥《おびただ》しい量だと推定している。

その証拠に、印旛沼の開鑿工事の費用を負担させようとすると、三右衛門はその交換条件に、またまた貨幣の吹替えをさせるか、自分に官位をくれるかどうか、という意図をほのめかしている。もし、後藤が言うとおりに、彼に金がなく、さかさにしても鼻血

も出ないような状態だったら、こんな条件を持ち出すはずがないのだ。

忠邦にしてみれば、後藤が厖大《ぼうだい》な財産をつくったのも、幕府のおかげであり、それを見て見ぬふりをしているのも、自分たち幕府の執政者の好意であるから、こっちが困ったときは少しぐらいは出してもいいではないか、という肚《はら》がある。


忠邦は、これを鳥居甲斐に相談した。

後藤を直接に呼んで、忠邦から彼にじかに話すよりも、甲斐の知恵を借りたほうがよいと考えたからだ。三右衛門と直談判《じかだんぱん》では、彼に断わられたとき、忠邦は面目を失すると同時に、交渉はそれきりになってしまう。それよりも、後藤と格別に親しい鳥居の意見を聞いて、彼から交渉させたほうが有利だと判断した。

このころの鳥居は、後藤と親しいという段ではなく、その両者の密着はいよいよ深まり、後藤家では鳥居の伜《せがれ》など招いたりして交際している。忠邦は後藤から、時候見舞などの名目で、ときどき立派な音物《いんもつ》などもらっているが、鳥居にも同様なものが行っているにちがいないし、あるいは忠邦以上の豪勢な金品が贈られているかもしれない。後藤に御用金の用達を申しつけるには、忠邦も鳥居を無視することができない。

忠邦が鳥居をひそかに呼んで、この次第を言うと、

「将軍家の日光社参の儀は、時節柄、まことに結構だと思います。ぜひ、おやりください。しかし、その費用の一部を後藤に出させるのは、ちと、彼がかわいそうのようです。……そのわけは、後藤はこれまでたびたび、莫大な御用金をつとめてきたから、世間が思っているほど金はありません。三右衛門は、越前殿もご承知のように律儀《りちぎ》な商人で、吹替分一《ぶいち》（改鋳の手数料＝総高の一パーセント）のほか利得を取っていない。わたしは、彼と懇意だから、家の中の事情がよくわかっていますよ」

と、鳥居は尖《とが》った顔を屹《きっ》と向けて大きな声を出した。

「うむ、そうかのう」

忠邦は蒼白《あおじろ》い顔をして腕を組んでいる。彼は鳥居の反対を押し返すことができない。

一つは、忠邦は自分の政策を遂行するうえに、鳥居を、絶対必要としていた。鳥居くらい忠実に忠邦の方針を行政上に生かしてくれる者はない。鳥居のその処罰主義は少々苛酷《かこく》と忠邦にも思われるが、それは要するに鳥居の腕が切れるからであり、現在の改革はそれぐらいの荒療治をしないとやはり効果はあるまい、と忠邦も是認している。

次には、鳥居と同じように忠邦も後藤三右衛門から過ぎたる音物をもらっている。立

派な贈り物をもらうというのは収賄《しゅうわい》である。三右衛門は両人に贈賄しているわけである。もらっている両人からいえば、互いに収賄という共同の弱い立場にあるわけである。忠邦が鳥居には強く出られない理由である。

「では、日光社参のことでは、後藤のほうはいちおうあきらめよう」

忠邦は自案を撤回した。鳥居が後藤の側に立ってその利益を代弁している、とわかってもそれを衝《つ》くことはできない。甲斐め、後藤の毒が身体に回っているな、と思っても攻撃することができなかった。

「それがよろしいと思います」

と、鳥居は平気で言った。

「後藤には印旛沼のときがありましょう。この際、少額を出させるよりも、あとの場合に備えたほうがよろしいでしょう」

「うむ」

「しかし、日光お詣りのことは、ぜひ、おやりになったがよろしい。上さまのお望みなら、あなたのために結構だと思います。なに、費用はなんとかやり繰りすればよいでしょう。そんなことを言っていられないくらい、こっちは大事ですよ」

鳥居は、忠邦の心底を見抜いたようにすすめた。鳥居から強い調子で言われると、どんな困難なことでもやってのけられそうな勇気が出る。彼の顔には、誰にでもそう思わせるような自信がみなぎり溢れているのだった。相手の心を見抜く洞察力《どうさつりょく》が鋭い。

鳥居は、忠邦が家慶の意に沿いたがっていると判断した。忠邦の真意は、少々苦しくとも、この際、家慶の信用をかためようとしているのだ。改革の進行につれていろいろ苦情が出てきているが、反水野派がそれに乗じないともかぎらない。そのような策動を封じるには、依然として将軍の信寵《しんちょう》が篤《あつ》いことを見せておかなければならないのだ。将軍日光社参を成功させ、次には印旛沼の工事を成就《じょうじゅ》させる――この二つの事業が忠邦安泰の基礎であった。これが成就すれば、もはや、いかなる反対勢力も彼の前には息をひそめるであろう。彼の優位は絶対的となる。この絶対体制の中で、彼は対外政策など、重要な国策を推進したかった。

現在では、まだ忠邦の内閣体制が絶対強固だとは言いえない。これといって目立った現象は何もないが、どこかに忠邦を不安にさせるものがある。現閣僚のなかでも土井大炊頭利位《おおいのかみとしつら》は忠邦とほとんど同格に近い（水野を総理とすれば、土井は副総理格）重鎮《じゅうちん》だが、彼とても忠邦の意見に異を唱えたことはない。万事、順応してくれているのだ。

それでも、忠邦は、今のままでは、自分の位置に安堵《あんど》できない。鳥居甲斐のように、押しまくってやれ、と思っても、どこか自信のゆらぎを感じる。——

「偖又下総《さてまたしもうさ》は、元来凹陥《くぼはま》りの地多く、水利宜《よろ》しからざる国にして、大なる泥沼数ヵ所に在るが故に、年々水災に困《くるし》める村落少からず。然るに其の近傍の河川を深くして、満水を落とすが故に、其沼は皆自《おのずか》ら乾《かわ》きて、肥良なる土地となり、下総一国にても、凡《およそ》十万石有余の新田起こる可《べ》きのみならず、全州の人民水損の患難《かんなん》を免《まぬか》るべし。又其中に就て、最大なる者は、印旛沼なり。爰《ここ》をば同国の西浜なる検見川《けみがわ》の辺より漸々掘上りて、彼《かの》沼に至り、且《かつ》此沼より利根川に通ずる所をも広げて、其幅三十間以上なる一条の大河となし、内洋より直に東海に水路を通ぜしめ、以て奥羽及び諸州より廻船運送の便利を専ら主となし、国家和平なる時は、能《よ》く海船風波の患難を保護し、不虞《ふぐ》ある時は、軍用及び都下人民の穀米に欠乏なからしむべし。……」

近ごろの忠邦は佐藤信淵《さとうのぶひろ》の「内洋経緯記」を手放したことがない。

この本は佐藤信淵が天保四年にその子に筆記させたものだが、印旛沼の開鑿《かいさく》利用については、いいことずくめで埋まっている。

佐藤信淵はいま忠邦の知遇を得て、その下問にいろいろと答えている。「復古法概言」は、その答申に沿った著だが、もともと信淵は蘭学を修め、天文、地理、暦算、測量などの技術も身につけている。例の「蛮社の獄」にも連座したが、わずかに罪をのがれて、今ではその才能が忠邦の認めるところとなっていた。

今の忠邦は寝てもさめても印旛沼のことが頭から離れない。これまで何びとが手を着けても失敗したこの事業を己れの手で完成させたいという功名心がある。外夷《がいい》の侵寇《しんこう》に備えて奥州から江戸への米穀の輸送を安全にしたいという念願だ。印旛沼の開鑿によって検見川沿岸に美田が生じるというのは、彼には副次的な目的にすぎなかった。

忠邦にはまだ改革したいことがいっぱいある。寛永年間につくられた幕府制度の矛盾《むじゅん》は、この際、外敵を迎えた場合の一大障害となっている。たとえば、商業の中心地である大坂の防備には幕府は何一つ直接指揮できない立場に置かれている。この辺には紀州はじめ各大名の封地が割拠《かっきょ》していて、必ずしも幕府の意のとおりに動くとはかぎらない。忠邦はせめてこういう重要な土地だけでも幕府の直轄地として防備を固めたかった。そのためには各大名の領土を他に移さなければならない。——こんなことも忠邦は考えている。

忠邦は鳥居甲斐のような人物を使う一方、外敵に備えるための防備手段には蘭学者の意見をよく聞いていた。渋川六蔵、牧穆仲《まきぼくちゅう》、佐藤信淵などが彼に用いられた。

それにしても、将軍家慶《いえよし》の信任を確固《かっこ》としてつないでおかなければならなかった。家慶はいわば何もしない将軍だった。取柄《とりえ》はおとなしいというだけである。それに比べると、家斉《いえなり》は晩年の阿呆《あほ》らしさはあったが、約五十年間に亙る彼の統治期間の前半は見るべき施策が多かった。家慶は家斉が大御所となって西の丸に居る間、頭が上がらなかった。

家慶が忠邦の改革を支持しているのは、家斉に抑えつけられてきた鬱憤《うっぷん》が改革のかたちで家斉政治を破壊しているからだ。だから家斉の側近に仕えていた水野美濃守、林肥後守、美濃部筑前守など、文恭院の柩《ひつぎ》の土が乾かないうちに忠邦が疾風迅雷のように処分したのは、家慶のはなはだ満足するところであった。以後の法令も家斉時代に過熱した奢侈《しゃし》を抑制する意味で、これまたアンチ家斉政策として歓迎していた。

しかし、それはただ前代の施策に対する反感から忠邦の改革に満足している程度で、家慶がどこまで彼の積極さを支持してくれるか、忠邦自身にもよくわからない。

少なくとも忠邦は家慶の信任をもっと得ておかなければならないことだけは感じとっ

ている。将軍の気持ちが少しでも彼から離れると、いま、鳴りをひそめている政敵がその間隙《かんげき》に群《むら》がり立つことは必定である。

忠邦はその意味で家慶が日光社参を希望しているのは絶好の機会だと思った。この際、彼の満足するような行事を果たして、その歓心を得たいのだ。

ところが、それを来年四月に挙行するとして、これに要する費用を胸算用してみると、どう節約してみても二万両はかかる。

ところが、天保十三年の年末決済では、幕府の歳入は金一百十万四百四十五両、米五十七万七千七百石となっているのに対し、歳出は金一百六十三万五千二百八十八両、米で五十七万四十三石となっている。つまり、米において七千六百五十余石を余すが、金においては五十三万四千八百余両不足となっている。

これを報告した勘定奉行梶野土佐守も、

「困ったことです」

と、ただ憂鬱《ゆううつ》な顔をしているだけだ。

幕府は、たびたび言うとおり、数回に亙る貨幣改鋳で、その差益金によって急場を凌《しの》いできたし、一方では富裕町人に御用金を申し付けることで何とか当面をごまかしてきたが、もうこれ以上には策がない。後藤三右衛門の要求を容れてふたたび貨幣改鋳をやるか、またまた商人に御用金を申し付けるかしなければならぬ。

ところが貨幣改鋳は、その質をますます悪くするばかりで、悪評は巷《ちまた》に漲《みなぎ》っている。また商人への献金申付けもたび重なっているので、仏の顔も三度、いずれもそっぽを向かれている。今度の日光社参の費用二万両にしても、この絶対不足の府庫からは捻《ねん》出《しゅつ》のしようもないほどだった。

もともと幕府の財政は、入るを量って出《い》ずるを制するという原則に立っているので、入用のものをあと先見ずに勝手に使うことはできない。しかるにそれを無視してその支出面で昔どおりに浪費をしているのが大奥方面の経費だった。

改革以来、忠邦はできるだけ緊縮政策を採っているが、こと大奥に関しては無干渉だったのである。

大奥の費用は、家斉時代に厖大《ぼうだい》なものにふくれ上がっていた。ことに彼が大御所となって西の丸に引っ込んでからも、さながら現将軍と同じように大奥女中をふやしたので、本丸と合わせて実に九百人の多きに達していた。そのうえ、四十人余りの愛妾が生んだ五十人あまりの子女を片づけるのに諸大名へいちいち持参金を付けてやったから、その出費だけでもたいそうなものだった。家斉の豪奢《ごうしゃ》さは、その独裁ぶりを発揮して遠慮会釈《えんりょえしゃく》なく、文字どおり金を湯水のように使った。

忠邦の改革で大奥女中の人数をかなり減らしはした。家斉没後はその愛妾を片づけたのでそれに連なる直系の大奥女中などを整理追放してきたが、それでもなお吉宗《よしむね》のころの質素さに返すわけにはいかなかった。

歴代の老中が大奥の改革だけは怖気《おじけ》をふるって手を着けずにきた。ひとたび、これにふれると、どのように反撃されるかわからないのである。ことに家斉の大御所時代、お美代の方などが政治や人事にまでも嘴《くちばし》を入れたから、表が大奥に政治的な干渉をするのは禁忌《タブー》となっている。

忠邦自身も、肥前唐津から遠州浜松にみずから望んで移って以来、老中への猟官運動はお美代の方に縋《すが》って行なってきている。

しかし、そのお美代の方も、一介の後家として西の丸から追われている今、いつまでも大奥を財政の治外法権圏にしておくわけにはいかない。

忠邦は、この年に使われた大奥の費用をざっと調べてみた。すると、二十二万三百両余に上っている。約百十数万両の歳入国家予算に対して、実に二割強の経費だ。

大奥の女中の俸給を見ると、たとえば年寄は切米五十石、合力金六十両、十人扶持、炭十五俵。中藹《ちゆうろう》は切米二十石、合力金四十両、四人扶持。御錠口《おじようぐち》は切米二十石、合力金三十両、五人扶持。表使いは切米十二石、合力金三十両、三人扶持。

——というふうになっていて、以下女中の各階級身分に準じて支給されている。

この中に炭代というのがあるが、これは高級女中が長局《ながつぼね》の部屋に使う木炭代の手当で大奥全体の公用の分は別である。大奥全体で使う炭代だけでも年間約一万五千両を消費する。

大奥女中の服装や持物にしても以前のままに許されているから、市中で奢侈禁止令が行なわれても、ここだけはどこ吹く風かと言いたげである。たとえば、市中では金糸銀糸の縫取りはまかりならぬ、髪飾りには金銀鼈甲《べつこう》の類を用いてはならぬと禁令を出しても、大奥だけは相変わらず眼もあやな髪飾りや衣装が横行しているありさまだ。

忠邦は、この大奥の冗費《じようひ》を何とか削減できないものかと考えた。予算の絶対不足面を考えると、大奥の厖大《ぼうだい》な費用を何とか切り詰めなければならない気持ちになってくる。

忠邦も大奥に手をつけることがどのように怕《こわ》いかは、よく承知していた。しかし、世は挙げて勤倹節約の時代だ。大奥女中も市中のありさまはよく知っているはずだ。いくら利己主義の特殊社会でも多少の協力はしてくれるにちがいない。また、忠邦には、歴代の老中ができなかったことを自分の手でやってみたいという己れの実力への恃《たの》みがある。すくなくとも、その自信を験《ため》したい誘惑に駆られている。

お美代の方にすがって老中に引き立てられた八年前の忠邦と現在の彼とは違っていた。今や彼の威令は世を圧している。吉宗の時代に大奥女中を大量整理した他人の業績に彼も負けたくないという気持ちがある。もしこれで成功すれば、伏魔殿のような大奥を征伐したということで忠邦の声望はさらに確固たるものになるのだ。

だから、忠邦も大奥に急激な改革を要望するつもりはなかった。だが、その漸進政策すら、相当な勇気がいるのだ。

忠邦はここで家慶の内諾を得ておく必要を感じた。まず、将軍から協力の約束をとりつけておかなければならない。

忠邦が家慶の前に出て財政面の実態を説明すると、

「大奥はそれほど金を使っているのか」

と、将軍もびっくりしている。

「されば、いま少しでも経費を節約するとすれば、大奥のお勝手向きのほかにないと存じます。ことに外国への備えには年々出費が嵩《かさ》んでいくことは必定《ひつじょう》ですから、少しでも冗費を節約する必要があります。ことに上さまの日光社参には、この際将軍家のご威光を天下に示す意味で、あまり吝嗇《けち》な真似《まね》もできませぬ。内輪に見積もっても、この費用は二万両を出ると存じます。これを大奥の予算からいくぶんでも流用すれば、それだけ楽になります。……また道義的にも、世間に奢侈禁止令を出しておきながら、大奥のみが以前のままということは世間の聞こえもいかがかと存じます」

家慶は忠邦の言うことに反対の意見を言う隙を見いださない。何もかももっともであった。

ただ、家慶にも大奥が魔物のような存在であることはよくわかっている。彼は眉《まゆ》を曇らせたが、

「奥のことは、そのほうの思うとおりにやってよかろう」

と、あまり気乗りのしない声で答えた。

とにかく、これで将軍許諾の言質《げんち》を忠邦は得たのである。

しかし、忠邦も家慶がその返事を仕方なしにした心理をよく知っている。また、家慶

の性格からして積極的に大奥を改革するという意志のないこともわかっていた。大御所家斉が死んで、その側近を忠邦が血祭りにあげた当時こそ家慶は急進的な気持ちにはなっていたが、今では将軍の生活に馴れて、いつかその精神が失われている。また、そのことを忠邦に伝える情報がある。

要するに、家慶には吉宗のように進んで改革するという意志もなければ、大奥を退治するという冒険心もなかった。事勿《ことなか》れ主義《しゅぎ》の、毒にも薬にもならない将軍なのである。

しかし、忠邦はそれでもいいと思った。将軍がそのような性格なら、こちらで巧く利用するだけである。

忠邦は、この方針を勘定奉行梶野土佐守にまず伝えた。

「大丈夫ですか?」

さすがに忠邦の言うことなら何でも聞いている土佐守も、ことが大奥の経費節減だから眼を剝《む》いている。

「やってやれぬことはない。今まであまりに怖《おそ》れすぎたのだ。今は大御所さまご在世のときとは違う。将軍家のお言葉も頂戴している」

　忠邦は自信ありげに言い放つ。しかし、その言葉を吐《は》いている彼は、沖の荒海に向かって船出をする心地になっていないでもなかった。

　忠邦は、その瀬踏みとして本丸留守居木村備中守を呼び出した。

　留守居というのは大奥の総務だが、表向きは将軍家が出馬の際、その留守を預かる役だ。万石以上の格式として優遇されているが、実際はこれという職務のない閑職である。しかし、表向きにはともかく大奥の総務を司《つかさど》るという責任者の立場で、忠邦は木村備中守に話した。

「ご趣旨、まことに結構ですが、わたしではよくわからない。上さまがそう仰せられたら、間違いないでしょう」

　と、木村は逃げた。留守居はたいてい年寄が多いので、これも事勿れ主義の官僚ぶりを発揮して責任を回避する。

　忠邦はもとより彼らに期待をかけてはいない。

　忠邦が大奥に入れている女がいる。これは大奥の中でいちばん実権を持っている年寄姉小路の部屋子となっていた。

　部屋子は大奥女中の私用の傭人だから、それほどうるさい規制はされていない。傭主の使いでかなり自由に外にも出ていく。

忠邦は、その女――お久《ひさ》から大奥の様子を聞いたりしている。お久は、忠邦の妾のひとり、お芳《よし》の知人の娘であった。

姉小路の動静がわかれば、だいたい、大奥の空気が察せられる。お久の話によると、水戸家も当主斉昭《なりあき》が改革に乗り出して国もとの質素倹約を奨励していくということだった。水戸家の姉小路の実妹花の井は、来ると水戸家の愚痴をこぼしていくということだった。それが江戸表の藩邸にもしだいに波及し、さらに水戸家の奥向きにも滲透《しんとう》して諸事質素ということになっているらしい。

それについて奥向きでは斉昭の人気が悪いというのだった。

忠邦はいちいち手控《てびかえ》に書き留めるようにして聞いている。斉昭の激しい気性なら、下の者も表立ってこれに抗《あらが》うことができない。しかし、家慶のおとなしい性格では、かえって水戸家の場合と違い、やりやすいような気がする。あのおっとりとした将軍さまでは、奥女中どもも、のれんに腕押しで、ま、仕方がないと諦《あきら》めるのではなかろうか。

実のところ、忠邦にも大奥の実態はよくわかっていない。彼女らが日ごろからどのような生活をしているか、どんなところにむだな経費がかかっているか、消耗品はどのようなものを使っているのか、その詳細をお久に書き出させることにした。

まず、実態を抑えて改革にとりかからないと、大奥の反対論を抑えることができない。忠邦の思慮は神経質なくらい細部にまで行きわたっていた。

家慶には、忠邦がみずからすすめた妾がいる。これは、前から忠邦のところに出入りしている菓子屋風月堂の娘で、この方面からも家慶の大奥における生活ぶりが伝えられてきていた。忠邦が家慶の性格を判断するのも、このような情報からである。

また、市中の動向も鳥居甲斐守だけの報告ではなかった。風月堂の主人は、市中の細部の動きを忠邦の下屋敷に足を運んで伝えてくれた。この報告は鳥居甲斐のそれとは裏腹なことが多い。

鳥居は自己の警察力による市中取り締まりの効果を過大に評価して伝えるが、風月堂の口は鳥居の取り締まりが苛酷で市民からかなり怨嗟《えんさ》の的になっているというのである。

忠邦も鳥居の取り締まりぶりは意にそわないことがある。

ある日、忠邦は鳥居甲斐にそれとなく言った。

「老子に、国の仕置は小鮮を烹《に》るがごとし、とある。また京都の名所司代だった板倉重《しげ》矩《のり》も同じ心で、仕置は四角な箱へ味噌を入れて、それをまるい杓子《しゃくし》で剝《は》ぎ取るようなものだと言ったと伝えている。甲斐、市中の取り締まりも重箱の隅をほじくるようなことはどうであろうかの？」

それに鳥居甲斐守は笑って答えた。

「これは越前さまのお言葉とも心得ぬ。今の世の中には老子の教えなど持ってきても当てはまりませぬ。たとえば、まるい杓子で掬《すく》い取ったあとに残った味噌はたちまち腐敗して、せっかくの改革を元も子もなくさせましょう。かような世の中は重箱の隅をつけばつつくほどきれいになります」

甲斐の眼光には、こと市中取り締まりに関しては忠邦の容喙《ようかい》も許さない狷介《けんかい》なものがあった。彼の表情は、水越もおいぼれて気弱くなったな、と言いたげであった。

将軍の一年間のお手許金《てもときん》が一万六千二百両、夫人が七千五百両、西の丸にいる世子《よつぎ》家定のそれが、八千五百両……冗費《じょうひ》節約でもこれだけは削《けず》ることができない。

それでも、大御所家斉《いえなり》が死んでからずいぶん楽になった。家斉の奢侈《しゃし》な生活では年間の小遣《こづかい》だけで三万両ほども要《い》った。それだけ大奥の経費が助かったわけだが、しかし、今もいっこうに楽にならない。

　水野忠邦は勘定奉行梶野土佐守に言いつけて、大奥の年間費用の細目を提出させた。けっきょく、締めようとすれば大奥女中のほうしかない。しかし、これは給金の引下げをするわけにはいかないから、一般経費で削減しなければならぬ。

　忠邦は、「何事も上さまのご趣旨である」という文句を呪術《じゅじゅつ》のように表看板にするつもりだったが、さりとて、うるさい年寄以下に正面から節約の申渡しをさせるだけの勇気はなかった。忠邦も奥女中との正面衝突はなるべく避けたい。

　そこで考えたのが御用商人に向かっての納入品の制限だった。これなら市中一般並みの節約を言い渡すのだから、べつに不思議はない。直接のかたちをとらず、御用商人を締めることによって間接の倹約統制を図ろうというわけである。

　御用達商人は毎日中奥の御広敷《おひろしき》にある七ツ口というところに詰めている。ここは女中の外出の際の出入口でもある。各部屋の女中は欲しい品があれば、その商人のところに来て注文する。商人はその日のうちに各局《つぼね》からの注文品を引き受けて、急ぐ品は即日調達することもあるが、たいてい翌日には間に合わせる。

　忠邦の意をうけて、商人どもへの申渡しは留守居木村備中守の命で御広敷用人からあった。

「こういうわけで上さまからの思し召《おぼめ》しだそうだから、なるべくご趣旨にそうようにしてくれ」

御広敷用人は重立《おもだ》った御用達商人を呼んで、口をもぐもぐさせて言った。年寄なので皮膚も枯れ切っている。しかし、あんがい商人に対しておとなしいのは、大どころの御用商人からは日ごろの付け届けがちゃんと渡っているからだ。盆暮れの中元歳暮はもとより、時候見舞だの何だのという名目がついて、その私宅に贈り届けられる。

商人にとっても大奥はいい得意先であった。禁令で市中の奢侈品がうるさくなった今、唯一のうまみのある販路はここだけである。あまり細かいことを言わぬのがありがたい。威張らせておけばいいわけだから、こんなしやすい商売はないことになる。それに大奥御用達といえば何といっても箔《はく》が付くし、市中にはハッタリが利く。

しかし、出入り商人は老舗ばかりだし、一流という意識を持っている。それで、上からのお達《たつ》しだからといって一概に引っ込んではいない。

「どの程度に引き下げるのでございますか?」

と反問してくる。

いちばん大きいのはやはり衣類である。これにはこれまでの先例もあって、むやみと贅沢《ぜいたく》なものをこしらえていた。

まず、式服というのがある。これは、大奥のめでたい行事に着るのだが、冬から春にかけてのぶん、四月から五月にかけてのぶん、五月のもの、六月から八月、九月から十二月というふうに、きわめて、短い季節に区切って衣裳が更《か》わることになっている。

御三の間以上の高級女中は、たとえば、冬春の式日には、黒、白、赤に金糸または色糸で源氏車、菊、梅などの鹿《か》の子《こ》の交《まじ》った模様の綸子《りんず》の裲襠《かいどり》を着ける。間着《あいぎ》は緋色または旭染の紋縮緬《ちりめん》。その下に千羽鶴に雲形、牡丹《ぼたん》などさまざまな縫のはいった間帯をまとう。

四月から五月にかけては、中﨟《ちゅうろう》以下御目見《おめみえ》以上は、水中の鯉、水車などの時候の模様を金糸色糸で総縫した袷《あわせ》に白羽二重《はぶたえ》を重ね、緞織などの帯をまとう。御目見以下でも縮緬地に撫子《なでしこ》、そのほか草花、源氏車などの模様のある袷を着け、白羽二重を重ねる。

五月、七月、九月と、それぞれの季節に合った模様がすべて金糸、銀糸、色糸である。五月なら蛍《ほたる》、玉葛《たまかずら》、浪に千鳥、貝といった模様、七月なら、白越後縮《えちごちぢみ》に秋の七草の総縫、九月には一般町家でも衣更《ころもが》えが行なわれるが、九月一日から八日までは袷を着け、九日から綿入となる。

そのほか平日に着るものがある。これも春着は空色御紋付縮緬の裲襠に花鳥などさまざまの模様を染め出し、紋縮緬板〆《いたじめ》の間着を着け、組白を重ね、唐草《からくさ》などを染めた萌黄《もえぎ》などの縮緬または博多の帯をまとう。これが夏冬とも季節ごとに短く区切って変わるのだから、本丸、西の丸合わせて九百人の総女中となるとたいそうな費用である。

そのほか頭の飾り物である。これは鼈甲《べっこう》や金銀の具がふんだんに使われている。

これらの衣類も式日に着るようなものではあまり制限ができないから、主として平日のものを節約させることにした。まず、金糸や色糸の使用はなるべく少なくするようにする。生地も平生に着るのにもったいないものは地を落とす。次に着古したからといってすぐに新調するのを控えさせ、なるべく染めかえさせるようにする。また季節を細かく区切って衣更えするのを、大まかに分けてしまう。

大奥の最高級職である年寄や中﨟にはあまり押しつけがましくはできないが、それ以下の者にはかなりこれを厳《きび》しく徹底させる。平日の髪の具も金銀の具はなるべく避けるようにして鼈甲のものを多くする。

そのほか、日ごろこまごまと使う消耗品に至るまで商人に言いつけて節約品を納入させるようにした。

飲食物も奢《おご》りのものはなるべく控えさせるようにする。

食べものも三度三度おしきせのものは気に入らないから、女中たちは御用達の商人に言いつけて有名店舗の料理や菓子を運び入れていた。

年じゅう、ここに閉《と》じこめられている女中たちにとっては、寝ることと、食うことと、着ることが最大の愉《たの》しみである。このうち女の愉しみである着るものを制限し、食べることにも干渉するなら、女中たちの忿懣《ふんまん》は最初から予想されていた。

しかし、すべては「上さまの思し召し」で忠邦は押し切ってしまう方針だった。


長崎から高島四郎太夫が江戸へ護送されていた。

それは鳥居甲斐守が忠邦にいちいち報告してくる。鳥居はよほど高島四郎太夫の捕縛《ほばく》が気に入ったらしい。自然、話の仕方も力がはいっている。

忠邦には鳥居のその昂揚《こうよう》した気持ちがわかるのだ。

はじめ、高島を捕縛し江戸で吟味する件については忠邦も乗気ではなかった。のみならず、そのことを審議した他の寺社奉行、南北町奉行、大目付、目付の編成による評定所でも逡巡《しゅんじゅん》の色があった。それを鳥居はいつもの弁舌でまくし立てて評議を一決させてしまった。

鳥居の眼から見ると、当初、他人の逡巡が不満でならなかった。いわば忠邦を含めて、鳥居にはみなが「敵」に見えていたのだ。全員が最初から鳥居の意見に積極的に同意するなら鳥居の喜ぶところだが、少しでもそれに躊躇《ためら》いをみせたとなると、彼には味方とは思えない。彼の意識では、敵か味方か、はっきりと区別せずには済まない。だから、高島が護送されて来るのを逐一報告するのはいわば味方の中にある「敵」への示威でもあった。

そのころ、長崎奉行伊沢美作守《いざわみまさかのかみ》が任地に向かおうとしていたので、鳥居はこの伊沢を呼び寄せて、高島の検挙の方針や処置いっさいを自分の指図どおりにすることを決めさせた。そのため鳥居は自分のほうから目安方、会計掛など七名の与力や同心を出して美作守に同行させたくらいだ。これが去年の八月で、彼らが長崎に到着したのは九月五日だった。

長崎に着いた伊沢美作守は鳥居との打ち合わせどおりに高島四郎太夫を検挙した。まず、高島に賄賂《わいろ》を贈ったという通事神代《こうじろ》徳次郎を拘引《こういん》し、十月には四郎太夫を逮捕して揚《あが》り屋入りを命じた。その倅《せがれ》は町年寄の一人に預け、高島家の手代二人を獄に入れて予定どおりの検挙を終わった。

「これをご覧ください」

と、鳥居甲斐は忠邦に長文の手紙を突きつけた。伊沢美作守から鳥居に宛てた便りで、高島四郎太夫検挙の顚末《てんまつ》を述べたものだった。

忠邦がさらした眼には、手紙の文句がざっとこんなふうに映《うつ》る。

「九月朔日《ついたち》のお手紙は十月四日に到着した。いよいよご壮健のほど慶賀の至りである。当方召し連れた組の者も昼夜寝食を忘れ精励しているのでご休心願いたい。

当地のありさまはなかなか筆紙に尽くしがたく、僻遠《へきえん》の地とは申せ、ご威光がかくまで及んでいないとは嘆息の至りである。

さて、四郎太夫儀は近時いよいよ増長し、暫時も捨て置きがたき状況であった。彼ら一味の横行悪事は歴然たるものがあり、当地では吟味できがたく、江戸においてお手にかけ十分のお取調べを願いたいものである。

四郎太夫儀は弾薬、火薬など調製して、もし手遅れになれば、容易ならぬ事態になったことと思われる。大塩平八郎などより人数が多く、大砲は二十門余り、小銃は無数、火薬は異国防禦《ぼうぎょ》に託して山のごとく蓄え、居宅は本宅へは住まわず、別宅の小島という嶮岨《けんそ》な所に住んで、要害を構え、一夫守れば万夫も通ることあたわずという所に大砲を据《す》えているので、謀叛心《むほんしん》は明らかである。もし彼ら一味が天草にでも立《た》て籠《こも》れば、砲術門人と称する浪人者や、私恩を施した諸藩の者がきっと集まることと思われる。なお、密事は別に封書をもってお送りする。

当地四郎太夫召捕り後は人気も落ち着き、一統いずれも穏やかになっている。これはさだめし蘭人《らんじん》に与え、彼《か》の国の珍物と交換したに相違ないと思われる。まずはこれにて大賊退治の手初めも都合よく運んだ。長崎初めての改革で諸人の眼をさましたことである。なお、これからも追々申し上げるが、ひとまず、この段を報告申し上げる」

四郎太夫所持の書物に御本丸惣絵図があったから、これをお送りする。

（有馬成甫氏「高島秋帆」に拠る）

これを読み終わって手紙をくるくる巻く忠邦に耀蔵鳥居甲斐は、
「どうです、危ないことでしたな」
と、押しつけるように言った。

「美作の手紙にもあるとおり、まったく、このぶんでは、もう少し手遅れになると、どんな大事を惹《ひ》き起こしたかわかりませぬ。なにしろ大塩平八郎の騒動は大坂で起こったことで、あれさえあのくらいの騒ぎでした。今度は異国の船が犇《ひしめ》いている長崎のことですから高島の謀反につけ込んで蘭人あたりが加勢でもすると公儀の手でもなかなか抑え切れなかったろうと思います。さすれば、わが国を取り巻くエゲレス船やオロシャの船も南北より呼応して侵攻を企てたかもわかりませぬ。考えてみると、虎の尾を踏む心地です」

彼は自分の処置の妥当性を主張し、当初、高島逮捕にいささかぐずついた忠邦を、どこか嘲《あざけ》るような眼つきで凝視《ぎょうし》するのだった。

その後も鳥居は高島四郎太夫護送の報告を次々と忠邦のところに持ってくる。

「四郎太夫めが通る先々では、彼の門人と称する者が必ず現われて別れを惜しむということですよ。彼らはまるでこの護送を師の受難だと考えて、いささかも悪人視しておりませぬ。してまた、こういう手合いが各藩にかなりいることは意外なことで、今さらのように四郎太夫の勢力にはおどろきましたな。……いや、思い切ってあいつを引っ張っていいことをしました。もう少しぐずぐずしていると、日本国じゅう、どんな大騒動《おおそうどう》になったかわからぬ。四郎太夫が江戸に到着したら、てまえが直々に吟味する覚悟です」

甲斐守鳥居耀蔵にしてみれば、とかく慎重になっている忠邦が歯がゆくてならない。この男はいったい何を考えているのか。近ごろ失望の限りである。


忠邦には、近ごろの鳥居耀蔵が一種の負担になりつつあった。目付のときはさほどでもなかった。むしろ彼の頭脳として何事の相談にも乗ってくれたし、そのつど、いい知恵を提出した。忠邦が、これはと、おどろくくらい意表を衝《つ》くアイデアを出した。ときには、それは少々勘ぐりすぎるようだな、と思うほど耀蔵の知恵は裏側にまで回っている。とにかくなんでも表面だけで事象を受けとれない男であった。二重にも三重にも深く底を考えている。二歩も三歩も先を見つめている。それというのが、目付という役目柄、人の知らないことまで知っているからだった。だが、これを彼の役目のせいだけにするのは不都合であった。やはり、耀蔵の性格からきている。

耀蔵は好奇心が旺盛《おうせい》なのかもしれない。人の陰の部分を知りたがるのだ。情報が好きなのも、その一つの現われだ。彼は役所からつけられた部下だけでは満足せず、彼のもとに出入りしているいろいろな人間を情報係として使っている。

そのため、幕府要人や大身の旗本の事情に実に詳しい。目付というものは、本来そういう役職なのだが、耀蔵のようなのも珍しかった。

それに、耀蔵は他人の暗い部分を好むくせがある。ごく少数者を除けば、彼は人間に不信感を持っている。ある意味で、彼は性悪論者であった。これは彼が信奉している儒教からきた影響かもしれない。

ところで、ごく少数の例外というのは、耀蔵が気に入った男だ。いまのところ、その中に忠邦がはいっているようだが、忠邦自身にも己れのほかに誰がその仲間なのかわからない。耀蔵が情報係として使っている出入りの旗本連中でないことは確かである。

むしろ、喜々として耀蔵の情報係をつとめている連中こそ、彼がいちばん信用していない輩《やから》ではあるまいか。

他人が信用できないだけに耀蔵は己れ自身を最も信じている。それは頑《かたく》ななくらいな自負心となっている。自分のすることは絶対に間違っていないと信じて疑わないのだ。

むろん、それは耀蔵が仕事のできる男だからだ。自分の才能を自ら恃《たの》んでいる。したがって、中途はんぱな妥協は耀蔵が最も軽蔑するところらしい。その点、異常なくらい潔癖なのだ。

忠邦は、自分の政策を遂行するのに、このような能吏でなければ目的が達せられないと思った。政策が進むにつれて目付から町奉行に昇任させたのも彼の手腕を買ったればこそである。じっさい、耀蔵は忠邦の期待どおりのことをした。政令を滲透《しんとう》させるための徹底的な検察をした。いや、忠邦の期待した以上にそのことはなされた。

あれほどまでにしなくとも、と思うことがある。少しやりすぎる、と思ったりする。いい加減に彼の手綱《たづな》をしめなければと思うが、耀蔵の頑固な性格を考えると、うっかり口出しもできない。何か言えば、逆に彼がすわり直して詰問してきそうである。いま耀蔵が懸命になっている高島四郎太夫審問の一件も、忠邦としてはそれほど熱心になれるものではなかった。ただ耀蔵の積極性に彼が引きずられてきただけだった。

こんな具合に、近ごろは、とかく耀蔵に振り回されるような心地になっている。

こんなはずではなかった。忠邦は能吏としての耀蔵を手足のように使うつもりだったのだ。耀蔵は忠邦が命令しないでもその気持ちを察し、先回りをしてちゃんと事を処理する男だ。気味が悪いくらい気が利いている。怖ろしいくらい洞察力を持った男だった。

忠邦は、そういう意味で耀蔵が心の負担になってきている。どうかすると、自分のほうが耀蔵に使われているような錯覚《さっかく》に陥《おちい》ることがあるのだ。耀蔵の激しい気性が忠邦を圧迫する。

忠邦が使っているうちにいつの間にか、その道具は彼の意思に反して独り歩きをしそうになっていた。

——今のうちになんとかしなければならない。

深夜、下屋敷で妾《めかけ》の傍《かたわ》らに寝ていると、つい、そんな呟きが口の先に出てくる。

「何か仰せられましたか?」

若い妾が顔を枕からもたげて訊いた。

「いや、なんでもない」

忠邦は、仄《ほの》かな行灯《あんどん》の光が投げている天井《てんじょう》の環をみつめている。おのれの制御《せいぎょ》が利かなくなりつつある耀蔵への不安である。

不安といえば、一指をつけた大奥の反応もそれに加わる。——

# 花火火事

すべての不安を打ち消して――。

水野忠邦は、四月十三日、将軍家慶《いえよし》に従《つ》いて日光社参に向かった。

この供に扈従《こうしょう》する者は、尾張大納言、紀伊大納言以下江戸詰の譜代大名であった。井伊《いい》掃部頭《かもんのかみ》、堀大和守、遠藤但馬守《えんどうたじまのかみ》、真田豊後守《さなだぶんごのかみ》などは先駆《さきがけ》として家慶の輿《こし》の前に立った。

江戸の本城には真田信濃守幸貫と本荘伊勢守通貫《みちつら》を留めて留守を固めさせた。

しかし諸事万端倹約の折りからである。この行列もなるべく質素にした。同時に、この盛儀につけ込む商人による物価の高騰も警戒した。忠邦は大目付、目付にこのことを論達《ゆたつ》している。

「このたびの日光山御宮にご参詣の儀万端お手軽にあそばされ、下々までも無益の失費なきようにとの思し召《おぼ》《め》しであるから、万石以上のお供をはじめ、そのほか日光表に詣る面々家来下々に至るまで、衣服、諸道具はなるべく質素になし、むだなきようにすること。

また、御旅館、お昼休みなど、御座近辺までも格別に見苦しくないぶんはそのままにてよく、また、どうしてもそのままにおけないものはできるだけ手軽に修復させる。もっとも、警固のことは格別に厳しくする。とにかく、このたびは特別お手軽のご趣意であるから、この趣旨を十分に徹底させること」

将軍の日光までの途中泊先は、岩槻《いわつき》、古河《こが》、宇都宮《うつのみや》で、岩槻城主大岡忠固《おおおかただもと》、古河城主土井利位にそれぞれ金二千両、宇都宮城主戸田忠温《ただあつ》には金五千両を与えた。

家慶は十三日の巳《み》の刻（午前十時）に上機嫌で出発した。

諸大名の人数も紀州家千六百人、尾張家二千四百人、水戸家千三十人、井伊家二千三百人などで、水野忠邦は千四百人を引具《ひきぐ》した。合計二万八千百四十二人となっている。これに雑兵《ぞうひょう》を加えると十数万人という夥《おびただ》しい人数で、先駆が王子に達しているのに後尾はまだお城の門をくぐっているありさまだった。

道々の警固は厳重をきわめている。これには鳥居甲斐守が当たった。万一のことがあれば、町奉行の責任だから、すでに道路筋は前夜から通行止めになっている。また、町の無法者、浮浪者などは数日前から検挙されていた。

そのため伝馬町《てんまちょう》の大牢は人いきれで蒸し殺されそうなほど充満している。

行列の総奉行水野忠邦は、将軍の輿のすぐあとに従っていた。途中、絶えず彼の指揮を受けるために使番がやってくる。沿道は今日の盛事を見ようとする百姓、町人の土下座の垣だった。

お城の中でも大奥の女中たちが庭の石垣の上まで出てこれを見送った。新緑の松越しに街道を進む行列の上に陽炎《かげろう》がゆらぎ、その先は霞《かすみ》に溶け込んでいた。供の金具がきらきらと陽に輝いた。

「たいそうなお行列でございますな」

見送っている女中たちは溜息《ためいき》をついていた。

「わたくしがご奉公に上がって以来、このようなめでたいお行列を拝もうとは思いませなんだ」

と、涙を流している年増《としま》の女中もいる。

「さすがは上さまのご威光じゃ。ありがたいことでございまする」

するとうしろのほうから嘲《あざけ》るような笑い声が聞こえた。振り返ると、年寄の姉小路が立っていた。彼女は半開きの秋草模様の扇で口もとを隠し、小皺の寄った眼を細めていた。

「これはまあお年寄さま」

と、中﨟《ちゅうろう》たちが愕《おどろ》いたように前をあけた。姉小路は裲襠《かいどり》の裾をからげて静かに二、三歩出て、町なみの上に掃《は》かれた霞の奥に眼を投げた。そこにはまだ行列が砂子《すなこ》を一筋撒《ま》いたように流れていた。

人馬の響きがここまで聞こえてくる。

「ほんに、お年寄さま、まるで絵巻物を見るようでございますな」

中﨟の一人が媚《こ》びるように言った。

「絵巻物。……なるほどのう。したが、とんと色褪《あ》せた絵巻物じゃな」

「何と仰せられまする?」

意外な言葉を聞いて並みいる中﨟たちが姉小路を見上げた。

「わたくしはただいま、上さまのお輿を拝見して涙を流しておりました」

姉小路は静かにあたりを見回して、

「したが、わたくしの涙はうれし泣きではございませぬ」

と言い切った。

「では、何でございますか？」

「わたくしのは悲しいからでございます」

「お年寄さま、合点のいかぬそのお言葉、それはまたどのような次第でございまするか？」

「されば」

姉小路は口辺から静かに扇をはずした。そこには相変わらずうす笑いが漂っていた。

「ものの本に、大猷院《だいゆういん》さま（三代家光）が寛永十一年に上洛なされたときのことが書き残されてございます。

……そのときは伊達《だて》さま御父子、上杉さまなどいずれも先に進発なされ、六月十一日から十九日までの間、馬回りの輩、小姓組、大番組の出立で引きもきらなかったそうでございます。大猷院さまは先発よりも十日も遅れてお城を出御《しゅつぎょ》なさいましたそうな。お供の方々は、思い思いの狩衣《かりぎぬ》に身を飾り、その面影の花紅葉、紅白色をまじえてあでやかに、馬物《うまもの》の具《ぐ》に至るまで品を尽くし金銀をちりばめてございましたそうな。お旗本の人数三万余騎は二手に分かれてお供申し上げ、そのあとから備えの方々は、酒井備後守、安藤右京之進、小笠原右近太夫、つづいては水戸中納言、松平筑前守、それぞれ守護申し上げ、先頭が瀬田唐橋を渡るころ、殿《しんがり》はまだ遠州浜松に満ち満ちていたそうにございます。まことにお道筋の美しさ、綺羅《きら》天に輝くばかりと書き残されております」

姉小路はうっとりとして眼を夢に遊ばせていたが、ふいと現実に戻って睫《まつげ》を伏せた。

「それに引き替え今日の上さまのご出立、そなたどもは……」

と、並みいる中﨟や奥女中たちの顔を見回し、

「ありがたき御世《みよ》に生まれたのう、ご威光が天下に輝いているなどと申されたが、わたくしには、その大猷院さまの御事どもを考えれば、今日のお行列の侘《わび》しさに、思わず涙がこぼれました。大猷院さまも征夷大将軍なら、上さまも天下人、同じ公方《くぼう》さまでありながら、かくもお輿まわりが違うものかと、ご不運が悲しゅうてなりませぬ」

並みいる女中どもがしゅんとなった。

姉小路の声だけがつづく。

「今日のお行列の簡素なこと、絶えて久しき日光山ご参詣《さんけい》のご道中とも思えませぬ。お供の大名衆の装いも大猷院さまのときの綾羅錦繍《りょうらきんしゅう》の千分の一にも及びませせぬ」

姉小路の言葉が進むにつれ、その弁舌に打たれて、先ほどの驚嘆の溜息が悲しみのそれに変わって女中たちの口から吐かれた。

「それと申すのも、越前殿が倹約倹約ときつく申されるからじゃ。百姓、町人ならいざ知らず、上さまのお供回りまで寂しくさせ申すとは、どういうことでございましょうな」

「でも……」

と、中﨟の一人が遠慮がちに言った。

「このたびのご参詣は、ご時節に合わせてすべて内輪にせよとの思し召しだそうにございます」

「おう、さようか」

と、姉小路は皮肉にうなずいた。

「上さまの御意《ぎょい》なら、われらが何を口出しすることもできませぬ。さりながら、たとえ思し召しであろうとも、ご一代のご盛事じゃ、み心に逆らってもお行列を綺羅のごとくお飾り申し上げるのが臣下の道ではないか。いやさ、それでこそ上さまのご威光を天下にお示しすることができるというもの。さように取り計らうのが老中の務めではないかえ。……それとも、越前殿が再三そのことを申し上げて上さまからお叱りをいただいたのかえ？」

「さあ、それは……」

「わたくしはそうは思いませぬ。近ごろ、とかく上さまのご威光を笠にきて、少々、越前殿に増長の振舞は見えませぬかのう」

姉小路は黒塗りの扇の骨を片方の掌の上に軽く敲《たた》いた。

「世の中は変わったものじゃなア」

姉小路がこう呟《つぶや》いたので、何を言い出すのかとほかの女中たちが固唾《かたず》を呑んでいると、

「今から十年前は越前殿は、とんとお城のお坊主どもと同じようにわれらには見えたものじゃ。つまり、文恭院さま（家斉）が大御所として西の丸におられたころ、お美代の方さまに縋《すが》ってご機嫌を取り結び、ようやく御加判まで進まれた。そのころ、知ってのとおり、文恭院さまのお側には水野美濃、林肥後、美濃部筑前などの方々がおられたが、越前はこれら御側取次にはとんと頭が上がらず、閉口頓首《へいこうとんしゅ》、ひたすら顔色を窺《うかが》っておられました。それが文恭院さまご他界になるやすぐに水野美濃などの六人を御役御

免にし、あまつさえ美濃は信州高島までお預けの身にさせてしまいました。……それからじゃ、越前は上さまのご信寵《しんちょう》を蒙ってきたが、いつの間に上さまの口真似をするようになったものかのう」

姉小路は、行列に加わって遠ざかりゆく水野忠邦をそこから直視している表情で、眼をぎらぎら光らせている。

「ほんとに水野さまのご威勢はたいそうなものでございますな」

と、姉小路に同調する者がたちまち出てきた。

「人間、よくなれば、すぐ前のことを忘れるものじゃ。文恭院さまがご在世のころには一にも西の丸、二にも西の丸と申して、この御本丸の奥はないがしろにされたものじゃ。それが今では西の丸をとんと見向きもせぬ。男心とは得手勝手なものと聞いてはいるが、越前殿の西の丸への袖の仕様もきつうございますな」

「ほんに西の丸では越前殿をよく言わぬはずでございます」

「われらが越前殿をもてはやしてきたのが、ちと間違いだったかもしれませぬな。……越前殿は今日、何やら御本丸を手なずけたような気持ちでおられるのかもしれませぬ。倹約倹約と申して市中を厳しく戒めているが、ちと行過ぎもひどいようでございますな」

「はい……そのことでございます。わたくしもこの前宿下がりをいたしましてびっくりいたしました」

「何じゃ？」

「女髪結床は全部お禁《と》めになったそうで。なかには隠れて他女《ひと》の髪を結ったのが見つかり、手錠で押込めになった女もあるそうにございます。女髪結床はとっくからつづいているもの。そのため町家の娘、女房どもも自分ではもう独りで髪を結えなくなっております。それを全部ご禁制にするとはむごうございますな」

「ほほほほ」

と、姉小路はまた笑った。

「他人《ひと》ごとではございませぬ。今にわたくしたちも同じことになるかもわかりませぬぞ」

「まさか……」

「いや、このごろの御用達商人の品の持込みようをそなたたちも知っていよう。ご禁制とやらで、こういう品も出ぬ、ああいう品物も調達できぬなどと申しているではないか」

「ほんにそうでございます。わたくしもつい先日夏物が古くなりましたゆえ、いつものとおり御用達に申しつけましたところ、ご禁令とかで叶いませなんだ」

「わたくしの場合は頭飾りを別なものに替えようとしたところ、金銀はもとより、鼈甲《べっこう》も悪いものしか揃えられぬと商人どもに断わられました……」

まわりの女中たちが急に口々に騒ぎだした。

将軍の一行は十三日岩槻に泊まった。大岡主膳正《しゅぜんのしょう》が城下を戒めて家慶を迎え入れた。家慶も初めての旅だから愉しそうだった。

翌日は卯《う》の刻（午前六時）に出発、相の原、和戸を過ぎて古利根川を渡り、幸手《さって》を通過、中田から下総国《しもうさのくに》にはいった。ここから古河までは一里半。この行列を拝むため宿駅も田圃《たんぼ》も人の堵列《とれつ》で埋まり、関東平野すべてこれ人の渦にみえた。

古河城主土井大炊頭《おおいのかみ》利位は、城外の新田まで将軍一行を出迎えた。

将軍の泊まりとなると、城下の灯火をいっさい制限してしまうのが定法だ。これは出火を慮《おもんぱか》ったからで、要所要所のみに警固の者が終夜篝火《かがりび》を焚いた。

土井大炊頭はもとより忠邦の同僚で、老中の中でもかなりな人望がある。柔和な性格で、これまで忠邦の方針に逆らったことがない。利位は家慶に目通りしたのち、日光社参総奉行忠邦に挨拶をした。

「このたびはまことにご苦労に存じます」

老中筆頭で一行の奉行を兼ねているから、忠邦の心労を犒《ねぎら》ったのである。

「今夜はまたご丁重なお心くばりで、上さまもご満足でおられます」

忠邦も会釈を返した。彼はこの大炊頭には日ごろから何となく一目置いている心持だ。土井家は先祖に大炊頭利勝がいて、家光のころには絶大な権力を振るった。利勝は家康の落胤《らくいん》という説もあるくらいだ。

しかし、忠邦が何となく彼を憚《はばか》ったのは、その家柄だけではない。忠邦を除けば、この人が台閣を統《す》べる器量を持っている。人物が慎重なだけに他からの人望が集まっている。が、この人望は、ややもすると、忠邦の行き方についていけない連中のものだ。つまり、忠邦への不満派が、利位のもとに集まるという可能性もある。いわば、忠邦の批判勢力がいつ利位のもとに凝集するかわからない惧《おそ》れである。忠邦が利位を憚っているのは、そういう予感を彼自身が持っているからだった。

もとより、いま、忠邦と相対している土井利位の柔和な顔には、そのような意欲も野心も見られなかった。肥えて二重になった顎を衿に埋めて、ただにこにこと他愛なく笑っているのだ。

その夜は城内泊まり。

翌日、城外の松並木まで土井利位は家慶を見送った。社参の帰路にはふたたび利位の厄介《やっかい》になる。

長い長い行列が、これまた長い松並木の間を通っていく。四月の半ばはすでに初夏の陽射しだった。人馬は松の青葉が白くなるほど埃《ほこり》を立てて通過した。相変わらず沿道は人の渦である。このときの馬は荷駄用を合わせて三十二万五千九百四十頭、賄《まかない》の飯米《はんまい》は三百五十三万四千四百七十人扶持を記録している。一人扶持を五合とすると、一万七千六百七十余石の玄米がこの七日間に費消されることになる。（この賄米の量は少し多過ぎるように思われるが、記録のまま書いておく）

野州小山から石橋、雀の宮を過ぎて、宇都宮には夕方の申《さる》の刻（午後四時）にはいった。城主戸田日向守忠温が同じく城外に一行を出迎えて城中に案内をする。これより今市までは八里少々。

城下はお供の人馬の分宿でごった返すような騒ぎである。むろん、宇都宮だけでおさまらず、先駆は今市、大沢、後駆《あとがけ》は雀の宮、石橋まで溢れた。忠邦は、尾張、紀州の二大納言の泊まっている二の丸に挨拶に回った。

紀伊家には家老安藤飛驒守を通じて大納言斉順《なりより》に面謁した。紀伊大納言は肥満した身体を横たえて、典医に脛《すね》の三里へ灸を据えさせていた。

「太っていてのう、どうも旅は苦手じゃ」

大納言は苦笑している。眉のうすい、眼の小さなこの人は、いつ見ても村の庄屋のような顔をしている。

老中は、どのような大名でも、たとえば松平陸奥守（伊達）なども「そのほう」と呼捨てにしたものだが、親藩の御三家となると。そうはいかず、やはり相当な礼を尽くさなければならない。その代わり三家も老中には相当な会釈をしたものだった。

だが、この紀伊大納言は磊落《らいらく》な人で、少しも気取りがない。いま膝をむき出しているのも、その無頓着な性格からだった。

どこに顔を出しても、将軍家のご機嫌はうるわしいか、と訊かれる。

事実、家慶は念願の社参が叶うので、ひどく上機嫌であった。この日は、日光山からおりてきた僧侶や社人の挨拶を受けたり、城主の戸田忠温が城内の庭に呼んだ土地の踊りなど見て興がっていた。

日が昏れると、町家の灯が消えて、ただ警固の篝火が望見されるのは、岩槻や古河の場合と同じだった。もし、将軍宿泊のとき出火でもすれば、城主は責を負ってどのようなお咎めを受けるかわからない。それだけに警固も必死だった。

すると、その夜、江戸から早馬で鳥居甲斐守からの飛報が到着した。

「十四日夜五ツ刻（午後八時）、両国吉川町の花火製造元玉屋より出火、一町四方を焼失。お留守中を騒がしたる失態申し訳なし」


将軍日光社参のため、留守中の江戸の警戒はすでに十日前から準備が進められて厳重をきわめていた。大川をはじめおもな川の警固は、川筋御船手が出入りの船を監視し、切手のない者は通行を許さなかった。また、馬場先門、半蔵門、田安門、清水門はいずれも昼夜とも閉め切り、市内の警戒場所、町々の木戸には町方が屯《たむ》ろし、通行人を改めた。木戸のないところは仮木戸竹矢来を急造させた。

この木戸は夜の五ツ限り閉め切り、往来の者を拍子木で送った。ことに神経を使ったのは出火の防止である。町役人が一戸ずつ、火の元に気をつけよ、とふれ回ったのはもちろん、いろは四十八組の江戸じゅうの火消しは昼夜支度を解かないで待機した。

屋根、物干など火のつきやすい所に薪木《たきぎ》などを置いたものはいっさい取り払わせ、竹木などの長さ三間以上のものは立てて置かずに、必ず横に並ばせて置かせた。

また、見回り同心のほか、非人頭弾左衛門《だんざえもん》は古格をもって手下の者に市内を巡回させるなど、物々しい警固ぶりだ。町内の若い衆も自警に駆り立てられ、夜になれば金棒を曳《ひ》きずったり、拍子木を打ったりした。大きく言えば、江戸じゅうが諒闇《りようあん》にあったような寂しさだった。

しかも、峻厳をもって鳴る鳥居甲斐守直々の取り締まりだから、人心は兢々《きようきよう》としている。何か落度があれば、すぐに縛られるので、おちおちと仕事も手に着かないありさまだった。

そのくせ物価下落を狙う倹約令の徹底は相変わらず厳しい。すでに将軍日光社参の途中、沿道の物価騰貴《とうき》を抑えるために数々の法令が出されているが、留守中の江戸でも、町々の家主が羽織や股引《ももひき》を新調したり、あるいは人足が法被《はつぴ》、股引を新しく作ることはまかりならぬと禁じている。これはえてして市中の厳戒ぶりが大げさに過ぎて、ともするとお祭気分になり、町役人や人足どもが自分を飾り立てるため衣服の新調をしがちだからである。

だが、人間はあまりに緊張すると、つい、その恐怖観念から、最も怖れている事故をうっかりと犯しがちである。火の元に気をつけろ、燃えやすいものは取り除け、とうるさく覗《のぞ》きこまれると、万一落度の場合のお咎めに萎縮《いしゅく》して蠟燭《ろうそく》一本ともすにも手が震え、平静さが失われる。

それで、まったく考えられない事態が十四日の夜の五ツごろに起こった。火気厳禁のはずの花火製造元両国吉川町玉屋市郎兵衛方から火が出たのである。

当時、玉屋では倹約令によって前年まで造っていた大玉は全部お禁《と》めとなり、値も銀三十匁までと制限されていた。ついでにいうと、川開きなどに用いる花火カラクリは空に打ち上げる高さをずっと低く制限し、販売も葭筒《よしづつ》に限るとなし、竹筒その他はいっさい製造相成らぬと禁じられた。

それでも足らず、鼠《ねずみ》花火、鼬《いたち》花火が禁令に加えられ、製造元の玉屋、鍵《かぎ》屋はすっかり縮んでいた。

それでも、玉屋では、五月の川開きを目睫《もくしょう》に控えて仕《し》掛《かけ》花火や筒玉がかなり造られて蔵に入れられていた。

火は玉屋市郎兵衛の母屋から蔵に移ったからたまらない。倉庫の花火玉が次々と爆発を起こし、地元の吉川町はいうに及ばず、両国一帯、柳橋から日本橋にかけて火薬の炸《さく》裂音《れつおん》が地を震わすばかりであった。

爆発は炎を煽《あお》り立て、火はたちまち町内じゅうにひろがった。かねて待機していた火消し組は時を移さず駆けつけて火を包囲したが、炎の中で大小の筒玉が弾《はじ》けるので、うっかりと傍にも寄れない。

向両国《むこうりょうごく》から見ると火は大川に映《は》え、火の柱が夜空に噴《ふ》き上がるので、見物人は大喜びであった。

「玉屋ア」

「鍵屋ア」

季節には少し早いが、ときならぬ川開きが行なわれた。仕掛花火以上の荘厳が吉川町一帯にひろがっているので、見物衆はわあわあと囃《はや》し立てている。

これはあながち火事の好きな江戸っ子の弥次馬根性だけでなく、厳重な警戒態勢を布《し》いた鳥居甲斐守の鼻をあかしたよろこびからである。

大川を中にして両岸には続々と群衆が集まるばかりである。

「よう、ええぞ。玉屋。よくやった」

と賞め囃す。

一昨年から花火玉の制限で川開きの景気が悪くて見物人を失望させた。お上《かみ》のお禁めのせいだと思えば、いま玉屋が火を出して壮大な火事の花火がお上への面当てとなり、溜飲《りゅういん》を下げたのである。

「鍵屋はどうした？」

「鍵屋も焼けねえかなア」

と、群衆は吉川町から眼と鼻の先にある横山町の鍵屋の方角へ声を投げたりしていた。

「やいやい」

群衆の中にはいった奉行所の手先や弾左衛門の部下が、弥次る男の肩をぐっと摑《つか》む。

「ふてえ野郎だ。ご時節をわきまえず、火事を喜んで喚《わめ》くとは勘弁ならねえ。こっちへこい」

衿先《えりさき》をうしろに引き戻され、男はたちまち縄をかけられる。

しかし、これだけの騒動の中で、その弾圧はあまり効《き》かなかった。その瞬間こそ、周囲は沈黙しているが、

「玉屋ア」

という声は両岸のほうぼうから起こっていた。

「玉屋ア」

「玉屋ア、しっかりやれ」

火事場は大騒動である。吉川町一帯は、船頭、人足、船大工など川筋に依存して生活している者が多い。人家は稠密《ちゆうみつ》している。また場所柄、玉屋や鍵屋の花火職人の家も多かった。

出火と同時に家財道具を取り出す者は少なかった。これは火元が玉屋だと知って薬玉の爆発を怖れたからである。それだけに火の回りも早い。炎の中から次々と火柱が立ちのぼった。

「どいた、どいた、どいた」

と、纏《まとい》や梯子《はしご》を担いで駆けつけてくる威勢のいい火消しも、あまりの火勢に気を呑ま

れて手出しができない。せいぜい町を取り巻いて警戒するだけだった。命知らずの纏持ちもさすがにこの火の手には怯《ひる》んで、近くの屋根にその姿がなかった。

それでも、家財道具を担いで火の下を追われてくる人間もいる。

「やいやい、うろうろすると焼け死ぬぞ」

火消しが喚いている。

その炎に焦がされてうろうろと出てきた男の影がある。

「やいやい、何をよろよろしてやがる。てめえ、命が惜しくねえのか。惜しいならとっとと失《う》せろ」

火消し人足が怒鳴ると、

「へえ」

と、その男は頭を下げた。首に風呂敷包みを結びつけていた。

「ごうつくばりは仕方がねえな。欲と二人で焼け死ぬ気かえ?」

ドーン、ドーンと花火が爆発する。

「へえ、ごめんなすって」

男が人足に怒鳴られて囲みの外へ出ようとすると、

「おっと、ちょっと待ってくれ」

と、呼び止めたのは手先の一人だった。

「おや、おめえ、坊主だな？」

じっとみつめられて、男はまるい頭をつづけざまに下げた。

「へえ……」

「おかしいな。坊主がこの町内に住んでるわけはねえが」

手先が眼を光らせた。

一般の町家に神官、僧侶が同居してはならないことはずっと以前から規定されてあるが、水野の改革令ではそれがいっそう厳重になっている。

「いいえ、この町内に住んでいる者ではございませぬ」

「じゃ、何だ？」

「へえ、今日は新仏《にいぼとけ》ができまして、わたくしがちょうど枕経《まくらぎょう》を上げておりましたところに……」

「死人があったいと……何という名だ？」

「へえ……船大工の忠、忠兵衛さんでございます」

「おめえ、どこの寺の者だ?」

「へえ、寺はずっと遠うございまして、出羽国《でわのくに》は羽黒山でございます」

「羽黒山から来たとは天狗《てんぐ》みてえな野郎だ。天狗にしちゃちっとばかりおいぼれで勢いがねえな」

「すみません」

「よし、通れ。おっと、待て。その首に括《くく》りつけた荷物は何だ?」

「へえ、いま申したとおり仏の枕経を上げるため、これに衣を包んでおります。わたくしはこのとおり、そこいらにあった着物を拝借して身軽に逃げようとしたのでございます」

「そういう悪知恵はやっぱり天狗のように黒えな。……よし、行け」

「へえ、ありがとうございます」

坊主はこそこそと警戒の囲みの間にもぐるようにして走り去った。

だが、誰一人として彼の姿を見送る者はいない。みんな燃えさかる火事に気を取られていた。

「やれやれ、危ねえ目に遭った」

坊主は木陰でひと休みしたが、

「盗みにはいったところをいきなり火事とはおどろいたな。これも仏罰覿面《てきめん》かと思われたが、命だけは助かったようだ。いや、命だけじゃねえ。ちゃんと、いただくぶんはいただいてきたから、まあまあ損はねえようなものだ」

ぶつぶつ呟《つぶや》きながら樹の根にかけて息を入れている。

こうして休んでいる間も、大勢の人間が吉川町のほうへ駆け出していく。火の粉にまじって作裂する薬玉が壮麗な花火となって散っていた。相変わらず、玉屋ア、鍵屋ア、の掛け声が絶えない。

「花火の火事とは酒落《しゃれ》すぎてるな」

坊主は気持ちが落ち着いたか、顎《あご》を両手の上に載《の》せて夜空の饗宴《きょうえん》を見物している。

「やっぱり江戸だ。こんな景気はあの島にはねえ」

ひとり言だった。

「だが、江戸に帰ってからも寄辺《よるべ》のねえこのおれだ。またぞろ法螺貝《ほらがい》でも吹いて出直しとするか。思えば、二年前、つまらねえ奴に騙《だま》されなかったら、今ごろは金襴《きんらん》の衣を着ていられた身分だ。馬鹿馬鹿しい目に遭ったものだ。だが世の中には図太い悪党もいるものだ。今度会ったら、面の皮をひん剝《む》いて、何とか仕返しをしてやらなくちゃならねえ」

自分で呟いて、

「いけねえ、いけねえ。島に流されていたあいだ語る相手もねえままに、つい口がひとりでに動くようになった。こいつはよっぽど用心しなくちゃ、またとんでもねえ目に遭いそうだ……どれ、また誰かの目に怪しまれねえうちに遠のくとするか」

坊主が歩き出そうとすると、向こうの暗い柳の下で男女の影が縺《もつ》れているので、彼は素早くその辺に隠れた。

耳を澄ますと、どうやら男が女を無体に曳きずっていきそうな様子である。

「何をするんです、放してください」

と、これは女の声。

「放すもんか。ここでおめえに会ったのがもっけの幸いだ。ちょいとおめえに用事があるから、そこまで来てくれ」

と、太い男の声。

「用事があるなら、昼間ちゃんと来てください。逃げも隠れもいたしません」

女は気強く反抗しているようだった。

「昼間こいと？　しゃらくせえセリフを吐きやがる。やい、小菊。おめえには正体の知れねえ御家人が付いていると思って大きな顔をするんじゃねえ。おめえにはだんだんと御用の筋があるのだ。あそこに行っては面倒くせえから、こうして会ったが幸い、しょっ引いてやるのだ」

聞いている坊主はぎょっとした顔になった。どうやら男のほうは岡っ引らしい。彼はいよいよそこに背をかがめて眼だけを光らしていた。

「御用ならいつでも行きます。だから、明日来てください。さあ、その手を放しておくれ」

「おめえが放してくれと頼んでも、おれのほうで放せねえのだ。こうしておめえをしょっ引いて番屋に行くまでは、金輪際《こんりんざい》放さねえからそう思え」

「親分、そんな無体な。……ああ。わかった。おまえさん、わたしをどうかしようとする気だね？」

「何を言やあがる」

「いいや、そうだ。そうでなくちゃ往来を通ってるわたしをいきなり引っ張ろうとするわけはない。あんまり変なことをすると、大きな声を出すよ」

「しゃらくせえ、おめえがいくら大きな声を出しても、おれにはこういうものがあるんだ」

夜目にもぴかりと光ったのは、腰の十手を女の前で見せびらかしたものとみえる。

坊主は固唾《かたず》をのんだ。

「いいえ、わたしはほかの人は呼びません。都家はいま飯田主水正さまの寮になっていますからね。そこの留守番の人を呼びます」

「おめえの言うことは、おおかたそんなことだろうと思った。だが、気の毒ながら、そいつはちっと無理というもんだ。おめえがいくら大きな声を出しても都家までは届かねえからの。……さあ、つべこべ言わずに、とっととおれといっしょに来るんだ」

「あ、何をする」

女は叫んだ。

「もし、どなたかその辺においでになる方、わたしは小菊と申します。都家に走って誰かに言ってくださいい」

「この女《あま》、ぬかしたな」

男女の影が激しく縺れたのは、男が女の背中を羽交締《はがいじ》めにして口を塞ごうとしたらしい。事実、それきり女の声は洩れない。

坊主は柳の下から起《た》った。距離をおいて、闇の中から呼んだ。

「おい、姐《ねえ》さん、姐さん」

こちらから見ても男の影はぎょっとしたようだ。女を摑んだまま、

「だ、誰だ？」

と、おどろいた声で訊き返した。

「だれも糞《くそ》もねえ。いくら闇の中とはいえ、女一人を手ごめにしようとは太え野郎だ。聞いていりゃ岡っ引だの手先だのとぬかして、十手らしい金棒をちらつかせているが、おおかた、うぬはニセ者にちげえねえ」

「な、何だと？」

「そうでなけりゃ、そんな阿漕《あこぎ》な真似《まね》をするわけはねえ。姐さん、いいよ。おれがその都家とかいう家へひとっ走り行ってくるから、それまでそいつの手の甲にでも嚙みついていな」

坊主は走りながら、

「都家さん、都家さん、たいへんだ。えれえことだ。みんな出ておくんなさい」

と喚き、事情がわからないからあとの言葉も出ないまま、

「ナウボボダヤヲンキリミリセンニミリリセンニセンニマンダヤソワカ」

と、経を誦《ず》しはじめた。

「やい、憶えてやアがれ」

さすがの岡っ引の卯助もこれには肝《きも》を潰《つぶ》したらしく、女を放した。

「どなたか知りませんが、ありがとうございました」

小菊が坊主の傍《そば》に来て息を弾《はず》ませながら礼を言った。

「なに、もういいのかえ？」

と、岡っ引のいた暗やみをすかした。

「はい、いやな奴は向こうに行ったようでございます」

「危ねえところだったな。ぐずぐずしちゃいられねえ。おれにとっても相手が悪い」

「え、何でございます？」

「いや、こっちのことだ。さあ、逃げるにこしたことはねえ。おまえの家まで送り届け

でやらア」

「ありがとう存じます」

乞食《こじき》のような坊主は、本庄茂平次のために計られて、高尾山で呪術祈禱《じゆじゆつきとう》を行なった修《しゆ》験僧《げんそう》了善だった。


小菊が都家の門口まで来て、送ってくれた坊主を見返り、

「もう、ここまで来れば大丈夫でございます。ありがとうございました。どうぞ、ちょっとお寄りなすってくださいまし」

と、家の中に誘い入れようとした。

坊主は垢《あか》まみれの顔から眼を光らして家の中をのぞいていたが、

「この都家というのはおまえの家かえ?」

「はい、まあ、わたしの家同然でございます」

「どうやら人が大勢いるようだな?」

「みんな気心の知れている者ばかりですから、どうぞご遠慮なく」

「いや、よそうよそう」

と、彼は坊主頭を振った。

「あれ、それではあんまり。お世話になって申し訳がありません。どうぞ茶なりと一杯……それに、みんな今の火事を見物に出ているようでございますから、ご遠慮には及びません」

「いや、姐《ねえ》さん、せっかくだが、また来るよ」

坊主はなぜか尻込《しりご》みをして元の路《みち》へ戻りかけた。小菊はそこまで追って、

「では、どうぞお名前とお所などお教えくださいまし。あとでお礼に参りたいと存じます」

「名前か……いや、往《ゆ》きずりのちょっとしたことで、わざわざ礼に来るには及ばない」

「でも」

「はて、そんな斟酌《しんしゃく》はいらないことだ。それに、おれは所も決まっていない男だ」

坊主は首に風呂敷包みを結んだまま、すたすたと行きかける。

「姐さん、あんまり一人でおれを深追いするんじゃないよ。またいやな奴に絡《から》まれないともかぎらないからな。早く帰んな」

坊主は小菊にそれだけの言葉を残したが、その行く手の夜空にはまだ一面の炎が映《は》え

ている。

半鐘《はんしょう》は鳴りつづけているし、群衆の喚きもここまで聞こえているが、さすがの猛火も下火になっていた。しかし、遠くからこの火事を知った弥次馬は道を絶えず走っていた。

坊主がその火事の方角からそれて、神田の方角の人気《ひとけ》のない道にはいりかけたとき、とつぜん、軒の下から、

「おい、待て」

と、声が飛んだ。

坊主はぎょっとしたが、知らぬ顔で行き過ぎようとするのを、首筋に巻いた風呂敷包みをうしろから引き戻された。

「な、なにをなさいます？」

「なにをするんじゃねえ。やい、坊主、おれが呼んだのが聞こえねえか」

「どなたでございます？」

「おれだ、おれだ」

闇の中から顔をつき出したのが蝮《まむし》の卯助だった。

「おや、これはさっきの親分さんで……」

坊主が言うのを、

「いやに口先の模様が変わったじゃねえか。急にそんなお世辞を言ってもごまかされねえ。さっきはとんだ恥を掻《か》かせてくれたな」

卯助は坊主の肩を突いた。坊主の身体はくるりと回転し、うしろに二、三歩よろめいた。

「へえ、先ほどは事情を知りませんので、つい失礼をいたしました」

「何をっ、この野郎、ふざけるな」

と、卯助はいきなり坊主の頬桁《ほおげた》を打った。

「あ、痛い」

「やい、坊主、おめえは何という名前だ？　生国《しょうごく》はどこだ？　法華か、浄土か、それとも一向宗《いっこうしゅう》か？　追い出された寺はどこのなんというのか？　有体《ありてい》にみんな言ってしまえ」

卯助は威嚇《いかく》した。

「へえ……」

「へえじゃわからねえ。おれもこの火事場と同じように気が忙《せわ》しいのだ」

「親分、それでは申し上げます。わたしの名前は了善と申します」

「うむ、了善か」

「元は大井村におりました羽黒山の修験僧《しゆげんそう》でございます」

「その修験僧がどうしてそんな服装《なり》でうろちょろしているのだ？　おおかた、おめえは火事場泥棒にちげえねえ」

　卯助は教光院の了善の一件をよく知っていなかった。

「と、とんでもありません。わたくしはある人間のために濡衣《ぬれぎぬ》を着せられて罪に落とされ、一年半前御蔵島《みくらじま》に流罪《るざい》となり、やっと先日御赦免《ごしやめん》になって江戸に帰ってきた者でございます」

「なに、島帰りだと？」

　卯助の眼はいよいよ光った。

「親分、そんな怕《こわ》い顔して睨《にら》んでいなすっちゃ困ります。わたくしは島帰りとはいえ、ほかの人殺しや博奕《ばくち》うちなどとは違い、根は真直ぐに正直な男でございます。一時は仏に仕えたことのある身、今晩も吉川町で新仏ができてお経を上げに行ったところ、運悪くあの火事に出くわし、逃げ出したものでございます」

「島帰りのおめえの言うことなんざ当てになるものか、吉川町から逃げ出したと聞いたらなおさらだ。やい、てめえは、おおかた、この火事の火付けをした男にちげえねえ。火付けは重罪人だ」

「親分、そ、それはあんまりご無体な言いがかりでございます。わたくしは決して……」

「何をつべこべ言やあがる。火事場の近くで怪しい者がいたら、即刻召し捕れとの奉行からのお達《たつ》しだ。しょっ引いていくから、おとなしくおれに従《つ》いてこい」

「親分、何をなさいます?」

と、了善が飛びかかってきた卯助に抵抗して揉《も》み合ったとき、向こうから馬の蹄《ひづめ》の音が大勢の足音といっしょに近づいてきた。

夥《おびただ》しい提灯が長い行列となってこちらに来ている。提灯には「御用」と書かれてある。蹄の音高い馬上の武士は火事装束《しょうぞく》にいかめしく身を固めていた。火事がようやく下火になったので、南町奉行鳥居甲斐守が現場から離れ、市中警戒を兼ねて屋敷に戻るところだった。

　卯助は、その提灯を見たときから、あわてて了善を軒下に引きずりこんだ。

「静かにしろ。御奉行さまのお通りだ」

　この声に了善もさすがにおとなしくなった。卯助は了善の片手を捩《ね》じ上げたまま暗いところにうずくまった。

　二人の眼の前を鳥居甲斐守の馬上姿が通過した。提灯を持った連中で卯助に気づいて近づく同心がいた。

「おや、おめえ、薬研堀《やげんぼり》の卯助じゃねえか。どうした？」

　提灯を突き出した同心は、その明りで二人の様子をじろじろと見た。

「へえ、おかしな野郎がうろうろしていましたので、いま取り押えているところでございます」

　卯助は手柄顔に答えた。

「怪しい奴とはどうしたのだ？」

「火事場から逃げてきましたのを、いろいろ訊いてみましたところ、辻褄《つじつま》の合わねえことばかり申し立てております。ひょっとすると、こいつ、今夜の火事の火付けの下手人《げしゅにん》かもわかりませぬ」

「火付けか」

同心は微《かす》かに笑って、

「卯助、火事の因《もと》はわかったのだ」

「へえ」

「玉屋の職人が一服した煙草の火が、落ちていた藁屑《わらくず》に燃え移り、それからこの大事になったのだ。せっかくだが、火付けは見込み違いだ」

「へえ」

「もっとも、そのほかに、火事場稼《かせ》ぎのこそ泥なら、厳重に調べてみろ」

「かしこまりました」

卯助は火付け犯人を否定されて少しがっかりしていた。その間にも夥しい提灯の行列が過ぎていく。すると、横にいた了善が突然、

「あっ」

と叫んで膝《ひざ》を伸ばして起《た》ちそうになった。

「やい、何をしやアがる」

　と、卯助は了善を押えつけた。

「親分さん、いいえ、逃げるつもりはありませんが、あれ、あすこに、たった今、陣笠をかぶって通られた方はなんとおっしゃいますか？」

　と、彼はまだ首だけ伸ばして一行のあとをみつめていた。

「なんだと？」

「御奉行さまのお馬のすぐあとから、いちばん手前を歩いて行かれた方です。ずんぐりとしたお姿で……」

「うむ、あの方なら、御奉行さまのご家来で本庄茂平次さまとおっしゃる方だ」

　卯助は思わずずつり込まれて教えた。

「本庄さま？」

　了善は小首をかしげていたが、

「ほんとうに御奉行さまのご家来衆で本庄茂平次さまとおっしゃいますか？」

　と、念を押した。

「くどい野郎だ。……おめえ、つまらねえことを訊いて間《ま》を稼ぎ、あわよくばここを逃げ出そうというのだろう？　そうはいかねえぜ」

「いいえ、それとは違います。てまえは、あの方を前に伝馬町の牢内《ろうない》で見ております」

「そりゃ御奉行のご家来衆だから、御用の筋があれば牢屋敷にもおいでなさるだろう」

「いいえ、そうじゃございません。あの方は科人《とがにん》として牢屋につながれておられました」

「何を寝呆《ねぼ》けたことをぬかす。かりにも御奉行のご家来衆が科人になってたまるか」

「お名前は違いますが、お顔はまさしく憶《おぼ》えております。そのときの名前は金八と申されて、元水野美濃守さまの若党だったということで、また連れあいは奥向きに勤めていたお女中だと聞きました」

「やいやい、寝言ばかり並べやがって太《ふて》え野郎だ。金八か銀八か知らねえが、この卯助はおめえなんかの世迷言《よまいごと》には騙《だま》されねえ。さあ、とっとと神妙におれのお縄を頂戴するのだ」

卯助は了善を押えつけて縄をかけた。

「番屋もすぐそこだ。今晩一晩、そこに留めておめえが白状するまで、夜っぴてでも調べてやるから、そう思え」

縄をかけると同時に、卯助は了善の首に巻いた風呂敷の荷をもぎ取った。素早くその中身をあけると、中から女の着物がむき出しになった。

「やい、これは何だ？」

卯助は了善の前に着物を突き付けた。

「はい、実はお経を上げに行った先から、新仏の形見だといって、お礼代わりにてまえが貰いましたので」

「お経代に死んだ女の形見を出すとは奇特《きとく》な家もあったものだ。その家は吉川町のなんという名前だ？」

「へえ、津、津之国屋庄兵衛さんとおっしゃいます」

「この野郎、でたらめを言うな」

と、卯助は了善の顔を十手でしたたか殴《なぐ》った。

「やい、この両国界隈《かいわい》はな、この蝮の卯助さまの縄張だ。油虫一匹でもおれの眼からのがれられねえのだ。吉川町に津之国屋てえ家があるかないかぐれえは、家主以上におれのほうがとくとご存じだ。おめえの商売物だが法螺《ほら》ばかり吹き立てるとタダじゃおかねえから、そう思え。野郎、このおれをなめたか」

卯助は十手をまた振り上げた。

「おっと、待ちな」

卯助の振り上げた十手の腕が宙につかまえられた。

「だ、誰だ？」

卯助が振り向くと、着流しの武士が片手で彼の腕を掴《つか》み、片手で懐手《ふところで》をしている。

提灯を持った小菊がその武士に添うように立っていた。

「お、おめえは」

と言ったが、卯助は小菊の顔を見たとたんに、あとの句がつげない。

この前の乱闘で、この男が飯田主水正の配下として都家に出入りしている深尾平十郎とわかったからだ。

「小菊、やっぱりおめえの心配したとおりだったな」

平十郎は笑いかけていた。

「ほんとうに思っていたとおりでした。こんなことだろうと、深尾さんにここまで来てもらってよかったわ」

「これ、薬研堀の」

と、平十郎は言った。

「な、なんだ？」

「おめえ、この小菊に無体なことをして、そこにいる人に邪魔されたからといって逆恨《さかうら》みに御用風を吹かしているな」

「な、何を言やあがる。おれはこいつが火事場のこそ泥と知ったから、番屋にしょっ引いていくところだ。御用の筋を邪魔すると、いくらおめえが直参風《じきさんかぜ》を吹かしてもあとが面倒になろうぜ」

「しゃれた文句だけは知っているな。親切に、あとの面倒のことまで心配してくれてありがとうよ。だがな、おめえがなんの恨みでこの人を縛ろうとするかは、ここに迷惑をうけた小菊という証人のいることだ。出るところに出たら、おめえこそ分《ぶ》が悪かろうぜ」

「いや、おれには証拠がある。この坊主が持っていた風呂敷包みには、ちゃんと女物の着物が入《へえ》っているのだ。火事場泥棒にちげえねえ」

「それがおめえのもっけの幸いとか。だがな、おめえの商売を邪魔するようだが、こっちは助けてもらった人を黙って見過ごして行くわけにはいかねえ」

「て、てめえ、御用を邪魔する気か」

「こっちが邪魔をしてえのはおめえのあくどい御用風だ。やい、卯助、悪いことは言わねえ。この人を解き放してやれ」

「いいや、できねえ。おらア盗人《ぬすっと》を捕《つか》まえるのが役目だ」

「もし」

と、了善が勢いづいて言った。

「わたくしは決して盗みはいたしませぬ。この親分が無体なことを言って難癖《なんくせ》をつけ、こういう目に遭わせているのでございます」

「それ、聞いたか」

と、平十郎は鼻で嗤《わら》った。

「当人が言っていることだ。ぐずぐず言わねえで、すなおに縄を解いたらどうだ」

「盗人は助かりてえばっかりにいろいろな御託《ごたく》をならべるに決まっている。それをいちいち真《ま》に受けていてはこっちの御用がつとまらねえ。えい、そこを放してくれ」

「いくら言ってもわけのわからねえ親分だ。仕方がねえ、あんまりじたばたすると火事場の人が集まってくるから、ちっとばかりここで眠ってもらうぜ」

声といっしょに平十郎の拳が卯助の脾腹《ひばら》を打った。卯助は一声呻《うめ》きをあげると、前に頭をかがめてお辞儀をしたように崩れた。

「さあ、小菊、その人の縄を解いてやんな」

「あい、あい」

小菊がしゃがんでいる了善の縄に手をかけている間、平十郎は提灯で卯助の顔を照らした。

「岡っ引も眠っている顔は子供のようにかわいいもんだな」

「どこのどなたか存じませんが、危ないところをありがとうございました」

了善が地に坊主頭をこすりつけた。

「あら、どこのどなたもないもんですよ。さっきあなたが遠慮してはいらなかった都家の人ですよ」

小菊が横から言った。

「へ、さようで……」

「なんにしても往来では話もできねえ。さあ、さっきの礼のこともある。ちょっと家まで来てくんな」

「へえ、ありがとう存じます」

了善は落ちた風呂敷包みを結《ゆわ》え直し、また首に巻いて平十郎のあとから従った。

都家に来ると、元からいる傭人に坊主の足を濯《すす》がせた。

「へえ、恐れ入ります」

二階に通されると、了善は首から風呂敷包みをはずし、平十郎の前に改めて手をついた。

「旦那、わたくしを助けていただいてありがとうございますが、あとの災難がうるさくはございませんか？」

「どうせうるせえ連中を相手にしているのだ。心配はいらねえ。……ところで、おまえさん、どこの坊さんかえ？」

「へえ」

了善は自分がもと修験僧であること、災難で召し捕られ御蔵島に送られたが赦免となり、数日前に江戸に帰ったことを述べて、

「それが、悪い奴に計られてとんでもねえ罪を着せられたのでございます」

と語って涙をこぼした。

「そいつは気の毒だったな」

平十郎は吐月峰《はいふき》に煙管《きせる》を叩いて、

「今夜はどこへも行かねえで、安心してこの家に寝るがいい」

「ありがとう存じますが、今夜はてまえもなかなか眠れそうにございません」

「はてね、まだ岡っ引が心配なのかえ？」

「いいえ、そうじゃございません。こうして旦那方に助けられたからには安心しておりますが、眠れねえのはくやしいことがあるからでございます」

「というと？」

「へえ、さっきわたくしに濡衣を着せた悪い奴がいると申しましたが、実はたった今、その男が南町奉行鳥居甲斐守さまの家来になりすましているのを見たのでございます」

平十郎が煙管を畳《たたみ》に投げ出した。

「では、おめえが、あの了善かえ？」

と、深尾平十郎は煙管を投げたまま、まじまじとこの乞食坊主の顔をみつめた。

「おや、旦那さまは、てまえをご存じで？」

元修験僧は垢《あか》でまみれた真黒い顔の眼をむいた。御蔵島から放免になって帰って間がないため、頬は尖《とが》り、眼窩《がんか》はくぼみ、肩は骨張って見るかげもなかった。

「知らねえでどうする」

平十郎も、伝説の人間が眼の前に生きてすわっているような思いだった。

「あのいきさつは、水野美濃守失脚にとどめをさすことになったのだ。そのために美濃は信州高島に流されたが、近ごろ風の便りでは、落魄《らくはく》の身をかこって病《やまい》に臥《ふ》せているそうな」

「ほんとうに、あの方は災難でございました」

了善もしょんぼりと言った。

「おめえがここに現われたとは幸いだ。おいらにもまだ、あの事件の真相がわかってねえからの。……おめえはほんとうに、水野美濃に頼まれて、水越《みずえつ》の調伏《ちょうふく》を高尾山で祈ったのかえ?」

「と、とんでもございませぬ」

と、了善は口を尖らした。

「わたくしは人に騙され、調伏の呪法《じゅほう》をその者に教えていたところを、いきなり捕手に抑えられ、わけのわからないまま牢に入れられたのでございます」

「すりゃ、おめえにはまったく身に覚えのねえことか?」

「どうしてわたくしが人を実際に呪うような修法を行ないましょうか。……それなのに御奉行所では証人があると申されて、さんざん責め折檻《せっかん》をうけたので、とうとう苦しさの余りいつわりの白状をいたしました」

「証人とは誰だえ？」

「へえ、わたくしを誘いにきた、元美濃守さまのご家来衆に当たる金八と申す男でございます。こいつめがてまえに修法を教えてくれと申すので、うかつにもそれに乗って高尾山に登ったのが間違いの因《もと》でございました。あれは金八なる者が誰かに使われててまえを計ったのでございます」

「うむ」

深尾平十郎は唸《うな》った。

「やっぱりそうだったか。いや、日ごろおいらが想像していたとおりだ。やはり美濃守を蹴落《けお》とすために、水越一派が企《たくら》んだ芝居にちげえねえ。これには鳥居甲斐の手が動いているな」

「なんとおっしゃいます？」

と、了善はびっくりして膝を進めた。

「鳥居甲斐守さまとおっしゃると、今の南町奉行さまで？」

「そのとおりだ。鳥居は水越の股肱《ここう》の臣だからの。世間では妖怪と言って、その悪辣《あくらつ》なやり方を憎んでいる。おめえを陥れるくらいの細工は、朝飯前だ」

「もし……それなら、わたくしにも合点《がてん》が参ります。その金八という男が、いま鳥居さまのご家来衆に出世しております」

「なんだと？」

「嘘ではございませぬ。たった今、その金八の顔を見てきたばかりで。ありようを言えば、先ほど火事場から引き揚げられる御奉行さまのご一行に会いました。そのとき、あの岡っ引が、金八を指して名は本庄茂平次だと教えてくれました」

「なに、本庄茂平次！」

「おや、ご存じで？」

「ご存じも糞もねえ。大存じ寄りだ。ここにいる連中とは因縁《いんねん》浅からぬ野郎だ。……しかし、まさか人違いではあるめえな？」

「なんで、てまえがその顔や身体格好《かっこう》に見間違いしましょうか。恨み重なる金八め、最初はてまえに金品を運んで何かと機嫌を取り、挙句の果ては企みにかけひどい目にあわせました。それに図々しくも、お白洲《しらす》ではてまえの真向かいにすわって、やれ、おまえが水野越前さまの寿命を縮めるため修法を行なっていたのをこの眼で見たとか、やれ、誰にも口外するなと言っててめえは密謀をおれに打ち明けたではないかとか、そりゃもう、さんざん呆《あき》れるほどの嘘っぱちを並べました。そいつのためにてまえは一年半も流人となりました」

「そう聞けば、何も言うことはねえ。これ、了善、おめえはしばらくこの家に逗留《とうりゆう》しろ」

「へえ、ご親切にありがとうございます。……けど、旦那、それは何か事情《わけ》がありますので？」

了善は少し気がかりげに訊いた。

「うむ、鳥居甲斐が水野美濃を追い落としたカラクリが、おめえという生証人の出たことで、はっきりとなったのだ。おれたちは鳥居一派に、このことで一泡も二泡も吹かせてえのだ。そうだ、ことによると、これで妖怪を退治できるかもしれねえぜ。……いや、おもしろうなった。さっそく、このことを飯田主水正殿やみんなに触れ回って、一番、兵略を練らざなるめえ」

深尾平十郎が思わぬ獲物に気負い立つと、了善は逆に不安そうな顔になった。

「もし、旦那さま、それでは、わたくしが御奉行さまを押し倒す証人となりますので?」

「了善、安心しろ、おめえは、金八があとから鳥居の家来になって本庄茂平次と名乗ったぐれえに思っているが、察するところ、はじめから茂平次は鳥居の指図で金八に化け、おめえを計ったのだ。おめえの仇は取ってやるぞ。おいらがついている限り、大船に乗ったような気持ちでいろ」

「へえ」

と言ったが、了善はやはり、浮かぬ顔をしている。

権勢絶頂、鬼のような鳥居甲斐守に刃向かうことがいかに怖《おそ》ろしいかは了善を早くも怖気《おじけ》づかせていた。

深尾平十郎は二階から降りた。

「坊さんはどうしていますかえ?」

と、小菊が奥から出て訊いた。

「どうもこうもねえ。思わぬ宝が飛び込んだようなものだ。小菊、手柄だったな」

深尾平十郎はひとりで興奮していた。

「いったい、何でございます」

「いよいよ鳥居甲斐を追い落とせるかもしれねえのだ。たいそうな謀略の生証人が、いま拾ってきたあの坊主だ。そうだ、小菊、二階の坊主に酒でも出してもてなしてくんねえ」

「それはよろしゅうございますけど、深尾さんがそんなに力《りき》んでいらっしゃるのは珍しゅうございますね」

「これが力まんでどうする。即刻、飯田殿に報《し》らせなければならねえが……」

「あら、飯田の殿さまに？」

小菊が思わず嬌声《きょうせい》をあげると、平十郎は自分の頸《くび》を平手で叩いた。

「いや、この使者にはあんたに行ってもらいてえが、今夜はもう遅い。明日でも、お邪魔だろうがおれもいっしょに行って、屋敷で説明しなければならぬ」

「飯田の殿さまのところなら夜道も厭《いと》いませぬ」

「恐れ入った。だが、もう今夜は遅いや。なに、一日や二日をどうということはない。

それよりも、早いとこ坊主の酒の支度をしてもらいてえな」

「わかりました」

「ほかに誰がここにいるか？」

「あら、みなさんはさっきの火事の見物に行かれて、まだ帰っておられませぬ」

「おおかた、火事にかこつけて外で羽を伸ばしているのかもしれねえ。えい、大事なときにいないとはしようのない奴らだ。せめて、石川栄之助がいるといいが、あいつ、とんと芝居小屋に詰切りだな」

「そういえば、石川さまの顔がここのところ見えませんね」

「早くみんなを喜ばしてやりたいが、じれってえことだ。……そうだ、小菊、何といってもおまえが拾ってきた坊主は珍客だ。今夜はもてなしてやらねばなるめえ。……おっと、それから、坊さんは島から帰ったばかりだそうだ。食いものも碌《ろく》なものはなかったとみえ、痩《や》せこけている。ちと馳走してもらいてえ」

「はい、かしこまりました。とりあえず銚子を運ぶことにしましょう」

「うむ、そうしてくれ。待て待て。もう誰か戻るころだ」

深尾平十郎は、一刻もそこにじっとしていられない様子で表に出た。夜空を照らしていた火もかなり色褪《あ》せている。半鐘も熄《や》んでいた。

（公方《くぼう》が日光社参に行かれた留守にこの火事の不始末だ。いくら市中の警固を取り締まっても、釈迦《しやか》の説法に屁《へ》一つ。大火事をしでかしたからには鳥居も色を失っているにちがいない。そういう今夜了善が飛び込んできたのも、鳥居の落ち目のはじまりかもしれぬ）

深尾平十郎は、そんなことを思って立っていたが、いっこうに仲間の戻ってくる影がなかった。

平十郎が諦《あきら》めて入口に戻ると、ちょうど、燗《かん》をした銚子を膳に載せた小菊に出会った。

「今から二階に持って参りますから、深尾さんもごいっしょにどうぞ」

と、彼女は誘った。

「よしきた」

と、平十郎は小菊のあとに従《つ》いて二階に上がった。ごめんください、と座敷にはいった小菊が、おや、と言った。

「どうしたのだ？」

「いえ、坊さんの姿が見えませんが……」

「手洗いにでも行ったのかな」

深尾平十郎も中にはいったが、思わず顔色をかえた。先ほど首に巻いて後生大事に持っていた風呂敷包みが、座敷に見当たらないのだ。たしかに坊主が首からはずして床の脇に置いていたものだ。

「しまった」

と、深尾平十郎は叫んだ。

「逃げられたわい」

「えっ、どうしたのでございます？」

「いや、おれがあんまり鳥居甲斐の責め道具に生証人として使うと言ったものだから、奴め、すっかり怖気《おじけ》づいたのだ。小菊、裏を見てくれ」

裏の障子をあけると、姿は闇の中に消えている。

「見つからぬか？」

「どこに行ったかわかりませんが、ここに瓦が一枚割れています」

「遠くは行くめえ。これから追いかけて引き戻してくるぞ」

平十郎が血相を変えて梯子段《はしごだん》を駆け降りた。

そのころ、了善は裏通り伝いに、例の風呂敷包みを首に巻き、足早に歩いていた。

「危ない、危ない。またあの連中の道具になって、鳥居甲斐との喧嘩《けんか》の中に巻き込まれたら、今度こそ島だけでは済まない。命がないわい。もう、他人《ひと》の口車に乗って木偶《でく》に使われるのはこりごりだ。……ジンバラハラハリタヤオンオン」

と唱えて、

「はてさて、こうなると、もう、江戸には危なくておられんわい。これからどこに行ったものかのう。今さら、この格好で出羽にも帰れねえし、困ったことだ。……こうなったら、足の向く方向に行くまでじゃが、前に島で知り合った奴が、たしか下総の佐倉の在だと言うて印旛沼《いんばぬま》の景色を賞《ほ》めていた。よし、とにかく、そこに行ってみて、ことによったら、もう一度堂でも開いてみようかのう。そうじゃ、それがよい」

と、了善はひとりでぶつぶつ言って、決心をつけたように東の方向に駆け出した。

「そりゃ惜しいことをした」

このことを報らされて誰よりも地団駄踏んだのは、飯田主水正の屋敷に来た石川栄之助だった。深尾平十郎の通知で、かつて都家に籠城した組の重立った者が主水正の屋敷に参集したのである。主水正は、荒れ庭の見える座敷にみなをすわらせ、一同と酒を飲んでいた。

「その了善という坊主はおれが伝馬町の牢にいたときいっしょになったのだ。奴め、牢内ではすっかり弱っていたのを、おれが何かと元気づけてやったものだ。いま平十郎が言った話も了善から聞いたことだし、金八という奴も奉行所に取調べのため出されたとき、外鞘《そとざや》でちらりと見ている。……そうか、やっぱりあれが本庄茂平次だったのか」

と、栄之助はうなずき、

「なんにしても了善を逃がしたのは惜しかったな」

「まったくおれの油断だった。まさかと思ったからな、逃げられてみると、どんなにあいつが大事な人間だったかわかるよ。あわよくば一挙に妖怪を捩《ね》じ伏せることができたかもしれぬ」

惜しい、という声はほかの連中からもあがった。

「まあ、そう落胆するものではない」

黙って聞いていた主水正が口を開いた。

「その了善を失ったのは残念だが、さりとて、深尾の言うように了善一人を虜《とりこ》にすれば妖怪が倒れるとはかぎらない。鳥居の勢力はまだまだ衰えはせぬからの。これは、うかつに了善などを出すと、かえって敵を刺激し、こちらが不覚を取ることになるかもしれぬ。われわれで了善を保護しているつもりでも、敵に彼を狙われて、その手にかかる惧《おそ》れがないとはいえぬ。了善が逃げたのは、あいつのためにあんがい無事だったかもしれぬな」

この意見は一理あるとして一座を納得させた。

主水正は、その愛嬌《あいきょう》のある笑いを含んだ眼を面々に配り、

「しかし、そうはいうものの、了善のような男がこちらに飛び込んできたのも何かの吉兆かもしれぬ。鳥居の末路が近いという報らせにとりたい」

と、皆を元気づけた。仲間から同感の声が洩れた。

「しかし、鳥居甲斐はともかくとして、あの本庄茂平次を窮地に追いこむことくらいはできましたのに。……それがいささか残念です」

深尾平十郎にはまだ未練があった。

「いや、茂平次についてはわたしにも別な考えがある」

主水正は詳しくその理由は言わなかったが、彼は、屋敷の前で西の丸女中を刺した犯

人を茂平次と推定している。これは、あのとき前庭にいた中間《ちゆうげん》源助が頑《かたくな》なくらい主張している証言からである。

似たような考えは石川栄之助の胸にもあった。彼は本庄茂平次を、鳥居邸に剣術指南として出入りしていた井上伝兵衛殺しの下手人だと信じている。

しかし、この場でどちらからもその意見が出なかったのは、ことが重大なだけに、もう少し確証を得たうえでと考えているからだ。

「主水正殿の言われたとおりだ」

と、別な男が一同の元気を引き立てた。

「元凶の倒れんとするや、その前兆なかるべからずだ。よし、もう一息だ。それには水越の勢力が問題じゃが、主水正殿、上さまもあと五日で日光社参からご帰城になる。このお供の奉行に水越がなっているが、首尾はいかがでございますな?」

と、主人《あるじ》のほうを見た。

「されば、水野越前、上さまの供奉《ぐぶ》総裁として水も洩らさぬ采配ぶりだということだ。ただ今までにはいった報らせによると、上さまにもそれをご満悦なされ、水野越前に対してはお賞めの言葉があったそうじゃ。いずれご帰城のうえは水越に対してご賞美があろうと、これは、もっぱら城中の噂になっている」

「はてさて」

その男は嘆息した。

「それでは、当分、水越の凋落《ちょうらく》は望めませぬな」

「わたしが思うに、今が水越の絶頂ではないか。だが人間、峠を過ぎれば下り坂になるのは当然だ。まあ、気をあせらずと、もう少し静かに成行きを見守っていることだ」

主水正はそこまで言って、気分を変えるように、

「どうじゃ、石川、近ごろは芝居小屋の景気はどうじゃ？」

と訊いた。栄之助はそれに答えた。

「いや、とんといけませんな。三座のうち、開けているのは河原崎座一つだが、先日も人気者の海老蔵が追放に遭い、それ以来ぱったりと客足が落ちております。それに、芝居小屋の連中は厳しい禁令にこの先はどうなることやら、今にも妖怪によって芝居が取潰しになりそうな不安で戦々兢々《せんせんきょうきょう》としております」

「なるほどな」

「それに、今まで大事な贔屓筋《ひいきすじ》だった大きな商売人が、例の組問屋、株仲間の禁止で上

方からの廻船もこず品薄のため、店は開いてもとんと休業状態、芝居どころではないので、そちらからの応援もありませぬ」

「それでは、大どころの商家も水越のやり方を恨んでいるわけか？」

「そりゃもうたいそうなもので、商家の連中の寄合いには、水越や鳥居に対する怨嗟《えんさ》の声が満ちています……」

# 絶頂の人

　将軍家慶《いえよし》は予定どおり二十一日に江戸に帰城した。

　家慶には愉《たの》しい旅だった。神祖家康の華麗な廟《びょう》に親しく詣《もう》でられたこと以外にも、見知らない風景に接して遊山《ゆさん》気分を満喫した。三代将軍家光上洛《じょうらく》のときのような雲霞《うんか》の如き供奉とはいえないにしても、関東平野から日光路にかけて将軍家の威風を十分に示すことができた。

　なにしろ、年じゅう城の中に暮らしている人間だから、このレクリエーションはあとあとまで愉快な思い出となった。わずか八日間の旅行だが、日ごろ体内に沈殿《ちんでん》している退屈が吹き飛ばせた。心身まことに爽快ではあった。

　家慶の大満足は忠邦の労を犒《ねぎら》って熄《や》まない。

「いろいろと心遣い大儀であった。これは当座の褒美《ほうび》じゃ、受け取ってくれ」

家慶は備前政宗の差料《さしりょう》を忠邦に与えた。

忠邦は、いま自分が全盛の峠にさしかかっていることを知った。得意の絶頂とはこのことである。

彼はともすると有頂天になりそうな自分の気持ちに、

(気をつけなければいけない。こういうときが危ないのだ。人間、全盛のときには足もとの陥穽《かんせい》に気がつかないものだ)

と言い聞かせていた。

それでも、客観的にみて、万事うまく行っていることに変わりはない。ことに将軍の信任がめでたいということは何にも増して強みだった。どのように実力のある閣老でも、ひとたび将軍家の不信を買えば、その地位は風前《ふうぜん》の灯《ともしび》で、いつ転落するかわからないのだ。無能な将軍でも、平気で老中を免じたり、蟄居《ちっきょ》を言いつけたりする権力を持っている。これが怖《おそ》ろしい。

また、その者に対する将軍家の信任が傾きかけると、そこは機を見るに敏《びん》な連中のことで、得たりとばかり反対派に回ってしまう。官僚化された譜代《ふだい》大名、側近旗本どもは、自己の保身《ほしん》に汲汲《きゅうきゅう》としているのだ。その反対派も相手の旗色悪しと見れば、たちまち牙《きば》をむいて、有ること無いことを将軍家に告げ口して、公然と排斥運動を起こすのである。あとは将軍家をその謀略に乗せるだけだった。

このようなことは、忠邦も歴代の流れからよく知っている。

忠邦は自分の周囲を用心深く見回す。まず、家慶からは信寵《しんちょう》されている。幕閣《ばっかく》は彼の勢威に伏して、こそとも不平を言う者はいない。公然たる反対はおろか、忠邦を批判する者さえいない。彼が言い出した改革令は前代未聞の、まことに厳《きび》しいものだったが、これも都合よく運んでいる。

いったい、このような激しい改革となると、必ずどこかで抵抗があったり、非難が唱えられたりするものだが、どの大名も旗本も、協力こそすれ反対する者はいなかった。

では、市中はどうか。――

これはだいぶん不平があるようだ。しかし、そのほとんどは商人で、彼らの反対はひっきょうするに、法令の統制で儲けがなくなったからだ。たとえば、彼らは今まで株組合などを作って独占企業を 恣《ほしいまま》 にしてきた。このような悪質な商人の手で物価は勝手に操作され、迷惑を市民に及ぼしている。また市民が贅沢《ぜいたく》に馴《な》れてきたのはこれらの商人の操りに動かされた結果でもある。忠邦は、そんなふうに思っている。

それで、市中取り締まりはすべて鳥居甲斐に任せてある。彼なら思い切ってやれる男だ。彼はこちらが少しはらはらするくらい思い切って締めつけている。

市中もまず何事もないとすると、いま家慶から貰《もら》った備前政宗の褒美が象徴するように、すべては忠邦を中心に都合よく地球が回っている感じであった。

これまでも忠邦は自分の足もとを絶えず見てきたつもりだった。彼は慎重すぎるくらいだった。じょうずに政策が遂行されても、どこかに危険な手落ちはないかと眼を配ってきた。それは忠邦に絶えずまつわって離れない不安ともいえる。普通の人間より苦労性にできているのかもしれない。

しかし、もうそんな心配はない。ようやく一つの坂は越した。あとはもう一つの大きな坂にかからなければならない。だが、これも思ったよりはうまくいくにちがいなかった。将軍の行列奉行といえば、そのこと自体は大きな事業ではないが、内容には重みがあった。気苦労の多い仕事なのだ。その役目を無事に終えた今、次なる坂も気楽に見えてきていた。

忠邦は疲れも見せないで、城から戻ったその日、鳥居甲斐守を上屋敷に呼んだ。

「ご大役を無事に終えられておめでとうございます」

と、鳥居は祝詞を述べた。

「ただ、お報らせしたとおり、お留守中に市内に出火をみたことはてまえの不調法でした。幸い大火には至らず、両国吉川町一町四方を焼いただけで収まりましたが、出火の責任はもとより警備に当たったてまえにございます。どのようにお叱りをいただいてもお詫びのしようがございませぬ」

鳥居甲斐守としては珍しく神妙だった。しかし、あとで考えると、これは忠邦が家慶から褒美を貰った直後のことで、その寛緩《かんかん》な気持ちにつけ入っていたともいえる。鳥居のことである、もしも忠邦が不機嫌にその責任を追及するなら、彼もただでは引《ひ》き退《さが》らなかったにちがいなく、必ず忠邦に抵抗したであろう。彼がすなおに謝ったのは将軍家から褒美をもらって駘蕩《たいとう》とした気分でいる忠邦の心理を踏んでのことであった。

「できたことは仕方がない」

果たして忠邦はおだやかだった。

「別して上さまお留守中のお膝元を騒がしたのはそなたの手落ちともいえるが、警備万端に手を尽くしていたことは知っているでな。いわば、天災でもあろう。今後いっそう市中取り締まりには気をつけるがよい」

と、軽く戒告しただけで済んだ。

「以後気をつけまする」

鳥居はいちおう恐縮して、

「火元玉屋市郎兵衛は、家財取潰し、当人は江戸お構《かまい》に処しました。今後のみせしめもございますから」

と報告した。

さらに鳥居は言った。

「上さま日光ご参詣で遅れ遅れになっておりました高島四郎太夫吟味の一件は、てまえの係りで明日から執《と》り行ないたいと思います。高島審判については、江川太郎左衛門初め蘭学者どもの嘆願書など出ておりますが、そんなものにかかわりなく吟味は厳重にすすめたいと思います」

鳥居は、出火の過失を高島審問の厳重さにすり替えて責任を埋めるつもりにみえた。

忠邦も鳥居耀蔵の性格に異常性があるのは知っていた。普通の人間と違っているのだ。彼の頑固《がんこ》さだけでは説明しきれないものがある。儒学者の家に生まれた耀蔵が蘭学嫌いなのはわかるが、それにしても、蘭学者への憎しみ方は普通ではない。

しかし、耀蔵にそういう異常性格があるからこそこの大改革が徹底してできたのだ。もし、気の弱い人間が奉行になって手ぬるい行政をしていたら、こうまで徹底した改革はなかったかもしれない。実に容赦《ようしゃ》のない耀蔵の苛察《かさつ》ぶりだった。彼の信念は何ものをも灼《や》き尽くさないではおかないような執念に化している。

だが、鳥居の異常性格も使いようによっては毒もまた薬となる。じっさい、忠邦は、改革には自分以上に精励《せいれい》した鳥居に感謝していた。

その忠邦は、名目は将軍日光社参の供奉総裁の功労として家慶の佩刀《はいとう》を貰ったが、この際、改革に尽くした耀蔵の功にも報《むく》いてやりたかった。かねがね思っていたことなのだが、いま、それを彼に発表しないと、何となくすまない気持ちになってきた。

「そなたにもいろいろと苦労をかけている」

と、忠邦の調子は耀蔵に出火の責を言ったときとは裏腹な言葉に変わっていた。

「上さまもそなたの精励はよくご存じであらせられる。これはわしが日ごろから思っていることだが、今度、そなたに五百石の加増《かぞう》を申請《しんせい》しようと思っている。そのつもりで今後とも励んでくれ」

鳥居耀蔵はおどろいて、

「思いがけないことです。まことにご厚意かたじけなく存じます」

と、感謝したが、心の中では、このお天気者がまた有頂天になっているわい、と思った。

耀蔵からすれば、忠邦の方針は、その心の中で絶えず動揺しているように見える。外から見てしっかりしているようで、あんがい、ふらふらしているのだ。忠邦くらい周囲に気をつかっている人間はいない。少し批判が出そうだと、それに神経を使っている。

（もし、おれがいなかったら、今度の改革など、この男にとてもできるものではない）

耀蔵はそう思っている。

忠邦は何か屈託《くったく》があると、おそろしく機嫌が悪くなる。しかし、気に入ったことがあれば、まるで雲の上に乗ったように上機嫌だった。その差もひどかったし、変化も激しかった。忠邦は現在の公儀は自分の力で抑えているように思いこんでいるが、どんな事態にもびくともしない信念に欠けるところがある。外の現象が天候のように忠邦の気持ちに影響を与えるのだ。

今はいい。この男、将軍から佩刀を貰って満足している。露骨に忠邦に反対する勢力も表面には見えない。市中の不平はおれの力で抑えているから、このほうも彼には安堵《あんど》である。平穏な現状に忠邦が安心しているのは、逆境が来た場合の彼の脆《もろ》さを思わせるものがある。慎重な男だが、惜しいことに確固たる度胸が足りぬ。だからこそおれが越前のつっかえ棒になっているのだ。――鳥居は彼なりにそう思っている。

いま五百石の加増を申請すると聞かされても、耀蔵にはそれが忠邦の上機嫌からくる思いつきにしか思えなかった。おそらく、それは実現するだろう。だが、耀蔵は礼を述べた口ほどには忠邦に感謝していなかった。

ところが、鳥居耀蔵にもいま気がかりなものがないでもなかった。

それは目下進行中の高島四郎太夫に対する吟味のことである。耀蔵は忠邦に四郎太夫に対する本格的な吟味を開始すると言ったが、実はそれは、この三月からつづけてきているのだった。

いま四郎太夫は伝馬町の揚り屋に拘置《こうち》してある。耀蔵はわざわざ牢屋敷に出向き、自ら四郎太夫の取調べに当たっていたのだ。

その四郎太夫は面やつれはしているが、なかなか元気だった。長崎から長い道程を護送されたうえ、揚り屋入りになっているので、もっと弱っているのかと思った。長崎では町年寄として、贅沢な暮らしをしてきた男なのだ。さぞかし拘置生活は身にこたえているだろうし、衰弱《すいじゃく》をしているものと想像していた。

ところが、審問に答える高島四郎太夫の言葉も力の籠《こも》ったものだし、眼も生き生きしている。彼の答弁がこれほどとは耀蔵は思わなかった。理屈が通っているうえ、その迫力は追及している側に圧迫さえおぼえさせるのである。

高島四郎太夫は、耀蔵の挙げた罪案に対して明快に答えた。

「そのほうが莫大な私費を投じて西洋流の大砲、銃器などを夥しく購入して蓄《たくわ》えているのは謀反《むほん》の支度ではないか。こちらの調べたところによると、西洋流大砲三門、野戦砲十門及び小形のもの和流ともとり混ぜ二十余挺《ちょう》、そのほか西洋流及び和流の小銃四百挺余、具足《ぐそく》、槍《やり》、薙刀《なぎなた》の類夥しく蔵に蓄えていることは分明《ぶんめい》である」

という問いには、

「その武具の準備については私心は一つもなく、当今の情勢からみて一朝ことあるときに備え、おりおりの長崎奉行の認可を得て外国より買い入れたものでございます。てまえ先祖は天正二年近江より長崎に下って以来、太閤の下知により出頭人となり、以来、代々町年寄を勤めた家柄でございますうえ、父四郎兵衛のときより鉄砲方をも命ぜられております。されば、西洋の武具を蓄えているのは勤め向きに忠実であるからでございます」

と答える。

「そのほうの伜浅五郎はじめ地役人どもと語らい、鯨漁《くじらりょう》にこと寄せ長崎郊外に足溜《あしだま》りを設け、異国の兵を引き入れんと異望（謀反）を企てたる次第はどうか？」

「鯨漁をいたしたことは真実にござりまする。およそ日ごろより調練なくしては、どのように武具を蓄えましてもいたずらに絵に描いた餅でござりまする。されば、古《いにしえ》より演習は必ず猟にこと寄せて行なわれております。たとえば、源頼朝のころには富士の裾野にて猪《しし》狩《が》りをいたし兵の調練を行ないました。権現さまもしばしば各地に鷹狩りを催させられ、これまた兵の駆引《かけひき》、武技の訓練にお心をおかけあそばされました。されば、万一、異国の船とことを構える場合を想定して、われらが海上にて鯨狩りをなし演習をいたすのはしごく当然かと存じます。それを何やら異国の兵を引き入れる密謀と言いふらすのは、下心ある者どものいわれなき中傷にござります。決してさようなことは微塵《みじん》も考えておりませぬ」

「しからば、小島郷におけるそのほうの居宅が石塀を堅固に修理し、城郭同様に築きたることは、汝の門人を肥後に遣《つか》わし米を買い入れたることと相俟《あいま》って、いざという場合、公儀向きに対する籠城の構えではないか?」

「そもそも、てまえ、居宅のある小島郷は狭い渓谷《けいこく》の丘陵上にござりますれば、この地形からしてとうぜん崖《がけ》の上に石垣を築きまする。それは崖崩れを防ぐためにほかなりませぬ。総じてこのあたりの家はいずれも石垣の上に建っておりますれば、お調べのほどを願いまする。また、門人を肥後に遣わし米穀を買い入れたのは、去る天保八年飢饉の年、長崎市中でも食糧欠乏し、奉行の許可で町会所の金をもって四方から米を買い集めた経験によるものにござりまする。つまり、いつさような飢饉が参っても当座間に合わせるだけの米は貯蔵し、おもむろに他国よりの米の輸入を待つつもりで倉庫に入れてありました。しかしながら、現在はその米穀もまことに少なくなっております。もし、てまえに異心があれば、現在も倉庫に米俵が充満しているはずでござりますが、それがないのは、それが一時的な応急の処置のためだったからにござりまする」

裁判官鳥居と被告高島との応酬は、ざっとこんな具合である。

高島四郎太夫の答弁には気魄《きはく》が籠っている。ただ単なる言いのがれや、言葉のうえの弁疏《べんそ》ではない。信念がなければ、これだけの迫力は出ない。

ともすると、鳥居のほうが言い負かされるのだ。もともと、鳥居には高島を何としてでも陥れたい気持ちがあるから、起訴事実に無理がある。その無理を承知で権力にかけて彼を圧し潰そうとするのだ。論理の勝負ではなかった。権力者と被圧迫者の対立である。

しかし、いくら鳥居でも現在のままでは高島を罪科に陥れることはできなかった。証拠力は弱いのである。ことに被告側には伊豆韮山《にらやま》代官江川太郎左衛門をはじめ全国の蘭学者たちの後押しがあった。彼らの請願書は、忠邦のところをはじめ各老中や有力者たちの手元にまで殺到している。この無形の圧力を鳥居といえども感じないわけにはいかない。

それを撥《は》ね返すには、どうしてももっと強力な証拠がほしい。

ここで鳥居は、長崎にある反高島派の巨頭、町年寄である福田九郎兵衛から高島に不利な証拠の収集を考えついた。前に茂平次が持ち帰ったものだけでは証拠能力として薄《はく》弱《じゃく》である。耀蔵は、すぐさま長崎奉行に命じて福田九郎兵衛と協力するように訓令を出すことにした。これは忠邦の手でやらせるほかはない。江戸町奉行には長崎奉行を指図するだけの権限がないからだ。

忠邦は耀蔵の進言を聞いて裁判の見通しを確かめている。

「大丈夫か？」

「四郎太夫の謀反は歴然たるものがございます。しかし、彼はなかなかの男でございますから、容易に尻尾《しっぽ》を出しませぬ。長崎に言ってやれば、必ず動かせぬ証拠が集まるものと存じまする」

耀蔵は自信を漲《みなぎ》らして言い切った。

だが、その自信も、実は耀蔵にもはなはだ頼りないものであった。忠邦が危惧《きぐ》しているとおり、この裁判が長びけば、耀蔵の側に形勢が不利になってきそうな惧《おそ》れがある。もともと、でっち上げの罪状であるということは、耀蔵自身にわかっていることだった。

耀蔵にも高島四郎太夫吟味一件には、こういう不安があったのである。これを消すためには是が非でも四郎太夫を罪に落とさねばならない。彼に長い拘置生活をつづけさせて疲労困憊《こんぱい》させるのも一つの方法であった。

水野忠邦の幸運は日光社参の総奉行として備前政宗の佩刀を賜《たまわ》っただけではなかった。それから二月《ふたつき》ほど経た六月二十二日には、将軍から特旨をもって越中国《えっちゅうのくに》国房の刀、黄金二十五枚、備前国康光の小刀、黒柄塗金御紋散らしの麾《さいはい》を拝領した。同時に家慶の令旨を授《さず》かっている。

「昨年御改革仰せ出され候以来、格別出精につき、御賞美も下さるべきのところ、かえって本意を失うべしを思し召し、まず、御持伝えの品々を下され候。なおまた、御含みもあらせられ候間、この御麾はかねがね御持料の御品に候えども、深き思し召しを以て下され候。以後別して懸念なく指図これあるように出精いたすべく候」

つまり、普通の褒美《ほうび》ではかえって家慶の気持ちが伝わらぬから、代々大事に徳川家に伝わっている品のうちとくに持料の麾を与えるから、今後とも十分に政治向きに精を出せ、というのである。

忠邦は感激した。

さきにくれた備前政宗の差料は、普通の者でも貰えないことはない。しかし、将軍家の麾を貰ったのは、すなわち、将軍に代わって庶政を見、百僚有司を指揮せよ、という意味である。いうまでもなく、麾は戦場で総大将が兵の駆引《かけひき》に揮《ふる》うものだ。泰平の今は政治を万事宰配《さいはい》せよ、というわけで、これ以上の信任はない。

まさに忠邦にとっては天にも昇る心地であった。彼は、この将軍の信任にこたえるためにはどのような努力をしてでも改革を遂げ、幕府の安泰を図らねばならないと決心した。

そのためにはいま考えている印旛沼《いんばぬま》の開鑿《かいさく》に早く着手し、一日でも早く運河を通じさせなければならない。また彼がひそかに考えている上知の計画も実行に移して家慶の知遇に報いねばならぬと思った。

忠邦にはこの麾の下賜がよほどうれしかったにちがいない。自分の地歩が将軍家の信任によって不動になったばかりか、これまでの苦心を家慶はちゃんと見ている。彼の苦労はむだではなかったのだ。

じっさい、その感激で忠邦はひとりでに自分の身体が宙に浮きそうなくらいだった。

もちろん、拝領した将軍家の麾は床に飾り、女房や家来どもに拝ませて祝宴を張った。家来一同も、まことに祝着このうえもございませぬ、と喜んでくれる。

忠邦が口約束した鳥居耀蔵の五百石加増も、将軍家に請願してすぐに実現をみた。

鳥居は、自分が五百石貰ったよりも、忠邦が黒塗りの麾を下賜されたことを喜んでくれている。

「このうえは、ほかのことにはご懸念なく、いよいよお仕置に邁進《まいしん》できますな」

耀蔵は忠邦自祝の杯《さかずき》を受けながら言った。

「わしもこれで落ち着いたよ。いや、どのくらい安心したかしれない」

忠邦の口から正直な言葉が洩《も》れた。じっさい、彼がこれまで強引に進めてきた政策には、絶えず一抹《いちまつ》の不安がつきまとっていたが、今度の家慶の褒賞でいっさいが杞憂《きゆう》に終わり、真に家慶の令旨のとおり老中としての指図が自在にできるのだ。「別して懸念なく」の七字が忠邦の胸に千鈞《せんきん》の重みで沈むのだった。

（よし、もう誰にも遠慮はせんぞ。思いどおりにやるのだ）

忠邦は満足のなかで決意した。

（上さまがおれについていてくださる。誰が反対しようとも、上さまだけはおれの味方だ。……もう、おれが何をしようと、誰もぐうの音も出まい。遠慮なくやろう）

自分自身が急に大きくなって感じられる。

彼はそんな自負で鳥居耀蔵に言った。

「これからもますます、そなたにはこの忠邦の片腕となって働いてもらわねばならぬ。よいな。そなたとわしとは一心同体だ。お互いにやるのだ。どのように苦しくとも公儀のために尽くそう」

忠邦は、自分でそう言いながら涙が滲《にじ》みそうである。

「おっしゃるまでもありませぬ。この耀蔵は、とうからおてまえさまひとりのために働いております」

耀蔵は、おのれの眼の前にすわっている忠邦が家慶の信寵を享けて超人となっているのを見た。日ごろ忠邦を見馴れている耀蔵にすらそう映《うつ》ったのである。

その夜の忠邦の上屋敷では祝宴が張られたが、耀蔵も忠邦の鼓《つづみ》に合わせて謡曲「竹生《ちくぶ》島《しま》」の一曲を舞った。

そのめでたい雰囲気《ふんいき》がまだあたりに靄《もや》のようにたゆたっているときだった。耀蔵は忠邦と二人きりになると、こっそり話した。

「延々になりましたが西の丸の謀略の一件ですが……」

「西の丸？」

忠邦は、忘れている顔だった。

「それ、いつぞや西の丸から宿下がりの女中が持っていました書状の一件でございます」

「うむ、駕籠《かご》の中で殺された……いや、死んだという、あのことか」

「手紙には、太田備後守、水野美濃守などの名が出ております。宛名は、これも彼ら一味の旗本でございました。これはその女中の養父で……」

「うむ」

忠邦はやっと思い出したように、眼を開いた。

「何かと取りまぎれ遅くなりましたが、いよいよ彼らの謀反《むほん》の罪状が明白となりましたのでしかるべく処分を願いとう存じます。これで、おてまえさまに刃向かう一派は、この地上からいなくなってしまいます」

と、耀蔵は言った。

そのことがあって四、五日のちだった。今は退隠している、さきの老中太田備後守資《すけ》始《とも》のところに、水野越前からひそかな使者が立った。

「越前守が申すには、太田備後守殿にはこの書状にお憶《おぼ》えはございませぬかということですが」

使者が見せたのは、かつて飯田主水正の屋敷前で殺された西の丸女中の持っていた書状だ。これは、ずんぐりした背の覆面の曲者《くせもの》が女中の駕籠を襲って殺害したのち奪ったものである。かっと照った真夏の昼間の陽炎《かげろう》のような出来事だった。

備後守はじろりと見て、

「いっこうに」

と、それを使者に投げるように返した。

「はて、わしの知らぬことだ。何やらわしの名前らしきものが書いてあるが、心憶えはない」

「さようでございますか」

使者は、その答えを予期したように書状を大事に巻いた。

「さりながら、越前守申すには、なにぶん二年前の古い書状でございますゆえ、備後守殿もご記憶がないかと思われる。いいえ、ご存じなければ、それにて結構とのことでございます」

何やら奥歯に物のはさまった言い方だったが、それから三日して、今は隠居している

備後守に、

「思し召しにより、隠居の身なれども蟄居《ちっきょ》を申し付ける」

と、老中水野越前守名義の命令書が来た。

太田備後守は笑って、

「さてさて、越前も執念深い男だな。わしは隠居の身で何一つこの世に望みはないが、それに追討ちをかけるとは、死人に鞭打《むちう》つようなやり方じゃ。わしはまだいいが、信州高島に流されている水野美濃は、どんな思いをしてこの書状を受け取るであろうかの」

と、左右の者を見回して寂しく言った。

同じ書状は高島に配流されている水野美濃守忠篤《ただあつ》にも追いかけるようにして届いた。

「そのほうの行状よろしからざる旨お上に達したゆえ、厳重に閉門申し付ける」

とあった。

同時に預け主、諏訪因幡守《すわいなばのかみ》に宛《あ》てては、

「美濃儀、配流の身をもかえりみず不謹慎の儀上聞に達せるにより、美濃の身柄をきっと窮命申し付け、昼夜の警固を厳重にいたし、そのつど老中に報告に及ぶように」

という達《たっ》しであった。

そこで、諏訪家ではこれまでわりと自由に任せていた水野美濃のために一舎を造り、その周囲に濠《ほり》を深くめぐらし、昼夜交替で厳重に監督した。また飲食物、入浴その他にも制限を加え、あたかも獄舎の囚人のごとき扱いに変えた。

美濃は昔日《せきじつ》の面影をなくしていた。彼が家斉《いえなり》の側近として羽振りを利かせていたころ、その白皙《はくせき》な容貌は、まるで役者のようだと大奥の女中どもに騒がれたほどだ。それがこの待遇になってからは、頬《ほお》はこけ、眼は落《お》ち窪《くぼ》み、一どきに十も年齢《とし》を取ったように窶《やつ》れた。

彼に同情して少しでも規定外の楽をさせようとする警備の武士がいると、

「お志はまことにかたじけないが、もし、このことが水越に知れるとご当家にご迷惑がかかるでな」

と、美濃は辞退した。

美濃守閉居の警備状況は、命令どおり月に二度、因幡守より大目付に報告された。

——天保十二年、忠邦から追放された太田備後守資始を中心として、林肥後、美濃部筑前などがよりより協議して、水越への捲返しを策していたのは事実である。彼らがその栄光の座をすべった直後のことで、まだ忠邦の勢力が今ほど確立していないころだった。むしろ退隠した太田備後守に反改革派の人気が隠然として集まっていた。備後守の屋敷で茶会や月見などにこと寄せて水越打倒の画策《かくさく》が極秘裏《ごくひり》に練られていたことも間違いでなかった。

彼らはさらに、独力ではことが成らないとみて、大奥の助力を求めた。それは越前から裏切られた西の丸女中の不平党と連合することにした。画策がある程度まで進んだとき、西の丸よりの連絡密書が奪われて女中が殺されたのである。

それが何者の仕業《しわざ》であるかは、太田らもいち早く感じ取った。畏怖《いふ》が計画の進行を挫《ざ》折《せつ》させた。つづいて水野美濃が修験僧《しゅげんそう》了善の呪法《じゅほう》事件をでっち上げられて、江戸から信州高島に落とされるに及んで彼らの企《たくら》みも完全な絶望となったのである。

耀蔵は例の手紙を実に長いあいだ温《あたた》めて、もはや、どこからも自分らの体制を崩《くず》すものが出ないと見きわめて、美濃らにこの追討ちをくわせたのだった。

謀反の元凶ともいうべき太田備後や水野美濃の憔悴《しょうすい》ぶりを報告で聞くと、耀蔵は空を向いて大笑いした。

家慶は日光から帰ってもまだ機嫌がよかった。彼は大奥で女中などと遊ぶときは、この小さな旅行のことを繰り返しては話して聞かせる。

いったい、将軍家は、その日常が平凡なだけに、少しく変わった経験をすると他愛もない刺激になる。彼は朝起きて朝食を済ませると、気が向けば庭で弓をひいたりするが、たいてい何となく正午までを過ごす。

午後は中奥に出て、老中どもが回してくる書類を見たりするが、ほとんどが老中まかせだから、盲判《めくらばん》といってもいい。それも二時間ばかりすわれば長いほうで、あとは奥にはいって気ままなことをしている。御用向きを伺いにくる老中との話は小面倒なので、大奥で女中相手に遊んだほうがどのように気楽かわからない。それで、朝食は表でとるが、昼食《ひる》と夕飯とはたいてい大奥でする。

その日夕刻近くなって、御膳番方からお好みのことを伺いにきた。これは好物があれば御膳番方でそのように献立《こんだて》したいからで、家斉の場合は尾張の鮓《すし》が好きで、飽きもせずこれを食べていた。尾州家も内々に五日目ごとにこれを献上していたのである。

また、八代《やつしろ》（肥後）蜜柑《みかん》も好きなので、細川家よりこれまたたびたびの献上があったという。

家慶は魚が好きだった。そこで、御膳番方の伺いを奥女中が取り次いだとき、

「魚の煮ものにせよ」

という言葉があった。

だいたい、将軍の食べものは、御膳所で用意したものを器物に入れ、これを笹の間という御膳立ての間に運ぶ。

御膳番の御小納戸《おこなんど》がこれを受け取って、さらにお次に運ぶ。ここには七輪のような大きな炉があって、鍋などがいくつとなくかけてある。陽気がいいときでも、火をたやさない。汁物などを冷《さ》まさないためだ。

御膳番はこれを取り揃えて将軍の前へ出すのだが、この膳を運ぶのは表では御小納戸の役となっているが、大奥では、むろん、すべてが女中の手である。

そのときも夕食に、奥女中が掛盤という四つ脚の膳にいっさいの料理を椀《わん》や皿に盛付けして運んできた。

お給仕は、将軍がお手つきの中﨟《ちゅうろう》のところで食べるときは、むろん、その中﨟がする。そうでないときは夫人がしたり、お清《きよ》の中﨟が奉仕したりする。

このときのお給仕は、お清の中﨟で歌川という女だった。

家慶は、まず黒塗りの椀の蓋を取って吸物《すいもの》を啜《すす》った。次に同じく黒塗りの椀に盛った飯に箸をつけ、ふと魚の煮物に眼を落とした。

家慶は何を思ったのか、掛盤の上をきょろきょろと見回した。お給仕の女中が、すわこそ何か手落ちがあったのかと、胸をとどろかせて家慶の顔色を窺《うかが》った。

「はてな、煮魚にはいつも嫩生姜《めしょうが》を付けていたが、ここに見えぬのは取り落としたのではないか？」

家慶は言った。中﨟はおどろいて、

「ただ今、膳部の者に問い合わせて参ります」

と、座を起《た》った。女中も家慶が嫩生姜が好物だったことを知っている。御膳番方では女中の口上を聞いて顔を見合わせたが、

「実は、嫩生姜は半年前のご禁令により農家で作ることがお禁《と》めになっております。それゆえ、御膳部に奉ることができませなんだ。その旨を言上願います」

という説明をした。

中﨟が家慶の前に戻って御膳番方の言ったことを取り次ぐと、家慶は小首をかしげ、

「はてさて、嫩生姜のような膳味を助けるようなものまで禁止するとは思わなかったな」

と、呟《つぶや》きを洩らした。いかにも心外だという面持ちなのである。

「まことに申し訳ありませぬ」

と、中﨟は頭を下げて謝ったが、これはむろん彼女たちの責任ではない。また御膳番方の手落ちでもない。要するに水越の改革令で百姓が嫩生姜を作らなくなったまでだ。したがって、出入りの商人もこれを納入することができない。

だが、このありさまを見た中﨟は、すぐさまほかの同輩に伝えた。

「上さまには嫩生姜がご禁令になっていることをご存じあそばさなんだ。食膳で嫩生姜のごときまでご不自由なさると思えば、わたくしは涙がこぼれました」

と、真《まこと》しやかに袖で眼を蔽《おお》った。

天下の将軍家が嫩生姜に不自由するとは、まことに前代未聞である。このことは大奥女中の間にたちまち電波のように伝わった。

この話が年寄姉小路《あねこうじ》の耳にはいったのは当然である。

「上さまはさように仰せられたか」

姉小路は屹《きつ》となってあらぬ方を睨《にら》んだ。

「……してみれば、このたびの倹約令はすべて上さまのお意図から出たのではなく、水越が勝手に作りおったのじゃ。水越は独断で上さまの口移しをし、あたかも上さまの思し召しから出たように天下を偽《いつわ》っていたのじゃ」

姉小路の憤慨した言葉は、ふたたび電波のように大奥の全女中の間に伝わった。さあ、騒動である。

――越前、増長。

の声がひろがりはじめた。

あたかも、かつての大奥の人気者、水野美濃守忠篤の信州幽居の窮境が伝わってきたころだった。

水野美濃守忠篤は、色白の優男《やさおとこ》であった。大奥女中は、忠篤を垣間《かいま》見ては贔屓《ひいき》役者になぞらえ騒いだものである。御用取次としての美濃守は、家斉の側に始終ついていたので、女中たちもその優雅な姿を見かける機会が多かった。物腰が柔らかで、立居振舞が垢《あか》ぬけ、含み声まで女心をそそった。

その美濃守が信州高島の幽居で見る影もなく痩《や》せこけ、半病人となり、暗い一間に毎日を鬱々《うつうつ》として送っているというのだ。

「おかわいそうに……」

と、女中たちで彼に同情せぬ者はない。なかには、その噂を聞いただけで涙ぐむ女がある。

女中たちの忠篤への同情は、ただ彼が美男だったことや、女たちにやさしい心根を持っていたことだけではない。彼への記憶には、当時華《はな》やかだった自由の幻影《げんえい》が重なっているのだ。

家斉のころは（今から考えれば）まさに大奥の女中たちの天国だった。大御所時代の家斉は、その贅沢《ぜいたく》仕放題の生活に湯水のように金を使い、女中たちも思う存分の栄耀栄《えいようえい》華《が》ができた。

わけて、この女中たちにうれしかったのは、お寺詣りと称する異性との接触だった。家斉は愛妾お美代の方の影響を受けて日蓮宗に帰依《きえ》したから、大奥女中で重立った者は争って代参を買って出た。下総《しもうさ》中山の智泉院、谷中の延命院、雑司ヶ谷の感応寺などは、彼女たちの享楽《きょうらく》の場所だった。ことに中山は、泊まりがけでなければ行けないので、代参の希望者が捌《さば》き切れないくらいに多かった。家斉の眼病という噂をつくり上げ、その平癒祈願《へいゆきがん》が口実であった。

代参となれば、高級女中だけではなく、お供の女中が大勢つくので、それぞれが役得にあずかる。

家斉自身夥《おびただ》しい妾《めかけ》を持っていたから、この時代くらい大奥の風紀が乱れたことはない。それについて、家斉の側近第一号の水野美濃守が何かと大奥のご機嫌をとるのだから、その人気は彼の美男ぶりと相俟《あいま》ってたいそうなものであった。当時すでに老中入りをしていた水野越前守は黙していたのだ。

絵島生島の事件が起こって、大奥女中に大量の処分者が出たが、以来芝居見物はお禁《と》めになった。そこで、大奥女中の役者買いは坊主買いに変じたのである。女中が祈禱の衣類を入れる長持に忍んで七ツ口から脱出し、寺へ逢引に行っている。これは代参の回数にも限度があったからだ。

前にもふれたように、これを摘発したのが時の寺社奉行脇坂淡路守安董《やすただ》で、七ツ口で目付に命じて長持を強引に検査させた。

越前守が天保の改革に着手するとすぐに、死んだ家斉の命でできあがったばかりの感応寺の七堂伽藍《がらん》を破却にかかったのだが、大奥女中にしてみれば、わずかに開かれた性への道が完全に閉鎖されたわけである。もっとも、男子禁制の大奥でも抜け道はあったらしく、屋根葺《ふ》きの職人が庭先に転落死したとき、それを普請《ふしん》中の出来事として片付けている。実はその男がどこから落ちたものやらわかったものではなかった。また、西の丸が炎上したとき、焼け跡から男の死骸が出てきて、犬猫同様に片づけられて不問に付された。

だが禁令が厳しくなると、このような抜け道も閉ざされ、今ではわずかに出入りの商人が差し入れる草紙《そうし》類や役者の似顔絵、錦絵などで、その鬱《うつ》を散じていた。本所に四つ目屋という媚薬《びやく》やいかがわしい道具を売っている店があり、しばしば川柳の材料にされているが、大奥女中もこのようなものをひそかに出入りの商人に頼み仕入れていたらしい。だから、役者絵の購入や収集も禁欲生活の彼女らには自慰的な対象物であったろう。その絵草紙類も今年の二月から発売禁止となった。

「襖《ふすま》、屛風《びょうぶ》、そのほかの品々に役者似顔、紋付などの描き絵、張絵《はりえ》などこれあり、これらはいささかにても売買まかりならず、早々に取り除くべきこと」

という布令がそれで、絵草紙屋からこれらの品を一掃するとともに、版元にも申し付けて発行を停止させた。

奥女中は、出入りの御用商人の溜場《たまりば》である七ツ口の手摺《てすり》まで出て日用品など言いつけるほかは、彼らに託して自分の望む品を買い求めさせ、これを手に入れていた。その中には彼女らのひそかな愉《たの》しみとする絵草紙類や読本《よみほん》などがはいっていたのだが、版元がこれらの発行を中絶し、絵草紙屋の店頭からも役者絵などが消えてしまえば、大奥女中も愉しみの路が絶たれたわけだ。

この不自由も彼女たちの大きな不満であった。

水野越前守は、奥女中に決して直接なかたちで緊縮方針を強制しない。だが、彼女らの供給源を締めつけることで間接に改革の効果を狙《ねら》った。

女中たちの不平がつのっているところに、将軍家が嫩生姜のことで不用意に不審を洩らしたのだ。この一言から、彼女らの敏感な神経は、禁令が将軍家の意志でないことを知り、改革の張本人水越《みずえつ》への怨嗟《えんさ》となった。ことに将軍家を何よりの権力の象徴と考えている彼女たちは、それを飛び越えて諸禁令を発布する水越が将軍家をないがしろにしていると思った。

しかし、改革令そのものの趣旨は、家慶が大御所家斉の没後革新的な気分で打ち出した線なので、表向きこれに抗議することはできなかった。さりとて、水越の専断をこのまま黙っていることは、もちろんできない。

年寄姉小路が水野に奥向きのことで面談したいと申し込んだのは、嫩生姜の噂が大奥に流れた二日あとだった。

それまで彼女は工夫したらしい。


大奥の年寄は、ときどき事務上の打ち合わせで老中首座と面会することがあった。場所は御広敷である。表の役人と奥の女中の公式の接触を許されている唯一の場所だ。年寄の面会申込みだから、忠邦もいやとは言えない。大奥の年寄となれば、ほとんど老中と同格だから、こちらの勝手で断われない。ことに面倒な大奥では、忠邦も取るのも取りあえず面謁《めんえつ》しなければならなかった。

忠邦は、姉小路の申込みに一抹《いちまつ》の不安を伴う予想がないではなかった。改革は間接的に大奥まで伸ばしているので、おおかた、それへの苦情であろうと察した。しかし、これはぜひ大奥にわかってもらわなければならないことだ。改革を徹底しようとすれば、大奥だけを特殊圏内にするわけにはいかない。まず、大奥女中の注文によって出入り商人の納入品から倹約の線が崩れていく。市中への供給を極端に締めて、ここだけの特例を認めれば、為政者《いせいしゃ》の片手落ちともなり、大奥へ対する市民の不満ともなろう。これは大奥から率先《そっせん》して市中の鑑《かがみ》となってもらわなければならないと思った。

年寄姉小路に会うまでの忠邦は、そういう線で相手を説得する肚《はら》であった。

姉小路の男を知らぬ生活は年齢《とし》よりずっと若く見え、姥桜《うばざくら》の色香も匂《にお》うばかりである。将軍家慶が姉小路に手をつけたという噂が一時流れたくらいであった。忠邦も彼女と御広敷で対座していると、ともすると、彼女のとり澄ました威勢と、女盛りの蠱惑《こわく》に圧迫されそうになる。

その姉小路は忠邦に、先日彼が上さまに従《つ》いて日光社参の奉行を勤めた苦労を犒《ねぎら》い、さらに家慶から褒賞《ほうしょう》があったことを祝った。

「これもおてまえさまが日夜寝食を忘れてのご忠勤のゆえでございます。おめでとう存じまする」

と、頭《かしら》を下げて述べた。

「取るに足らぬわたくしごときの勤めに過分な拝領などいたし、感激しております。この御恩顧《ごおんこ》に報ゆるため、忠邦、粉骨砕身、今後も忠勤を尽くすつもりでございますゆえ、姉小路さまにもよろしくお引立てを願います」

忠邦も低姿勢だった。

そんな挨拶があったあと姉小路は用件を言い出したが、たいした内容ではない。そんなことなら、御広敷用人に言いつけて、用人から老中に取り次いでも済むことである。しかし、忠邦ももとより姉小路の面会がそれだけの用件とは思っていなかった。ひとしきり連絡的な話が済むと、姉小路は口のあたりに淡い笑《え》みを泛《うか》べて言い出した。

「近ごろは、ご改革のご趣旨も世上にはだいぶん行きわたっているようでございますな」

忠邦は、来たなと思ったが、さあらぬ体で、

「さよう、恐れ多くも上さまのご威勢でかなりご趣旨が行きわたったようでございます」

「それはめでたいことでございます。上さまのご威光もさることながら、そこもとのお腕がよろしいからだと思います。近ごろ、大奥でも質素倹約の風がしだいにあらわれまして、女中どもも越前殿のご威勢には舌を巻いておりまする」

「奥向きにもいろいろとご不自由の向きもあろうかと存じますが、そこを辛抱していただいているのも、ひとえに上さまのご趣旨を体得されているためと、われらも感銘いたしております」

忠邦は、あくまでも家慶の意志だと主張したい。

「上さまのご威光はもとよりでございます」

姉小路はつんとして軽く逸《そ》らした。

「さりながら、おてまえさまなくば、かほどの実績は上がりますまい。いや、もう、ほとほと、その行きわたりぶりには感嘆のほかはございませぬ。去年の暮れの市中は、まるで火が消えたようだったそうにございますな？」

「姉小路さまも大奥におられますゆえ、下々の噂は何かと輪をかけてお耳にはいるかと存じます。てまえ、見聞したところでは、さほどまでには市中も寂れておりませぬ。かえって諸法令により人の心が締まり、軽佻浮薄《けいちょうふはく》な趣《おもむき》が消えて堅実になっております」

「それは重畳《ちょうじょう》」

と、姉小路は裲襠《かいどり》の前を合わせた。

「わたくしたちは大奥に始終引っ込んでおりますゆえ、自然と世の中に疎《うと》くなり、ただ今、おてまえさまのお言葉のように、間違った風聞をつい耳に入れるのでございますな。越前殿、これからは、かりそめにも由《よし》なき噂など信用いたしますまい。われらも市中に隠密を入れてほんとうのことを探らせましょうかのう」

姉小路の言葉は忠邦のやり方を皮肉ったのである。忠邦は、いま家慶の側室に入れている女の親元風月堂にしきりと市中の様子を探らせ、情報を集めさせている。これが専《もっぱ》ら世間の噂となってひろまっているので、姉小路もそこを当てこすったのだった。

いったい、忠邦と風月堂の主人大隅喜右衛門とは密接な関係がある。忠邦の生母というのは風月堂の二代目の娘で、これが忠邦の父の妾に上がって、その腹に彼ができたのである。

忠邦が京都所司代から西の丸老中に転任してきたとき、京都の菓子司である風月堂も忠邦に従って江戸に店を開いた。この主人が現在の三代目大隅喜右衛門である。この三代目の娘が家慶の侍妾《じしょう》となっているから、因縁《いんねん》深いわけだ。

このことは世間で誰知らぬ者はない。したがって、三代目喜右衛門が水野の手先となって町の風聞を探索しているというので、世間は風月堂に怖《おそ》れを抱いていた。

姉小路がうしろに控えている女中にその格好《かっこう》のいい顋《あご》をしゃくると、女中は懐《ふところ》にたたんだ紙を取り出して渡した。

「越前殿」

姉小路はたたんだ紙を彼の前にひろげたが、それは薬湯《やくとう》の効能書になっている。

「近ごろ、かようなものが市中に刷りものとなって出ておりますそうな。局《つぼね》の者が宿下がりの節、手に入れて持ち帰ったのを見ましたが、あまりよくできておりますゆえ、越前殿に座興《ざきょう》としてお目にかけまする」

姉小路が突き出すようにしたので、忠邦も仕方なしにそれに眼を落とした。

「衣気《きぬけ》御発湯《ごはっとう》（法。御法度《ごはっと》に擬す）
驕奢《おごり》
抑々《そもそも》此御触薬の儀は、寛政年中東武伝来無双の厳法にて、諸国一統流布《るふ》の禁制なり。当時世上衣気増長の商多き故、此度相改め極上の彼薬細吟の上、三都は勿論日本国中身分不相応の人々へ、知らせとして効能書左の如し。
一、第一おごりを止め、上をただし下のつかへを緩《ゆる》め、夫々《それぞれ》職をすすめ、内の憂ひを省き、金の出入を安うする故に、貧の病を治む事神の如し。
一、諸株の決したるを散じ、益々金をゆるうし、米価増長を止め高値の油を安うし、酒ののぼせを引下げ、炭薪の不足を補ひ諸色安うする故に、自然と枕を高うし

て寝《やす》むる事を得る。（注。問屋、株札組合の解敗をいう）
一、貧に迫る人も早くこの兼薬を用ふる時は、内の衰《おとろへ》を恢復せしめ、次第にあたたまる事神の如し。風の荒く吹き、夜寝られぬ時は、早々夜廻りか又は見廻りを用ひて効能あり。（注。奉行所役人の三回り、四回りの査察ぶりをいう）
一、人気を正し、船の通ひをよくし、入津《にゆうしん》多き時は自ら諸品を引下げ、衣食住の三つを安うし、金銀の廻りを快くする事神の如し。（注。問屋廻船の禁止をいう）
一、竊《ひそか》に隠れたる妾を追出し、里に色道を現はし、五体の虫を去る。
此外効能数多《あまた》ありと雖《いへど》も、そのあらましを記すのみ。尤も此薬を用ひて二三ヶ月は窮屈なりと雖も、油を絞り職を進むに至りては、家内和順ならしめ富貴のもととなり、慎しむべし云々。

町廻りの外、一切とりつみ差出し申さず候。南辺に紛らはしきやくしや御座候間、御吟味の上にて御咎《とがめ》なさるべく候。

禁　物

天鵞絨《びろうど》、縮緬《ちりめん》類、諸絹物、唐物類、女髪結、鼈甲《べつこう》、茶の湯、遊里並《ならび》に妾朝寝、芝居、遊山、大酒、遊芸、喧嘩《けんか》、空言《むだぐち》、色情。……」

忠邦は不審そうに眼をあげた。

なぜ、このようなものを姉小路がわざわざ見せたかよくわからない。強いて言えば、改革を皮肉った市井《しせい》の風刺戯文《ふうしぎぶん》をいやみたっぷりに出したというにすぎない。

このような戯文は、川柳、チョボクレ、番付、いろは歌留多《かるた》、長唄、引札（広告文）などに擬して、事件あるごとに江戸の市民は落書している。たとえば、家斉の逝去《せいきよ》後、水野美濃、美濃部筑前、林肥後などの三権臣や、中野碩翁などの没落のときも痛烈な戯文が流行した。

忠邦も改革の徹底で市民から喜ばれていないことはよくわかっていた。しかし、手ぬるい手段では失敗に終わることは、これまでのたびたびの改革が不発になっていることでもわかる。今度こそは世間から多少の反撃《はんげき》があっても覚悟のうえだった。ただ、鳥居のやり方があまりに苛酷なので、多少行過ぎであることは忠邦も内心認めている。

そんなとき、鳥居甲斐は必ず彼の前にすわって、

（気を弱く持たれるな。乗り出したからには一歩も退いてはなりませぬ。矛先《ほこさき》を少しでも鈍らせれば、それだけ敵にこちらの足もとを踏まれますぞ。乗り出した以上、是が非

でもこれを貫きなされ。あくまで強気でお進みになることだ）

と、叱咤《しった》激励するのだった。

「下人どもはおもしろいことを書きますな」

いま、忠邦の眼の前の姉小路は、怜悧《れいり》な顔に美しい青い眉《まゆ》をあげて、揶揄《やゆ》するようなほほえみを泛《うか》べた。

「ご改革を薬にたとえ、効能書を並べたところは、なかなかのものでございます。ところで」

と、姉小路は語気を改めて、

「このたび役者似顔などの付いた屏風、襖絵、草紙などいっさいお禁《と》めになされたそうだが、さようでございますか？」

と質問した。

「されば、あのようなものはとかく淫《みだ》らな風俗を誘いますので、風紀上からおもしろからぬと存じ禁令といたしました」

忠邦は答えた。

「なるほどな。俗に眼に淫風を見ず、耳に淫声を聴かずと申す言葉がございまするが、役者絵までさようにお考えとは、さすがに越前殿は聖賢の道をおたしなみでございますな。奥向きの女中どもも、とかく役者絵草紙など眺めて喜んでおりますが、今後はきっとわたくしから慎しませませましょう。……ここにも」

と、姉小路は刷りものの一点に指を当てた。

「禁物として、〝妾朝寝〟とあり、また、竊に隠れたる妾を追出し五体の虫を去る、とありますが、ご禁令の精神をいみじくも言い当てたものでございます。……したが、越前殿」

と、姉小路は瞬《また》きもせず忠邦の顔を凝視《ぎょうし》した。

「越前殿には御側妾が五人ほどおられると聞いておりますが、これは間違いでございましょうか？」

忠邦は、不意を衝《つ》かれて言葉に詰まった。五人の側妾を下屋敷その他に置いているのは姉小路の指摘どおり、まさに事実であった。

彼は絶句し、見る見る顔が蒼《あお》くなってきた。

姉小路はその顔をおもしろそうに打ち眺めている。

水野忠邦には妾《めかけ》が五人いる。そのことを姉小路に指摘されたが、事実だから忠邦も返す言葉もなかった。

姉小路の言い方は、諸事倹約質素を発令している当人が蓄妾しているのはおかしいではないかというのだが、これは表向きのことで、実は、その裏は、

（おまえさまは女には飽《あ》きるほど不自由しないでいて、大奥女中のわずかな慰めを禁《と》めるとは怪しからぬではないか）

という抗議だったのだ。

忠邦は姉小路からやられて、その日は気の重い一日となった。理屈からではなく、大奥を代表する姉小路が正面から抵抗したのである。忠邦は自分に向かう大奥の険悪な空気をそこで知らされたわけだった。

忠邦の唯一の恃《たの》みは家慶《いえよし》の信頼である。将軍の信任さえ磐石《ばんじゃく》なら、大奥の多少の動揺ぐらいは抑えうると信じてきた。忠邦は自分の手腕に頼りすぎて大奥の実力をいくらか過小評価した気味がある。

もとより、大奥が怖《おそ》ろしい相手だとは思っていた。その警戒心は少しも緩《ゆる》めてはいないが、改革の成功に、忠邦もいつか自力を信仰するようになっている。その自負が多少

とも大奥への恐怖心をゆるめていたとはいえる。

　姉小路からの皮肉な言葉を受けて忠邦も意外な反撥に愕然《がくぜん》とした。

　しかし、さしたることはあるまいと、彼は一方では考える。大奥女中も、絵島の処分、感応寺の破却、お美代の方一統の退職など相次ぐ弾圧で、昔のような力はないと思っている。だから、姉小路の抗議も怕《こわ》いとは思いながらも、枯尾花的正体を見たような気がしないでもない。

　鳥居甲斐が忠邦のすぐれない顔色を見て、何かお気にさわることでも起こったのか、と尋ねた。

「姉小路と会ってのう」

　忠邦は浮かぬ顔で言った。

「このような皮肉を言われたのだ。うかうかすると、大奥を敵に回すようになるかもしれないな」

「そんなことですか」

　耀蔵は忠邦の気弱を励ますように言った。

「もともと、それくらいの抵抗はお覚悟の前だと思います。さりながら、このへんで一つ、将軍家のお心を確かめる必要があります。今度の印旛沼《いんばぬま》の開鑿《かいさく》は容易な事業ではありませぬ。途中でさまざまな困難に出会うこともありましょう。また金を食う仕事ですから、中止せよという論議も出るかと思います。なにしろ、われらには見えない敵がいっぱいおりまするでな」

耀蔵は説いた。

「しかしながら、将軍家の言質《げんち》を取っておいでになれば、こりゃもう他人が何を申そうと言い甲斐のないことになります。何はともあれ、まず、将軍家のお気持ちをもう一度お確かめになるのが肝要かと存じます」

むろん、家慶には前々から印旛沼開鑿の承認は取ってある。ことに、忠邦は日光社参の功で例の麾《さいはい》を貰ってからは、万事意のままにせよと家慶に言われているから、改めて彼に念を押すことはないと思う。しかし、甲斐守の進言ももっともである。家慶のような男には、どうしても強力な抑えを利《き》かしておかなければならない。

翌る日、忠邦は御側取次に面謁を申し入れておいた。昼食後の家慶は中奥の休息所にぼんやりした顔ですわっていた。

忠邦は、家慶が昨夜奥泊まりだったことを知っている。さだかにはわからないが、御《お》添寝《そいね》の中臈《ちゆうろう》はあれであろうと判断した。家慶の顔色は冴《さ》えず、眼はけだるそうであった。これは忠邦が家慶の側妾に入れている風月堂の娘から聞いたことだが、その心当りの中臈はたいそう閨《ねや》がしつこいということだった。

「何か面倒なことか?」

はいってきた忠邦を見て、家慶は初めから気乗りのしない顔つきでいた。

「いいえ、ほかではございませぬが、印旛沼の一件でございます」

「あれはまだ準備ができていないのか?」

家慶のほうから訊《き》いたので、忠邦は急に身体から力が抜けた。

「いよいよ近々、とりかかることになっております。それにつけましても、もう一度上さまのお気持ちを伺いとう存じます」

「何だな?」

「なにしろ、この工事はさまざまな難儀が予想されますので、途中で端《はた》からいろいろ雑音がお耳にはいることと存じます。まず、出費の点でもただ今の予算でおさまるかどうか、いささか危なっかしゅうございます」

「そんなことはそちに任《まか》しているではないか」

「承っておりまする。さりながら、ほかのこととは違い、金銭の面ではなかなかてまえの一存で計りかねることもございます。ただこう計画しましたうえは、あらゆる困難にもめげず初志を貫徹するほかはございませぬ」

「おう、それがよかろう」

家慶の口調は、まるで時候の挨拶のように軽かった。

「てまえが上さまにお願いしたいのは、工事の途中、ほかからいろいろと故障を申す者が出て参りまして、何かとお耳に達することになりましょう。その節はなにとぞお取り上げなきようお願いをいたします」

「わかっている。心配するな」

「この工事は、上さまのご威光によってのみ出来《しゅったい》いたすのでございます。言葉をかえて申しますならば、てまえ、お縋《すが》り申すのは、恐れながら、上さまのみにござります。もし、越前を最後までご信頼くださるならば、一身を投げ出して働きとうございます。ありがたきお言葉さえ頂戴すれば、てまえも大安心で、ほかに心を奪われることなく、まっしぐらに進めるのでございます」

「つまり、なんだな、わしがほかからの苦情に耳を傾けねばよいのだな」

「さようでございます」

「安心するがよい。何度も申すとおりだ。必ずそちのうしろ楯《だて》になってやるぞ」

しかし、その言葉に似合わず、家慶の眼はとろんと濁り、言葉の調子も相変わらず薄いものだった。忠邦は不安を感じた。この言葉は家慶の信念であろうか。いや、今は本心でも、将来、困難が現実になったとき、果たして家慶は不動の所信を持ちつづけられるであろうか。

忠邦は顔を正面にあげ、思わず語気強く言った。

「上さま、そのお言葉をしかとお守りくださるでしょうか?」

「何のことだ?」

家慶はわれにかえったように、ふいと瞳《ひとみ》を動かし、間《ま》の抜けたことを言った。何かほかのことでも考えていたらしい。

忠邦は、家慶の黄色く濁った顔をくい入るようにみつめた。

印旛沼の開鑿工事が近々に着手されるという噂が、急に現実性のあるものとして諸大名の間に伝わり、恐慌《きょうこう》状態を起こした。「お手伝い」と称する賦役《ぶやく》が莫大《ばくだい》な出費と労力を要するとわかっているからである。

幕府は、ある藩の内実が裕福な場合、他藩との財政の均衡《きんこう》上、貧困にするため賦役を命じた。琉球貿易で富んだ薩摩藩に下った木曾川の堤防工事などは、その著しい例である。また、それほどの難工事でなくとも、たとえば、将軍宣下《せんげ》の際、京都から迎える勅使の饗応《きょうおう》掛や、朝鮮信使来朝の接待役など、いずれも富裕と睨まれた藩の費用負担（幕府もいくらかは出したが）となったから、諸大名ともその災難からのがれるのに懸命であった。

ところで、このような役の割振りは、奥祐筆《おくゆうひつ》の進言が大きくものを言うのである。奥祐筆は各藩の内情に通じているうえ、先例を熟知しているからだ。

このときも諸藩から奥祐筆桑山治郎兵衛のもとには、各藩の留守居役が手を変え品を変えて打診に行った。暮夜ひそかにその門前を訪れ、多大な進物を持参した。いうまでもなく、打診と同時に、その災難が自藩に下らないように手心を加えてもらう賄賂である。

奥祐筆桑山治郎兵衛は、そういう連中の応接に帰宅後が忙しくてならない。

「さあ、今度ばかりはてまえもさっぱり見当がつきませぬ」

と、桑山は訪問者に当惑げに言うのだった。

「しかし、御奥祐筆のおてまえさまに、そのお心当たりがまるきりないとも思えませぬ。いかがでございましょう？　よその藩はともかくとして、てまえのほうに白羽の矢が当たるような形勢はございませぬか？」

「いや、さっぱり今度ばかりは……」

「まあ、そうおっしゃらずに」

と、留守居役も藩の運命を背負ってきているので、お座なりの答えだけでは引き退れなかった。

「それなら、確かな筋でなくてもよろしゅうございます。おてまえさまだけの推量で、どの辺あたりということは伺えませぬか？」

「さあ」

「今度の印旛沼開鑿工事は、とてものことに一藩や二藩の手ではできぬと存じますが」

「それは大きにそのとおりでしょうな」

「では、その藩は、江戸から東のほうでございましょうか？　それとも西、南、およそ、どの方角でございましょうかな」

「これこれ、てまえは易者ではござらぬから、さようなことはわかりませぬ」

なかには、この奥祐筆の口を何とか割らせようとし、また予防的な意味も含めて、こっそり料亭に誘い出したい留守居役もいた。しかし、これは実現しようにも現在の質素倹約令下の江戸ではできることではない。

いったいに各藩の留守居役は、お茶屋に行っては談合取引きするのが任務の一つでもあった。江戸の料亭は、このような「社用族」のために半分は繁栄してきたと言ってもよい。留守居役はまた、そういう「待合政治」に長じるため、たいてい遊芸事を心得ている。小唄、三味線、踊り、それぞれ名人の域に達した巧者もいた。

だが、現在の江戸の状況では、ほとんどの料亭が開店休業の状態だから、奥祐筆を引っぱり出して腕に縒《より》をかける場所もない。仮りにヤミの場所はあっても、すぐにその豪遊ぶりが町方の密偵に気づかれる。したがって、常套《じょうとう》手段だが、菓子折の底に小判を敷いて持参する留守居役が多い。

しかし、何を持ってこられても、桑山治郎兵衛には答えようがなかった。

ついに音《ね》をあげた彼は、

「ここだけの話でござるが」

と、実態を明らかにした。

「今度ばかりは水野越前守さまも生死を賭《か》けた大工事ゆえ、賦役の藩をご自身の肚《けら》づもりで指定されるようでございます。てまえなどにはいっこうにご相談がありませぬ」

「して、越前守さまのお肚の中は決まっているようでございますか？」

「それもとんと。……あの仁はあまり顔色にお出しにならない性質《たち》でございますからな」

「何とか越前守さまのお気持ちを測る方法はございませぬかな？」

「されば、これは鳥居甲斐殿にお伺いを立てるよりほか仕方がありますまい」

「鳥居殿にのう」

どの藩の留守居役も、難儀な、という顔をした。

元禄や享保のころでさえ、すでに各藩とも借金に苦しめられつつあった。借金先は大坂商人で、各藩は大坂の蔵屋敷に命じ、土地の富商からの借金算段に全力を尽くした。しかし、時代が下るにつれ武家階級と商人との貧富の格差はますます激しくなり、年一度の米収穫を唯一の収入源とした大名は流通経済の速度に追い付かず、かつは消費経済の膨張《ぼうちょう》で商人からの借金は雪達磨《ゆきだるま》のようにふくれ上がった。

どの藩もなべて「裕福」ということはなくなり、借金が溜ってくると、抜き差しならぬ状態になって深みに嵌《はま》り込むばかりだ。大名たちは在坂の家臣を使ってあの手この手で元金や利息の支払い猶予《ゆうよ》を商人に懇願させるとともに、一方では新しい借金をさせるため金主のご機嫌《きげん》取りをさせた。大坂蔵屋敷の役人は、町人のための幇間《たいこもち》的存在にまでなり下がっていた。すでに享保のころに荻生徂徠《おぎゅうそらい》は「大名の身上の倹約、今は為《な》すべき様はなく」と言っている。

江戸表における各藩の年々の浪費は大坂での借金で当てたから、いかに商人にうまく諂《へつら》って金を借り出すか、あるいは溜った借入金の返済を延期させるかが出先機関の重要な役目であった。

商人のほうでも大名の足もとにつけ込んで物凄く高い利を取った。「貸した金は取れぬと思え。利子が元金に満ちたら、元金は戻ったので、それから先の利子は収益である」という金貸哲学は、蔵いっぱいに大名の貸付証文を残して闕所《けっしょ》、所払いの憂き目をみた淀屋辰五郎以後の、大坂商人の肝に銘じた商法であった。だいたい、大名貸しは十年を待たずに元金が返ってしまうと言われているので、いかにその高利であったかがわかる。

そんなことで、今度の印旛沼の開鑿の賦役に当たるか当たらないかは、各藩の興廃《こうはい》を決するくらいの危機感だった。もとより、これまでの慣習《しきたり》として幕府も金は出したが、とかく先例古格を重んずる幕府は前時代的な金額しか出さない。貨幣価値の下落などは考えになかった。賦役には幕府の命という絶対的の誇示と、各藩へ「名誉心」を持たせていたからである。各藩にはありがた迷惑なことだった。

しかし、忠邦も今度の開鑿は今までのような幕府出費だけではいかないことはもとより知っている。そんなことをすれば、藩によっては潰《つぶ》れてしまうかもしれない。だいいち、工事そのものが遅延する。彼は幕府の出資が総予算の約半額、あとの半額をだいたい四藩に分担させることに決めていた。

さて、その藩の人選だ。

鳥居甲斐守に相談すると、彼は立ちどころに次の藩を指名した。

水野出羽守（沼津）

酒井左衛門尉（庄内）

松平周防守（棚倉）

黒田甲斐守（秋月）

その人選の次第はと訊くと、耀蔵は答えた。

「庄内の酒井は裕福の聞こえ高きことをつとに聞いております。棚倉の松平と、秋月の黒田は、てまえ、さる筋より探らせましたるところ、これまた相当な金を持っております。手を回して大坂の金貸しに当たらせましたところ、存外と借金が少ないことでもわかります」

鳥居は、その情報網を動かして、いつの間にかこんなことまで調べ上げていた。その点は、奥祐筆が坐して生字引的な感覚で推察しているよりもずっと確実性がある。

さて、最後の水野出羽守については、

「先代忠成《ただあきら》殿は文恭院（家斉）さまの寵を一身に集めて権勢並びなく、しこたま溜め込んでおるやに聞いております。同家に割当てなさったほうがよろしいと思います」

水野忠成が家斉の初政時代の寵臣であったことはあまりに有名だ。ことに忠邦は、その水野とは親戚筋に当たり、彼が老中に出世を心がけたときにはひたすら忠成に縋り、相当な賄賂も贈っている。

鳥居耀蔵は、そのころ名も知れぬ一介の目付であったが、当時飛ぶ鳥を落とす水野出羽守に羨望《せんぼう》とも、畏敬《いけい》とも、嫉妬《しっと》ともつかない感情を抱いていた。その彼はいま老中首席忠邦のうしろにいて、存分に操縦していると自任している。

耀蔵が一時代前の権力者に我慢のならない憎悪を湧かせているのも彼らしい意識からであった。かつて一介の役人であったとき、雲の上ともみえた水野出羽家に、ここで一つ目に物見せてやれという気持ちが大きく動いている。

この決定がまだ公表されない前、今度の賦役の方針はすべて鳥居甲斐守の胸三寸から出ると聞いた各藩の江戸留守居役は、先を争って耀蔵の裏門を叩いたのであった。もとより、莫大な賄賂が持参されていることはいうまでもない。

「そのことはすべて越前守殿のお胸にあることで、われらいっこうにかかわり申さぬ。さりながら、おてまえの藩の内情はよくわかり申したゆえ、越前守殿より万一てまえにご相談があるときは、それとなく申し伝えて、よきように計らうようにいたしましょう」

耀蔵は、そう言っては涼しい顔で賄賂を取った。その中には、むろん、彼自身が指名した四家もはいっている。

「よろしくお願い申しまする」

と、留守居役は平身低頭して帰っていく。

耀蔵は、彼らを送り出して嗤《わら》う。べつに確約したわけではない。いざとなれば「てまえの力では及び申さぬことであった」と言えば済むのである。

# 二つの邂逅《かいこう》

十四年五月四日　幕府御勘定組頭篠田藤四郎、御勘定白石十太夫、支配勘定格大竹伊兵衛、御普請役宮本鉠次郎に印旛沼掘割普請御用を命ず。

六月十日　幕府町奉行鳥居甲斐守、御勘定奉行梶野土佐守、御目付戸田寛十郎に印旛沼御普請御用掛を命じ、鳥取城主松平因幡守、庄内城主酒井左衛門尉、沼津城主水野出羽守、秋月城主黒田甲斐守、貝淵城主林播磨守に御普請御手伝を命ず。この他吟味方改役篠本茂三郎、御勘定愛知升七郎、渡部左太夫、土肥伝右衛門、同出役竹井辰太郎等先後御普請御用を命ぜらる。

同二十九日　人馬等御用書物長持一棹、越前守殿御証文御渡、七月朔日江戸出立、即日下総国千葉郡大和田村場所着。

七月十七日　印旛沼古堀筋御普請御手伝の大名担当の丁場を分定す。

同二十三日　掘割の工を起す。（「印旛沼経緯記」）

この淡々とした記述の中に幕府の慌《あわただ》しい動きがみえる。

事実、六月十日の巳《み》の刻（午前十時）、酒井左衛門尉、水野出羽守は、城中で水野忠邦から直接に印旛沼掘割普請御手伝いの命令書を受けた。松平因幡守、黒田甲斐守、林播磨守は帰国中なので、江戸家老が麻 裃《あさがみしも》で出頭して、忠邦から同じ命令を伝えられた。

「まことにご苦労であるが、天下のお為《ため》にお働きを願いたい」

と、忠邦が口上書を読んだあと、出羽守に挨拶した。

「まことにありがたき次第でございます」

謹《つつし》んでお受けをした出羽守は、明るい中庭が一時に黝《くろず》んで見えたほど落胆した。

——その前日、奥祐筆部屋に出羽守の留守居役が呼び出されて、明日出羽守殿にはお達《たっ》しの御用向きがあるゆえ、老中筆頭越前守殿の前に麻裃でおいでありたし、と伝えられた。この時、留守居役はにわかに悪寒《おかん》を覚えたような顔で奥祐筆桑山治郎兵衛の顔を見上げたものだ。

「恐れながら御用の筋は、およそ、どのようなことでございましょうか？　お洩らしいただければ仕合わせでございますが」

「さよう、御用筋は、たぶん、印旛沼掘割ご普請のお手伝いのことでござろうな」

「えっ、やっぱりさようで？」

留守居役には予感はあったが、一縷《いちる》の恃《たの》みは、鳥居耀蔵にそれとなく渡りをつけて工作してあることだった。重役の見込みだと、まず大丈夫と踏んだところに、この呼出しだから、愕然《がくぜん》としたものである。

それでも、水野出羽家では万一という期待で留守居役の帰りを待っていたが、委細の報告を聞くと、失望このうえもなかった。鳥居への運動も何の役にも立たなかったわけだ。

出羽守は、怒りやら心配やらで気もそぞろだ。

「いったい、甲斐守は取るものは取っておいて、何という奴だ」

鳥居邸を訪ねた留守居役は、

「まことに、あの節の鳥居の言葉では、万々《ばんばん》当藩に普請手伝いの命が参るとは思えませなんだ」

と言うのだ。鳥居は、できるだけの骨折りはしたいと言って留守居役を安心させて帰らせたのに、この不意討ちだった。

「奴め、はじめからこっちをひっかけるつもりだったのだ」

と、出羽守は激しく憤《おこ》っている。

「また水越にしても鳥居の言いなりになるとは言語道断。これが十年前だったら、こうはさせぬものを」

と歯ぎしりした。十年前は父忠成の全盛時代で、忠邦も忠成の前では小さくなっていた。時代の推移とはいえ、水野出羽も権勢の逆転に悲憤の涙を流さずにはいられない。

しかし、くやし涙を流すだけで済む話ではない。今日忠邦が言った言葉では、だいたい、各藩についての振合いで当家は五万両ぐらいの出費を見込んでくれというのだ。

一口に五万両といっても、当節、なかなかの大金である。ご多分に洩れず水野出羽家も四苦八苦の借金政策で、大坂の商人には長いこと利払いで延ばして当面をごまかしてきている。五万両はどこから弾《はじ》いて持ってくるか、これが頭痛の種であった。ただ、まさか鳥居耀蔵の執拗《しつよう》な意識が一種の仕返しを企てたとまでは見通せなかった。

ただ、鳥居の意見具申と実際の発令とが違っているのは、忠邦が棚倉の松平周防守を引っ込め、因州鳥取の松平因幡守と代えたこと、鳥居の意見は四家だったが、それに上総貝淵藩主林播磨守を加えて、工事賦役を五家としたことである。

忠邦が御用部屋決定で、鳥取松平にしたのは、棚倉松平よりも大藩だし、裕福だ、という奥祐筆の進言を採用したからだ。いかに老中首座でも事務練達の官僚を無視して、鳥居の言うことばかり丸呑みでも困る。官僚に反撥されると、あとの仕事がやりにくくなるのだ。いわば、これは折衷案《せっちゅうあん》だった。

しかし、忠邦が林播磨守を追加したのは特色がある。

林播磨守忠旭《ただてる》は、さきの若年寄林肥後守忠英《ただふさ》の子である。もとより、林肥後は家斉《いえなり》の寵臣で、専横《せんおう》をきわめた三権臣の筆頭だ。彼は側衆から累進して若年寄となり、文政八年貝淵に陣屋を構えて一万石を領し、つづいて八千石を加増されたが、天保十二年には忠邦によって若年寄を追われ、加増分を削《けず》られた。

忠邦は、自分の老中時代、この林肥後にどのように苦しめられたかわからない。もとより、若年寄は老中の支配を受けるものだが、林肥後の場合は、逆に忠邦のほうが指図を承らねばならなかった。眼中、大老もなければ老中もなかった。したがって、この林播磨の賦役追加は、水野出羽のそれと同じ意味を持った忠邦の仕返しでもある。同じ賦役の他の藩が鳥取三十二万石、庄内十四万石、沼津五万石、秋月五万石に対して、貝淵の林播磨はわずか一万石である。石高に応じた工事場割当てとはいえ、この普請手伝いは貝淵藩にとって血の出るように痛い。

鳥居耀蔵は、この決定を忠邦から報《し》らされて、

（水越もなかなかやるわい）

と、うす笑いした。

ただ、他人には、貝淵（現在の千葉県木更津市付近）は印旛沼に近いという立地条件上の言い訳が忠邦に用意されていた。

大奥も、この発表に敏感な反応を示した。

水野出羽、林播磨に賦役が当たったというのを、忠邦の特別な意図から出ていると解釈した。大奥派は総じて彼女たちに栄華や自由を与えた権力者を慕う。それが現在のように日に日に不自由になっていく生活の中では余計に追慕されるのである。

ことに林播磨に工事の課役が当たったと聞き、

「水越も意地悪な」

と、憤慨する女中が多かった。これは、信州高島に流されている水野美濃守忠篤への同情と同質のものである。

「いかに上さまのご信寵を蒙《こうむ》ったからとはいえ、私の恨みを公のことで晴らすとは、さてもさても水越はどこまで腹黒い男かしれぬ」

という声が女中たちの間にささやかれた。

こんなとき姉小路のもとに、水戸家に仕えている妹花の井が休暇を貰って遊びにきた。二人が会うのは半年に一度ぐらいである。

姉小路の部屋では姉妹《きようだい》がいつまでも話し合う。二つならべた褥《しとね》にはいってからも何かと話題がつづいて、小娘のように笑い声が絶えない。

「お姉上、夜もだいぶん更《ふ》けてきました。このまま話していては空が白んで参ります。わたくしはかまいませぬが、お姉上は御用のお勤めもあること、差しさわりがあっては申し訳ありませぬ。もう寝《やす》むといたしましょう」

花の井からそう誘うと、

「ほんにそのとおりじゃ。話はまた明日にでもしようか」

と、姉小路も言うが、また何かのきっかけで口が開くと、延々とつづいていくのである。枕もとの行灯《あんどん》の油も心細くなってきた。

そのうち花の井が、こんなことを言い出した。

「このたび印旛沼のご普請で林播磨殿にお手伝いが下されたそうですが、あれは水野越前殿がどなたかに相談されてまとまったのでございますか？」

「なんの」

と、姉小路は打ち消した。

「近ごろは水越も増長してのう、とんとわがまま放題じゃ。このたびの課役のことも水越の胸三寸から出たこと。ほかの老中方にもただかたちばかりそのことを相談されただけじゃ」

「やっぱり噂どおりでございますか」

「噂とは、水戸さままでもそのように申しておるかえ？」

「はい。……こんなことはお姉上に申し上げてよいやら悪いやら」

花の井はためらっていた。

「なんの、姉妹の間でそんな遠慮があろうか。わたくしも表のご政治向きのことをいろいろ知っているが、奥勤めの者ゆえ、いっさい胸にたたんでいる。そなたから何を聞こうとも決して外には洩らしはせぬ。何でも言うてみるがよい」

「それでは、ここだけのお話でございますが」

と、花の井が隣りの蒲団《ふとん》を動かして顔を床の上から寄せた。

「先日、紀州さまの奥向きに勤めておられます山浦という御年寄が奥方さまにご挨拶なされたあと、わたくしにお会いなされ、こんなことを申されておりました」

「どのようなことじゃ」

「その山浦さまのお従妹《いとこ》さまがやはり林播磨殿の奥向きに勤めておられ、その方が先日赤坂の紀州家に見えてたいそうなお嘆《なげ》きだったそうでございます」

「………」

「工事手伝いは上意とあれば、もとよりいたし方がないが、もし、水野越前殿が上さまのご威光を借りての専断《せんだん》なら、まことに情けないということでございました。なにしろ、貝淵は一万石、それが鳥取や庄内の大藩といっしょにお手伝いしなければならぬので、内証《ないしょう》の苦しさは、それはもう言語に絶するそうでございます」

「そうであろうのう」

姉小路は同情したようにうなずいた。

「世間では、播磨殿の先代肥後守殿が、文恭院さまご在世のころ、そのご信用をいただいて、やれ、賄賂を貰っただの、やれ、莫大なつけ届けが毎日車で運ばれただの、大げさに取沙汰《とりざた》されていたが、内実は決してそのようなことはなく、やはり大坂あたりの商人からの借金も嵩《かさ》んでいるそうでございます。もし、水野越前殿が世間の噂を正直に受け取って、裕福な藩だという考えから、このたびの賦役を言いつけたとすれば、とんでもないこと。まして先代肥後守殿を追い落としただけで足らぬ恨みがまだ当代に及んでいるなら、心外千万と播磨殿の奥ではくやしがっていると、このように山浦さまはお話しくださいました」

「それは察しができぬでもない」

「いま貝淵藩は、播磨殿をはじめ一藩を挙げて嘆き悲しんでいるそうにございます」

「そうであろうのう。……して、紀州家の山浦殿が、どのような考えで、そのことをそなたに伝えられたのじゃ？」

「はい」

と、花の井は姉に似た、若い、美しい眉をひそめた。

「これはわたくしの推測でございますが、わたくしとお姉上のことは、どこの藩中にも知られておりまする。もしかすると、山浦さまが、わたくしの口から大奥の御年寄であるお姉上に伝えてくれとの意《こころ》ではないかと思いまする」

姉小路は思案するように黙っていたが、

「いいえ、わたくしなぞ、そんなご政治向きのことには口出しできませぬ」

と、いったんは断わった。

「いいえ、わたくしもそれはよく承知しております。でも、何かのお役に立つか存じませぬゆえ、お心に留めておいてくださいませ」

「わかっている。……そなたの言うとおり、こんな話をつづけていては夏の短夜《みじかよ》が明けようぞ。さあ、寝ようか」

「はい。それでは、今度はほんとうに灯《あかり》を消しまする」

花の井は絹蒲団から肩を出して枕もとの行灯を消した。しばらくそのまま二人は黙っていたが、軽い寝息はどちらからも洩れなかった。

「のう……」

と、暗い中から姉小路が言い出した。

「あれ、お姉上、またお話がはじまりますかえ？」

花の井がくっくっと笑って咎《とが》めた。

「いや、これが最後じゃ。一つだけ訊《き》きたい」

「何でございますか？」

「それは水戸殿の御簾中《ごれんちゅう》もご存じのことかえ？」

「いいえ、それはございますまい。わたくしの察しでは紀州家の山浦さまが御簾中さまのお見舞に見えたのは、その話をわたくしになさりたいためかと存じます」

「さようか。なれど、どのようにそなたが山浦殿に頼まれても、またそなたからそれを取り次がれても、わたくしにはどうにもならぬことじゃ」

「はい」

「播磨殿にはお気の毒じゃが、あまり奥から表のことに口出しもできぬでのう。この前も越前殿を少しやりこめてやったばかりじゃ」

「おや、まあ、お姉上、それはどういうことでございます？」

暗い中での花の井の声は好奇に弾《はず》んだ。姉小路も多少自慢げに御広敷での忠邦の蓄《ちく》妾《しょう》一件を話して聞かせたが、これだけでもかなり時が移った。

「それはまあ気持ちのよいことでございました」

と、花の井は言った。

「やはりお姉上のお力でなければ、今をときめく越前殿をやりこめるお人はありませぬ」

姉小路は何か思いついたようにしばらく黙っていたが、

「のう……」

と、また言い出した。

「近ごろ中納言さま（斉昭）は、どのようにしておられる？」

「お国もとで相変わらずお元気にお過ごしあそばされているようでございます」

斉昭はここ数年、国もとに帰り放しである。斉昭に対してはかつて忠邦の反対派である太田備後守が入府をすすめたことがあるが、このときも彼は辞退している。太田が斉昭に江戸に戻るようにすすめたのは、斉昭を戴いて忠邦を圧迫しようという肚《はら》づもりがあった。が、その太田も退隠した今は、斉昭も何となく上京の機会を逸したかたちだ。

もっとも、忠邦は斉昭を煙たがっているので、彼の在国延期願をとらえて、さらに五、六年在国あるようにと逆に命じている。このように斉昭と忠邦は隠然とした対立関係にあった。

「この前、中納言さまは御簾中さまを水戸にお下しになるよう公儀にお願いあそばされましたが、あれも水野越前殿のお計らいで沙汰止みとなり、中納言さまも越前殿にはひどくご不快げに見えております」

水戸家の高級女中花の井は姉にそう語った。

斉昭は、簾中登美宮《とみのみや》の下国を、藩臣藤田虎之介（東湖）を使いとして公儀に要請した。忠邦はこれを断わった。

斉昭の心づもりでは、幕府が自分の在国五、六年を命じているので、妻を国もとに呼んでも差しつかえはなかろうというつもりだが、これは斉昭の注文のほうが無理で、幕府の定法《じょうほう》では親藩でも外様《とざま》でもすべて妻子を江戸に置くことになっている。知られているとおり、家康以来の掟だ。忠邦が拒絶するのは当然だが、これも水戸藩中にとっては忠邦がことさらに意地悪をするように受け取っている。感情の対立となると、万事、悉《ことごと》く悪意に取られるのだ。

「そうか」

と、姉小路はしばらく沈黙した。眠ったのではなく、何か思案に耽《ふけ》っているらしい。

貝淵藩林播磨守の奥向きと紀州奥向きとの往来……紀州と水戸との親密な関係……水

戸と忠邦との冷たい闘い――そんな系統と勢力図が彼女の胸に描かれていたにちがいなかった。

「のう」

と、姉小路は妹に口をきいた。

「一度、わたくしが紀州家の山浦殿に会ってみようかのう」

「えっ、お姉上が？」

と、花の井は愕《おどろ》いたように低い声をあげた。

「向こうが望むなら、あまり目に立たぬ場所で話を聞いてもよい」

「それはまあ……どのように山浦殿も喜ぶか存じませぬ。大奥の年寄がお会いなさると言えば、天にも昇る心地になりましょう」

「これ、早まるでない」

と、姉小路はたしなめた。

「このたびの印旛沼普請御手伝いはすでに発令のあったこと、今さらわたくしが陰で口出しをしてもどうなるものでもない。妹、前後の分別を忘れてはならぬぞ」

「はい……」

「ただ、わたくしも紀州家の奥向きとは今少し親しくしておきたいのじゃ。貝淵藩のことはともかく、その山浦殿と、そなたの手引きで会ってみましょうかのう」

姉小路の言葉の裏には、忠邦を対象とする紀州家との策謀工作がほの見えていた。外には、朝がきていた。


大奥では愉《たの》しい七夕祭《たなばたまつり》がすぎると、すぐにお盆がきた。

この行事は「お魂祭《たままつり》」と呼名が違うだけで、庶民の家庭でするのとあまり違わない。真菰《まこも》、草物の飾りつけが少し大げさな程度である。

先祖の位牌《いはい》を安置した仏間には、黒塗金紋散らしの蒔絵《まきえ》の盥《たらい》や湯桶《ゆとう》を備え、将軍家慶《いえよし》と御台所《みだいどころ》とがこれで手を清め、朝晩の拝礼をする。芝と上野の御霊屋《おたまや》には三日の間、毎日御代参がさし向けられる。将軍は白帷子《しろかたびら》、麻裃《あさがみしも》、御台所は縫入のある白の帷子に附《つけ》帯《おび》というのが三日間の服装だ。

十三日、御目見《おめみえ》以上の女中で、片親の者一同には中元の祝儀として目録とお料理が下される。十四日、両親のある者へ右同然。また両親持ちの女中は、御台所が翌年七月まで用いる薬の袋を縫う。たぶん、婦人病の煎薬用《せんじぐすりよう》であろう。

また、御目見以下の者で、片親、両親ある者には御年寄詰所で目録と肴《さかな》が下される。大奥はすべて縁起《えんぎ》をかつぐから、親のない女中はこんな場合に損をするわけだ。

これらの行事は、みんな御年寄の指図《さしず》だから、姉小路も気が疲れた。

それが一段落ついた十八日の宵《よい》である。姉小路が御台所の前に出てお話相手をしていたが、ふいと思いついたように、こんなことを言った。

「お盆三日間は御三家のご登城もなく、御簾中《ごれんちゅう》さま方のお越しもございませなんだが、御台所にはこのところ久しく御三家御簾中さまとのご対面が絶えておりますな。つきましては、いかがでございましょう、お魂祭も済みましたことゆえ、御簾中さま方をお呼び申し上げては？　山里の木の陰で涼を入れながらの語り合いは、一段とお慰《なぐさ》みにもなりましょう」

「ほんにそうであったな」

御台所は、つい、その言葉にひっかかった。

「このところ、水戸にもずいぶんと会っておらぬ。そちの言うとおり、近いうちに三家と会いましょう」

「それがよろしゅうございます。では、そのようにわたくしは準備をさせていただきます」

「よいように計らってくれ」

御台所の楽宮《ささのみや》と、水戸斉昭《なりあき》夫人登美宮吉子とがともに有栖川《ありすがわ》家から降嫁した姉妹《きょうだい》であることは、前にもふれた。家慶夫人も姉小路から話を持ちかけられて、急に妹に会いたくなった。

しかし、水戸だけを呼ぶわけにはいかないので、この際、紀州、尾張の簾中もいっしょに集《つど》うことにした。

姉小路はさっそく三家に連絡した。とくに水戸に仕える妹の花の井には、

「来たる二十五日、山里で御三家御簾中方が御台所《みだいどころ》のご機嫌を奉伺することになっているが、この際、紀州家ではぜひ山浦殿をお供に加えるよう、そなたから按配するように。その席でわたくしが山浦殿に会って今後の昵懇《じっこん》を結ぶことにしたい」

という密書を送った。

姉妹が寝物語をしてから旬日を出ずに、姉小路は早くも紀州家接近の工作をはじめた。もとより、水野派への謀略の糸口である。

当日は巳《み》の刻（午前十時）過ぎに三家の御簾中が参入して、大奥の御台所の部屋で対

面があった。ここでしばらく小憩があり、つづいてすぐに山里の茶屋に揃《そろ》って出向いた。

御台所は朱塗りに金被《かぶ》せの鋲《びょう》を打ち飾った乗物で途中まで行き、そこから裲襠《かいどり》をからげて、中臈《ちゆうろう》が手を取って歩かせ、いったん、山里の茶屋にはいって、吊橋《つりばし》を渡り、滝見茶屋に着く。

三家の御簾中もそのあとに従ったが、それぞれに女中がお供をするので、全山緑に包まれた吹上《ふきあげ》庭もときならぬ色彩を点じた。

女中は白越後縮《しろえちごちぢみ》に秋の七草など縫取りした帷子をつけ、白更紗《しろさらさ》を重ねて椴織の帯を締めている。御目見以下の女中は白更紗無紋に朝顔などの裾模様をつけ、黒繻《じゆ》子《ず》の帯をまとっている。裾をからげるのもあり、そのままのもあり、思い思いの姿は今日一日の緑陰行楽を愉しもうというのである。

滝見茶屋に着くと、ここかしこには茶屋がおよそ十四、五ヵ所、なだらかな段丘や、裾野の低地に見え隠れしている。今日の行楽のために昨夜女中たちが作ったお弁当を開き、酒を飲める者には御酒を下される。幔幕《まんまく》こそ張ってないが、こんな愉しい遊びは春の桜見以来であった。

滝見茶屋での御台所と三家の御簾中との語り合いがある。ことに姉妹の水戸家とは御台所もひとしお打ち解けて話が弾《はず》んでいるようであった。

姉小路は茶屋からそっと脱《ぬ》けた。

「姉上さま」

と、木陰から呼んで姿を現わしたのが妹の花の井だった。

「今日のお遊びは姉上がお取り計らいなされたのでございましょう？」

「これ、大きな声を出すでない。すべては御台所さまのお気持ちから出たもの。ただわたくしがそのお手伝いを申し上げただけです」

姉小路はあたりに眼を配って言った。

「よくわかっております。山浦さまもどのように喜んでおられるかわかりませぬ」

「その山浦殿はどこにおられる？」

「はい、向こうのお茶屋でお待ち申しております。人目もあるゆえ、姉上のもとにはご挨拶にもよう出られず、わたくしがお手引きすることになっております」

「そんなら、案内してくりゃれ」

草の径《こみち》を姉妹は踏み分けて山裾を回った。全山青嵐《せいらん》の中で、色白の姉妹の顔は藍《あい》を染めたようになっていた。

姉小路はそぞろ歩きという体裁《ていさい》にしている。奥女中たちも今日は桜見ほどではないにしても解放された気持ちで、あちこちと仲のいいのが組になって歩いている。なるべくそういう連中に目立たぬようにしたいのが姉小路の心だ。

楓《かえで》の大木が並んでいる下を過ぎた。冷たい風が流れてくる。

「姉上さま、やはりここは涼しゅうございますな」

「ほんに深山幽谷《しんざんゆうこく》に身を置いたようじゃ」

姉妹が話をすると、楓の木陰から、これもそぞろ歩きの格好《かっこう》で女が一人、静かに歩み寄ってきた。彼女は姉小路を見ると、五、六間先のところで立ち停まリ、路の傍《かたわ》らにうずくまって会釈《えしゃく》をした。

姉小路も足を停める。

「姉上、あれが紀州さまの山浦殿です」

花の井が耳打ちをした。

「おう、そうか」

姉小路はじっと相手を見て、

「妹、引き合わしてくりゃれ」
と、眼を山浦につけたまま静かに言った。

そもそも印旛沼《いんばぬま》の地形たるや、面積六里半平方、湖岸線十九里余、そのかたちは、ちょうど、絵に描いてある墓場の火の玉のような格好である。頭のほうが北になって利根川に向かっている。尻尾《しっぽ》のほうは屈曲して西に流れ、その端が平戸村である。この尻尾から一筋の糸が江戸湾に向かっているが、これが検見川《けみがわ》だ。

したがって、印旛沼の水を内灘《うちなだ》（江戸湾）に落とすには検見川という狭隘《きょうあい》な細い糸をひろげなければならない。さらにこの川も途中までしか来ていないので、あとは開鑿《かいさく》となる。大名の普請《ふしん》手伝いは、火の玉の尻尾の根元に当たる平戸村から検見川に沿う地形をいくつかの丁場《ちょうば》に分割し、それぞれの負担が決められた。

この平戸村橋より海口までの掘割予定はおよそ五里余り、坪数にして十三万三千坪である。

分担は、柏井村より天戸村まで十丁が松平因幡守、坪数にして八千四百坪で、人足一万五千人、請負四百人、普請小屋を柏井村に置いた。

次の高台より柏井までの十八丁、一万五千四百坪は酒井左衛門尉で、人足一万五千人、請負五百人。

平戸村橋より高台口まで二里八丁、六万一千六百坪が水野出羽守、人足一万三千人、請負三百五十人。

検見川村、馬加村の間より海口まで三十丁余、一万六千八百坪、黒田甲斐守、人足六千人、請負二百人。

天戸村より竹枝村まで一里八丁、三万八百坪、林播磨守、人足五千人、請負百人。

酒井左衛門尉の普請小屋は横戸村、水野出羽守が萱田《かやた》村、黒田甲斐守は馬加村、林播磨守は天戸村に置いた。

これらの担当丁場の決定は七月十七日になされ、着工は二十三日に予定された。

各大名の家来や人足など六万人以上の人数がこの辺に蝟集《いしゅう》するのだから、印旛沼近辺はときならぬ異変が起こった。まず、夥しい工事人数を目当てに続々と商売人が土地に流れ込んでくる。目ぼしいところには酒屋、飲食店、諸式屋、古着屋などが急造せられ、それに博奕盆《ばくちぼん》ござや、いかがわしい女の溜《たまり》ができた。

田圃《たんぼ》や野面《のづら》に一夜で呑み屋の軒が出現し、市《いち》ができるありさまだ。大名の普請小屋のある各村は、農家の軒先に商売人が店をひろげ、道端の田圃に掘立小屋《ほったて》がならんだ。

しかし、この辺の中心地は佐倉である。佐倉は堀田備中守の所領で五万石。

その佐倉から西一里ばかりのところに臼井村というのがある。そこの百姓家の一間を借りて、近ごろ祈禱《きとう》で売り出した坊主がいた。彼は成田山の祈禱僧と称していたが、いうまでもなく、江戸から逃げ出してきた了善であった。

羽黒山の修験僧《しゅげんそう》がここに来てたちまち成田山を利用するところなど了善の目はしの利《き》くところであり、融通無礙《むげ》なるゆえんである。目はしが利くといえば、印旛沼工事で夥しい人口が流れ込むことも彼の商売繁盛の目当てにもなっていた。

うす暗い農家の中にしかるべく祭壇を設け、頭に頭巾をつけ、白衣《びゃくえ》の上に袈裟《けさ》をかけ、太い数珠《じゅず》をまさぐりながら呪文《じゅもん》を唱《とな》えていると、けっこう、もったいぶった祈禱僧にみえる。

了善は、もともと大井村の教光院でたちまち信者を集めたくらいの力量があるから、その祈禱の力は百姓どもをおどろかせた。病人をたちどころに癒《なお》すという現世利益《げんせりやく》が何よりも信者を獲得する。この辺は成田山の信仰が盛んなので、商売繁盛、農作物の豊作の祈願が多い。了善が数珠を繰りながら病人の寝ている枕もとにすわり、神秘的な手つきで患部を撫《な》でると、不思議と難病が快癒《かいゆ》した。昨日まで不景気だった水商売家《や》は翌日から客がはいって奇妙に繁盛する。

むろん、成田が本山だが、偉い坊さんは必ずしも奥まった本堂にいるとはかぎらない。かえっていぶせき茅屋《ぼうおく》にひとり住んでいるほうがありがたく見えることがある。近ごろ江戸から来た、あの坊さんは偉い人だという評判が立ち、了善は近隣の人気をにわかに集めるようになった。

信者は百姓や城下の職人だけではない。噂を聞いた水商売の女どもも、ぼつぼつ了善のもとに足を向けた。

その中に一人、長崎訛《なまり》の女がいた。彼女は佐倉の女郎屋にいる売女だが、ほかの朋《ほう》輩《ばい》といっしょに了善のもとに来たのがはじまりで、それからは暇《ひま》を見つけては祈禱を受けにやってくる。年齢《とし》は二十四、五ぐらいで、遊女としては盛りを過ぎているが、小太りで眼が細く、肉感的な身体つきだ。

彼女は了善に、自分の名前はお玉といい、生まれは推察どおり長崎だ、と言っていた。

「その長崎生まれのお玉さんが、どうしてこんな下総《しもうさ》あたりに流れ込んできたのですかえ？」

と、了善は彼女と二人きりになったときに仔細《しさい》らしく訊《き》いた。

「これにはだんだんの仔細がございます。ねえ、お坊さん、わたしはいつになったら、この苦労から脱けられるんでしょうね？」

お玉は溜息《ためいき》をつく。

「人間、誰しも苦労のない者はいませんよ。それが軽く済むか、地獄の苦しみになるかは、あんたの信心一つじゃ。差しつかえなかったら、あんたがここに来るまでの身の上話を一つしてみなさらんか」

了善は水を向けた。

「あい。実は、わたしは長崎の丸山という遊廓《ゆうかく》で、玉蝶《たまちょう》という名でお職《しょく》を張っておりました」

「長崎の丸山といえば、名の高い遊女町じゃ。そこでお職を張りなすったとは豪気だ。こう言っちゃなんだが、その玉蝶さんが、どうしてここまで落ちぶれなすったのかえ？」

了善は彼女の顔をじっと見ていたが、

「ははあ、読めた。おまえさん、悪い虫に騙《だま》されたんだね？」

と問うた。

「あい、お察しのとおりでございます。わたしも、商売のうえで男を見る眼はちゃんと持っているつもりでしたが、もと長崎にいた男で、そのころ江戸に行ってちっとばかり出世したある人間が長崎に戻り、たまたま、わたしがその敵娼《あいかた》に出たのが、不運のはじまりでございました」

打ち明けるお玉の眼には涙が溜っていた。

「わたしは、その男の巧《うま》い口に騙されて、丸山から足抜きをしたのでございます」

「なに、足抜きをした？　そいつはおまえさんもよくないことをしなすったね」

了善はお玉の顔を見た。

「それというのが、わたしも、その男にぞっこん惚れ込んで、もう、そんな勤めをするのがいやになったのでございます。それに、その男が、江戸に行けばすぐに女房にするから、ぜひ従《つ》いてこいとすすめるので、一つは花のお江戸に憧《あこが》れたのでございます。そうして、その男といっしょに追手を気にしながら、ようやく国境《くにざかい》を通り抜け、山陽筋から京、大坂に上り、東海道を江戸に向かって下りました。あのときはほんとうに愉しゅうございました。相手の男は、毎晩わたしを抱いて親切にしてくれますし、わたしも、親身になってよく世話をしてあげました」

「おいおい、惚気《のろけ》を言っちゃ困る。早いとこおまえさんの苦労話を聞きたいものだな」

「あい、その苦労は早くも三島から箱根の山にかかったときに起こりました。かいつまんで申しますと、その男は駕籠《かご》かきに言いつけて、わたしを無理に捨てたのでございます」

「捨てた？」

「どこまで悪い奴かわかりません。その男が雲助に言い含めたため、わたしは、その畜生のような奴らに手籠《てごめ》に遭い、さんざんおもちゃにされたあと、三島の女郎屋に売られてしまいました。訴えようにも、ああいうところでは始終そんなことがあるとみえ、訴えてもむだだと他人《ひと》から聞かされ、泣く泣く三島で一ヵ月も辛抱《しんぼう》いたしました」

「ひどい男があるものだな。で、おまえさんは、その男の江戸の住居《すまい》を知っていなさるか？」

「知っているどころか、わたしはくやしくて、女衒《ぜげん》に連れられて佐倉にくる途中、その人の屋敷の前に行ってやりました」

「それでどうした？」

「向こうではまったく顔も出しません。居留守《いるす》を使って門前から追っ払われました」

「ひどい奴だな。そんなら奉行所に駆け込んだらよかったではないか」

「それが、あなた、その人は奉行所の人間なんですよ」

「なに、奉行所の」

了善は愕《おどろ》いて、

「奉行所の人間が、そんな悪いことをするのかえ？」

「いいえ、はじめ長崎に来たときは、まだ奉行所の人間ではありませんでした。その男の主人が南町奉行になられたので、自分もそんな身分になったのです」

「南町奉行というと、鳥居甲斐守さまだな？」

「なんだか知りませんが、お奉行なことは確かです」

「して、その男の名前は？」

「今までは誰にも言いませんでしたが、お坊さんなら言ってしまいます。名前は本庄茂平次といいます」

「なに、本庄茂平次？」

了善はのけぞるばかりに愕いた。

この前、両国の吉川町で火事のあった晩、つまらない岡っ引にひっかかったが、そのとき自分の眼の前を通過した鳥居甲斐守の行列の中に金八がいた。その金八こそ本庄茂平次だと岡っ引から聞いたことだ。

「おや、ご存じで？」

了善が顔色を変えるのを見て、お玉が不審な眼つきをした。

「うむ、ちっとばかりわしにも縁がないでもない」

と、天井の一角を睨《にら》んでいる。

「えっ、あなたも？」

と、今度はお玉が眼を瞠《みは》り、

「本庄茂平次とはお知合いだったんですか？」

と、膝をすすめた。

「知合いということでもないが……」

「もし、わたしが茂平次の悪いことを言ってお坊さんの気を悪くしたんじゃないでしょうね？」

「なんの、気を悪くするものか。そのあべこべだ。ありようは、わしもその茂平次にはひどい目に遭わされている」

「えっ、そんならあなたも？」

「はて、世の中は広いようで狭いものだな」

「ほんにふしぎな縁でありますなア」

ここで下座《げざ》の三味線が鳴れば世話物の舞台だが、あいにくと田圃の牛の鳴声しか聞こえなかった。


それ以来、お玉は暇を見つけては、臼井村の了善のもとに足を運んだ。

お玉は佐倉の扇屋という田舎《いなか》女郎屋の遊女だから、こういう昼間の外出も一人ではできない。必ず朋輩《ほうばい》が一人か二人は付いていく。これは抱え主のほうで足抜きをされないためだ。

しかも、灯《ひ》がはいってからの商売だから、明るいうちに店に帰ってこなければならない。佐倉と臼井とは一里ばかり離れているので、お玉も了善のところに行くときは、早起きして出かけた。

だが、了善は水商売繁盛《はんじょう》の祈禱《きとう》もするので、抱え主もわりと彼女の外出の自由を許したし、朋輩も自分の利益のために、それほど厭な顔をしなかった。了善も彼女らを歓迎した。水商売の女だと、普通の百姓たちよりも布施《ふせ》を豪気にはずむからだ。

お玉の身の上話を聞いて以来、本庄茂平次の共通の被害者だと思うと、了善も彼女を他人のようには思えない。

「ねえ、了善さん」

と、お玉は朋輩を外に待たせて言った。

「わたしはどう考えても、あの茂平次が憎くてたまらないよ。あの男のために、わたしはこんな下総《しもうさ》の草深い田舎に売られて苦労をしているのさ。それにひきかえ、あの茂平次は、お奉行さまの用人とかになりすまして、たいそう羽振りを利かしているそうですね。世の中に、こんな道理に合わない話はないよ」

「いや、まったくだよ、お玉さん」

と、了善もお玉の前に顔を寄せた。田舎には珍しく垢抜《あかぬ》けしたこの女の色気はまんざらでもなかった。白粉《おしろい》の香が鼻の先から脳の奥までくすぐった。

「ひどい話だ。しかし、悪人は必ず滅びるように天地の理がなっています。茂平次の悪運も長いことはないでしょうよ」

「おまえさんの説法だけど、わたしはそれまで待っていられないね。なんとかこっちの手であいつを苦しめる方法はないものかねえ?」

「そりゃ無理だ。相手は江戸南町奉行という豪気な金看板をうしろ楯《だて》にしている。まあ、自然と没落するのを待つほかないだろうね」

「いやだ、いやだ。わたしゃおまえさんと行き会ってからは、急に茂平次への憎しみが湧いてきたよ。そんな悠長《ゆうちょう》なことを言っていられないよ」

「では、何かうまい工夫でもあるかえ?」

「ねえ、了善さん」

と、お玉は低い声を出した。

「おまえさんの祈禱で、茂平次の奴を呪《のろ》い殺しておくれでないかえ?」

「えっ」

「聞けば、真言密法にはそんな呪術《じゅじゅつ》かあるそうではないか。おまえさんほどの腕ならできそうだがねえ」

「うむ、呪法か」

と、了善は唸《うな》った。茂平次には憎悪《ぞうお》を湧かしているが、人呪いの呪術には懲《こ》り懲《ご》りしていた。

「おまえさんは、あっさりと言いなさるが、祈禱で人を殺すというのは生やさしいことではない。それをやるには、いろいろとむずかしい修法が要る。なかなか面倒で、おいそれとはできないものだ。万一、失敗《しくじ》れば、こっちの命がなくなるくらい、きびしいものだ」

「そんならだめかえ?」

お玉が軽蔑したように彼をじろりと見たので、了善は少しあわてた。

「いや、だめじゃないが、簡単ではないというのだ。暦日、天候、場所とぴたりとうまく修法に合わないといけないのですよ。それに、儀軌《ぎき》に叶った道具も揃えなければならぬ。あいにくと、ここではその用意もしてきていないのさ。……けど、お玉さんのため、いや、わしのためでもあるから、そのうち、きっと茂平次を呪う修法をしますよ」

「そう。そんなら、ぜひ頼みますよ。あいつは、わたしたち二人の敵《かたき》ですからね」

お玉も、その場は納得《なっとく》して帰った。了善も彼女の参詣を失うと寂しいのである。彼の耳には、わたしたち二人の敵、というお玉の言葉がいつまでも残った。

共同の敵というお玉の連帯意識が了善にはうれしかった。この親愛は、もう一歩すすむと愛情にまで変わりそうであった。了善の心に暖かい痛みが植えつけられた。

すると、四、五日経ってからである。お玉が来て、いつもの開運の祈禱を受けたのちに了善に告げた。

「お坊さん。あなたにもお世話になりましたが、わたしは近いうちにお別れしなければならなくなりましたよ」

了善はうろたえて、

「お玉さん。おまえ、またどこかに鞍替《くらがえ》なさるのかえ?」

と、息を詰めて訊《き》いた。

「鞍替ではないが、今度、抱え主が花島村という土地ににわかに茶屋を出すようになって、わたしに行けというのさ」

「花島というのは遠いのかえ?」

「ここから六里ばかり西南に下ったところで、なんでもそこが今度の掘割工事の大事な場所で、人が大勢集まるというのが目当てらしいのさ。茶屋は花島観音の前に建てたということだがね。どっちにしても、こっちは荒くれ人足相手、辛いことだが、ごうつくばりの抱え主の言うことでは仕方がないしねえ。……こっちにもときどき戻ってくるから、了善さん、このあいだ頼んだ茂平次呪いの祈禱はぜひ忘れないでおくれよ」

「待ってくれ、お玉さん」

と、了善は咄嗟《とっさ》に思案を決して言った。

「わしも、その花島とかいう土地に移りますよ。おまえさんたちのお詣りに便利なようにな」

「まあ、了善さんが！」

と、お玉も眼をまるくした。

了善は、さすがに顔を赧《あか》らめて、弁解した。

「うむ。おまえさんたちの信心を得たわたしだ、遠くに離れて不便をかけちゃ申し訳がない。わしなら、口はばったいようだが、どこの土地に移っても、すぐに信者は集めるつもりだから心配はないよ」

「なるほど、了善さんの腕ならそうだろうねえ」

「それにさ、いま、おまえさんから聞けば、花島は今度の工事場にたいせつな所というじゃないか。もしかすると、監督のお奉行さまのお供で、茂平次もそこに姿を現わすこともあろうからな」

「あら、ほんとに、そうかもしれないね。そこまでは、わたしも気がつかなかったよ」

と、お玉は叫んだ。その瞳の中に、憎しみと同時になつかしげな色が滲み出たのを、了善は気づかなかった。


印旛沼掘割工事には、水野越前守みずからがその総裁となっている。

以下重立った者は、江戸南町奉行鳥居甲斐守、勘定奉行梶野土佐守、目付榊原主計頭《さかきばらかずえのかみ》、同戸田寛十郎、御勘定組頭五味与三郎で、そのほか実際の衝《しょう》に当たった者は、支配勘定格大竹伊兵衛、代官篠田藤四郎、御普請役元締渡辺栄之助、それに、企画に参加した御普請役格二宮金次郎など、およそ六十四人がともかく公儀役人となっている。

幕府は、この工事予算にさし当たり十五万両を計上したが、普請手伝いの大名もそれぞれ次のような出資を予定した。

水野出羽が約三万二千両、林播磨守が約二万五千両、酒井左衛門尉が約七万八千両、黒田甲斐守が七千両、松平因幡守が一万両、五藩合計十五万二千両ほどで、もちろん、これは概算だ。実地に即しての正確な計算ではないが、だいたい、これでいけるだろうという目の子算用だ。もっとも、各藩とも財政窮乏だから、切り詰めた予算しか捻出できない。

以上に幕府の十五万両を加えると、総額三十万二千両で、この難工事をやろうというのである。

印旛沼開鑿《かいさく》工事がいかに難工事であるかは以前三度の失敗でわかっている。とくに天明期の工事失敗は、未だに語り草となっていた。

「印旛沼の水は、昔からこの村（安食《あじき》村）から利根川に落としていたのを、天明年間に老中田沼侯の下知《げち》で、印旛沼の水を干して田とするように計画した。それは幅二十間、長さ三里余りで、ここから下《しも》のほうまで多くの田畑を潰《つぶ》して川とし、その掘り土を盛って左右に堤を築いて遠く落とせば、地勢の関係で自然と低く流れる。

けれども、沼と利根との地勢は高低が少ないので、利根に増水の際は、かえってこちらに水が押し上がってくる。それで新川に門檟《もんき》を設けるが、これを俗に観音開きの仕組みにする。川が広いところは、これを三つ並べて立てる。利根の水が落ち下る際は、沼の水が押し出すので、その勢いで扉が自然と閉じて水を遮《さえぎ》ることができる。だから人の力を借りることはない。

しかるに、丙午《ひのえうま》（天明六年）夏の終わりの大雨は利根の水が日ごろに十倍して、少々ばかり築いた堤が一時に崩れて門樻が悉《ことごと》く流れゆき、沼も川も一面となった。

その後、それなりに修理の沙汰もなく、工事もやんでいる。今、現地を見ると、その掘割の川筋は残ってはいるが、葦《あし》、茅《かや》、川柳などが生え、ところどころには新墾の田も見えている」（文政七年、竹村立義「鹿島参詣記」取意）

この天明の開鑿以前にも、享保九年に平戸村の農民が相図って印旛沼の開鑿を幕府に上申している。幕府もその利用価値を認めて資金として数千両を貸し付けたが、工事は失敗した。

次は安永九年で、印旛郡総深新田の名主と、島田村の名主が連署して印旛沼干拓の調査書を幕府へ上申した。それは、幕府が平戸村から検見川《けみがわ》の水面まで掘り開いて印旛沼の水を落とし、新田と運輸の便を開くために、その調査を前記の両名主に命じたからだ。

その資本は、大坂の天王寺屋藤八郎という者と、浅草の長谷川新五郎なる者に出させ、成功後は地元の者が新開地の二分を取り、残る八分を金主に渡して、その工事費を償却《しょうきゃく》するという計画だった。

見積書は大小二通りできて、一つは三万両でやり、他は六万両でやるというのであった。

こうして天明二年二月に幕府はいよいよ勘定方を現地に遣《つか》わし検分させた。これは当時の勘定奉行の評議に出たらしい。

ところが、翌年の二月に上野、信濃に地震があり、浅間山の大噴火があった。そのため、利根川が溢れ、四十四ヵ村を埋没《まいぼつ》させ、利根川の川床が高まって沿村の水害が多く、印旛沼の開鑿はいよいよ必要となってきた。それで、天明五年十月、また勘定方を派して工事着手を急がせた。

しかるに、天明六年六月から七月にかけて武蔵、下総、上野、下野の諸国に大雨があった。丘陵の崩れるものが数ヵ所、利根川の水嵩《みずかさ》が増すこと十数尺、水は大堤を越えて陸にはいり、また堤防の決壊《けっかい》も数十ヵ所に及んだ。今の呼名でいうと集中豪雨である。

下総関宿《せきやど》の被害が最も大きく、洪水は関宿城中にさえはいるありさまだった。死傷者も少なくなかった。のみならずその余勢は江戸まで走り、市街に氾濫《はんらん》し、深さは六、七尺に及び、新大橋、永代橋も流失した。そのほか、関口、奈加、石切の三つの橋も流れ、男女溺死する者無数であった。

このために幕府の印旛沼開鑿は完全に失敗し、老中田沼意次《おきつぐ》の罷免《ひめん》もあって沙汰止みとなった。——

普請手伝いの五藩もその難工事であることをよく知っているから、当初の予算で済むとは思わなかった。工事が長びけば長びくほど、それこそ印旛沼の泥水に足を突っ込んだようにどこまで金がかかるかわからない。

しかし、この五藩の予算額にも現われているように、酒井の七万八千両は別として、水野出羽の三万二千両、林播磨の二万五千両が他の黒田、松平両藩と比《くら》べると格段の金額になっているのは、水野越前の二藩に対する懲罰的意図があったといっていい。そのうしろに鳥居甲斐守の操りが動いていたことは言うまでもない。

今度の計画は幕府のほうで協議して、その地形に応じ掘割の間数を決めたから、これは狭い所で十六間、広い所で百間以上になっている。だいたい、五十間くらいのが多い。深さも一丈三、四尺から三丈以上のところもある。天明期の掘割が浅く残っているので、そこはさらに深く掘り下げるのだ。

　これについて当時入費を計算した者がいる。

「今度の印旛沼開鑿は川幅二十間、深さ二丈を掘り下げられる由に聞いているが、右の人力の費用は莫大を要すると思われる。かつ、人足の労もどれだけかわからない。その夥しい土の捨て場所もないと思われる。一荷一坪何人がかりの掘鑿《くっさく》によって、その捨土一荷《か》にどれほどの運賃がかかるだろうか。それを四里の間と見当をつけてみると、だいたい、二十万両ぐらいは必要と思われる。

　掘割の方法も、まず、普請場所をおよそ四里と見積もり、この町数は百四十四町だから、間数にすると八千六百四十間となる。それで、一間に一人ずつの人足とすると、これだけでも八千六百四十人を要する。人足一人分の日当を三百文として八千六百四十人に毎日渡すとなると、この総高が二千五百九十二貫となる。銭金に直して三百九十八両三分である。これは一間に人足一人一日の計算だから、一間に何十人、何年何ヵ月もかかるとなれば、いったいどれくらいの費用となるだろうか」

　このような計算ですると、とうてい幕府見込みの当初予算では賄《まかな》い切れないことがわかる。

それに、幕府の計算は、開鑿工事が円滑に行った場合の概算だ。長雨が降ったり、暴風が来たりするような天災の場合があまり考慮にはいっていない。

しかし、水野忠邦も、鳥居耀蔵も強気だった。人足は、五藩を合わせてほぼ五万人と見込んでいる。もとより、この中には近在の村々から賦役《ぶやく》として駆り出す百姓の使役が大部分含まれている。専門の掘割人足はほぼ二千人である。

忠邦も、耀蔵も、この人海戦術に期待をかけすぎたようであった。

ところで、これらの開鑿工事を計画し、詳細に立案をしたのは、天文方の渋川六蔵であった。

渋川は忠邦の諮問格《しもんかく》で計画に参加していたが、彼は実のところ七月から工事がはじまるとは思っていなかった。渋川は、稲の収穫の終わった秋から翌年の春にかけた季節が適当だと考えていたのである。このころになれば、印旛沼の水位も下がるし、利根川の水も少なくなる。開鑿工事には最良の時期だ。

彼はこのことも忠邦には進言していたのだが、とつぜん、七月着工と聞いて驚愕した。

渋川六蔵は、この命令が実は忠邦のうしろにいる鳥居耀蔵からなされたと知って、さっそく、耀蔵のもとに駆けつけている。

「鳥居殿。印旛沼普請の儀は、この六蔵が昨年封書を以て、越前守殿に建議したことですが、ただ今、これに着工されるのは時期を誤ったことといわねばなりませぬ。いま、これをやると失敗するおそれがあり、物議を招きそうですから、お取りやめになるよう越前守殿に進言していただきたいのです」

六蔵は、学者らしい蒼白い顔につきつめた口調で言った。

「ほう、いまは適当でないと言われるのか。それはどういうわけかな?」

耀蔵は眼尻に微笑の皺《しわ》を寄せて、六蔵を眺めた。

「されば、印旛沼はこれまで両三度の失敗でもわかるとおり、希代の難工事です。まず、川底には泥土が深く埋もれています。これは浚っても浚っても下から湧いてきます。それに、今からだと降雨も繁く、大雨でも降ればたちまち利根川の水位が高まり、沼水を溢れさせ、せっかく掘ったところが崩れて努力が水の泡となることは、去る丙《ひのえ》午《うま》年の苦い経験でも分明です。それよりも、秋から春にかけては、あの辺は乾燥期で、雪もめったに降りません。百姓どもも田刈りが済んでおりますから、賦役に出されても心おきなく働けます……」

「ははあ、それで今はいかぬと言われるのか？」

「さよう……」

「おてまえは今度の難儀な工事の中心が花島村あたりにあるとは承知だろうな？」

「それは存じています。わたしが工事の目論見《もくろみ》に当たったのですから」

「では、渋川氏にお尋ねするが、その花島村に〝板所《いたどこ》ベタ〟と申す言葉のあるのをご存じかな？」

と、燿蔵は片肘《かたひじ》を脇息《きょうそく》に曲げて妙なことを質問した。

# 茂平次出向

鳥居耀蔵に、「下総《しもうさ》花島村に〝板所ベタ〟という言葉があるが、それを知っているか」と訊かれた渋川六蔵は首をかしげた。博学の六蔵にも、その知識はなかった。

「てまえ、寡聞《かぶん》にしてそのことを耳にしておりませぬが……」

と、脇息に身体を斜めにしている耀蔵を見上げて赧《あか》い顔をした。

「おてまえのように天文・地理に詳しい方が知らぬとは案外だが、もともと、これは狭い土地の特殊な話だから無理もない」

耀蔵は鷹揚《おうよう》に微笑して、

「板所ベタというのは、花島村一帯の稲田に起こる現象じゃ。昔から、あの辺は、七、八月のころから翌年の挿苗《さしなえ》の時期まで田に一滴の水を止めず、用水も悉《ことごと》く地の中に吸われて枯渇《こかつ》するそうな。されば、地表はあたかも壁を塗ったごとくに固まる。これを土地の者は〝板所ベタ〟と申している」

「ははあ」

「思うに、地形の関係から、七、八月ごろになると地表の水が悉く地下にもぐって乾燥するとみえる。のう、渋川氏、おてまえは秋の田刈りが済んだころから翌年の春までが普請《ふしん》の時期として最適だと言ったが、なにもそれまで待つことはない。ことに、このたびの工事の最大の難所は、この花島村一帯じゃ。ここさえ成功すれば、あとは知れたもの。その花島村の土地がいま申したように板所ベタとなってカチカチに乾燥すれば、人足どもの足場もよく、また川の水も水位が下がるから、工事にはまことに都合がよい」

「…………」

「また、おてまえは去る丙午《ひのえうま》の失敗を申されるが、あのときは特別な例じゃ。江戸でも新大橋や永代橋が流失したくらいの災異があった。だが、それ以来、あれほどの水害もなくなっている。めったにない災害を例にとって工事着手を逡巡《しゅんじゅん》していては際限《きり》がない。これでは初めから工事にかかれぬと同様じゃ」

「は」

「ことに」

と、耀蔵は脇息から初めて肘《ひじ》を離し、上体を真直ぐにした。

「この開鑿《かいさく》工事の儀は、すでに老中の評定《ひょうじょう》でも決まり、将軍家の思し召《おぼめ》しをもってご裁可になっているうえはいわゆる台意じゃ。ことさら思し召しから出てご発令になったものを引き戻すことは、決してありうべきことではない。ことはご威光や公儀の威厳にも関《かかわ》ることじゃ」

「は」

渋川六蔵の頭がだんだんと下がった。

「いわんや、このことはおてまえの建議から出たことではないか。されば、おてまえも共に越前殿を助けて、万難を排してでも開鑿を遂《と》げることに尽力されるのが至当だと思うが、いかがじゃな?」

渋川六蔵は耀蔵に言い負かされて両手をついた。

「恐れ入りました。てまえ、不敏にして花島村にさような特殊な地理現象があることを存ぜず、一般の田と同様に考えておりました。……ことに、この儀が閣議で決まり、台意に基づいてご発令とあらば、なるほど、甲斐守殿のお言葉のとおり、今さら変更もできぬわけでございます。このたびの普請は不肖《ふしょう》てまえも参画したるところ、百難を排してでも成就《じょうじゅ》させたい気持ちは人後に落ちませぬ。ただ、前に申し上げたごとく、時期の問題で杞憂《きゆう》つかまつったのでございます」

「いや、渋川氏、おてまえの気持ちはよくわかっている。これもご奉公を思われる一心からじゃ」

「それにしても、甲斐守殿にはよく花島あたりの知識までお調べでございますな」

「渋川氏、わたしも越前殿から頼まれてこれにお手伝いをしているからには、おろそかな気持ちではおられぬ。ご存じのように、越前殿は、このたびの印旛沼《いんばぬま》開鑿にはその政治的生命を賭《か》けて、たいそうな意気込みじゃ。されば、われらもなおざりな気持ちではやれぬからのう。調べものには手を尽くしているつもりじゃ」

「恐れ入りました。……今後は及ばずながら六蔵も身命を賭《と》してご奉公つかまつりますなれば、何かと至らぬ点はご叱正《しっせい》たまわりとうございます」

「いや、そう申されると、かえってこちらが痛み入る。工事は必ず成功させねばならぬ。ついては、土木についてのおてまえの知恵をこちらもぜひ拝借したい」

「なかなかもって……」

「いやいや。ご存じのように、鳥取、沼津、秋月、貝淵、それに庄内の五藩、いずれも烏合《うごう》の衆《しゅう》、どこまで本気にやれるものやら、また、どの程度に工事の技術を持っているものやらはなはだ心もとないわけじゃ。大勢の人夫を駆り集めたところで、ただうろちょろばかりしていてもいっこうに普請は捗《はかど》り申さぬ。渋川氏に頼みたいのは、各藩の督励じゃ」

「てまえでは覚束《おぼつか》のう存じますが、できうるかぎり……」

「次にてまえが心配しているのは、各藩の統一だ。いま、掘割を各丁場に分割してそれぞれの藩に担当させているが、こういうことは統一がないと、各藩ばらばらになって人力と金を食うだけで、なかなか実績が上がらぬものじゃ」

「ごもっともで」

「ついては、越前殿みずから総奉行となられているが、わたしも越前殿の意をうけてできうるかぎり現場を見回ってくるつもりだ」

「甲斐守殿のご出馬ならば、さぞかし現地も士気が揚《あが》りましょう」

「江戸市中で、商人どもを震え上がらせているので、その強面《こわもて》が利《き》くと申されるか」

と、耀蔵が笑った。

耀蔵自身は、己れの苛察《かさつ》で江戸を締め上げていることをよく知っている。だから、印旛沼工事にもおれが出なければという気概がある。ほかの者では役に立つまい。それがやれるのはおれだけなのだ。——

耀蔵には、四里に亙る細長い溝に蟻《あり》のように真黒にたかった何万という人夫が、彼の見回りで粛然《しゆくぜん》となるさまが映るのだった。

「茂平次」

と、耀蔵は渋川六蔵が帰ったあと用人の彼を呼んだ。

「近日、わしも一度印旛沼に行ってこなければならぬな」

「それはご苦労さまでございます」

茂平次はかしこまっている。

「ただ今、渋川さまがお見えのようでしたが?」

「うむ。あいつ、工事を少し先に延ばせとか余計なことを言いに来よった。自分が陰《かげ》で目論《もくろ》んだ一人だけに工事のことが心配でならぬのだ」

「心配性でございますな」

「心配性は渋川だけではない。その辺にいっぱいおるわ」

　耀蔵は、暗に水野越前もその一人だと言わぬばかりだった。

「踏み出したからには一歩も退《ひ》けぬ。この場になってどうのこうのと申す奴の気が知れぬの」

「さようでございますな」

「見ろ。今度のご改革が成功したのも、このおれがみんなから憎まれても思い切った取り締まりをしたからだ。ほかの者は、誰からも恨《うら》まれず、憎まれずに自分の思いどおりのことをしようというのだから、虫がよすぎる」

「八方美人でございますな」

「その八方美人が為政者面《づら》をしているから、なんでも中途半端なご政道になるのだ。他《ひ》人《と》に憎まれることを怖れてはならぬ。どうせ改革をやるからには、日向《ひなた》の部分と、陰の部分とができる。陰を気にして肝心《かんじん》の日向まで消してはならぬ」

「まったくさようでございます」

「水野越前も、その他の老中連も、今度の工事にはびくびくものなのだ。はじめの思いつきがよかっただけに飛びついてはみたものの、さて実行の段になると、金が足らぬ、費用がかかる、工事は前に三度も失敗している、巧くやれるかどうか、いろいろの疑いが自らの心に起こっているのだな。主唱者の水野越前も、このおれがいないと、ふらふら腰なのだ」

「じっさい、殿さまがおられるから、水野さまもようやく踏ん張りが利くというものでございます」

「茂平次」

それまで己れ自身の心に語っていたような耀蔵の言葉の調子が、われに返った。

「おまえ、明日あたり、ひととおり印旛沼を実見してこぬか。諸藩の工事の手立て並びに現地の事情など報告してくれ」

「あの、てまえが？」

「そうだ。気が進まぬか？」

「いいえ、そうではございませぬが、てまえはあまり工事のことは詳しくございませぬので」

「馬鹿め。誰がおまえにそっちを見てこいと言ったか。わしが言うのは、彼の地における気風じゃ。実際に、諸藩の役人どもにお手伝いする気があるかどうかだ。これが一つ……」

「はい」

「それから、こちらから行った公儀の役人や代官どもの様子じゃ。これも真剣に工事に身を入れているかどうか、また公儀と諸藩賦役の間にじょうずに連絡が取れているかどうか、それを探《さぐ》ってこい」

「はあ、それなら……」

「いや、もう一つある。これは大事なことだが、彼の地にいる公儀役人どもの性癖だな。誰がどういう性質で、どんな型の人物か、それを知りたいのだ」

「調べて参ります」

「明日は少し早目に出発するがよいぞ。向こうでは五、六日経ったころ、いちおう、こちらに報告してくれ」

「てまえは江戸に帰らなくともよろしゅうございますか？」

「いずれわしも行くから、そのまま留ってよかろう。用があれば伝えるから、そのとき帰ってくればよい」

「わかりました。あの、路銀はどれくらい拝借して参りましょうか？」

「それは、公用人と相談して参れ。……待て待て。その前に、もう一つ用事がある。おまえは今夜後藤の屋敷に行ってもらいたい」

「後藤三右衛門のところでございますか？」

「うむ。三右衛門に会って渡してもらいたいものがある。今から手紙を書く」

茂平次は、そこでしばらく待たされた。耀蔵は、巻紙を繰《く》りながら筆を走らせた。紙を繰る音が微《かす》かに聞こえる。かなりの長文だった。書き終わってから、耀蔵はひととおり読み返し、くるくる巻いて状袋に入れた。

「これだ」

と、茂平次の前に投げ出したのはかなり分厚いものになっている。

「ご返事を聞いて参りますか？」

「うむ……しかし、三右衛門も口頭ではいたすまい。手紙を書くだろう」

「では、行って参ります」

茂平次は耀蔵の前に一礼して、自分の長屋に戻った。

「おい、忙しくなったぞ」

と、茂平次は女房のお袖《そで》にさっそく言った。

「なんですか、いやにそわそわしてるじゃありませんか？」

お袖は、むかし水野美濃守の奥に勤めた名残りもあって、うすぼんやりした女だが、そのくせ悋気《りんき》は深い。

「明日の朝から下総に行かなければならない。いま、甲斐守さまから、そう言いつかったのだ」

「下総に何がありますかえ？」

「なんにも知らねえ女だな。下総では今、印旛沼の開鑿工事がはじめられようとしているんだ。こいつは老中水野越前さまばかりではない、うちの殿さまも首を賭けているような大博奕《おおばくち》の工事だ。それをざっと見てこいという仰せだ。これは、この茂平次でないとできねえことだろうな」

「おや、おまえ、たいそう気負っておいでだが、いったい、そこには何日ぐらいいるつもりかえ？」

「そうだな。甲斐守さまのご命令があるまで、二ヵ月三ヵ月もいることになろうな」

「まあ、そんなに？　おまえ、それをいいことにして、向こうに隠し女でも呼び寄せるんじゃあるまいねえ？」

「何をぬかす。御用の筋で出向くことだ。そんな暇があるものか。だいいち、今度のご普請は何万という人足どもが働いて戦場《いくさば》のような真剣な騒ぎだ。女子《おなご》どころじゃねえ」

「それにしても、二ヵ月も三ヵ月もおまえが女なしに辛抱しているとは思えない。あたしはそのうちに様子を見にそっちに行くからね」

「よしてくれ。おまえも疑ぐり深い女だな」

「……あたしだって、そんなに長くひとりで放っておかれるのは厭だからね」

眼尻に皺の寄ったお袖の顔が悋気と嬌羞《きょうしゅう》に赧らむのを見て、茂平次は軽い寒気がした。この女、年齢《とし》とは逆さまにそっちのほうは増していくようだ。剝《は》げた粗末な塗物を見るような具合で、なんとも興醒《きょうざ》めである。いい加減なところで手を切らなければならないと思った。

茂平次は支度をととのえて、奉行屋敷にとって返し、耀蔵からの手紙を入れた文箱《ふばこ》をふくさに包んで手に抱え、中間一人を供に駕籠《かご》に乗って後藤屋敷に向かった。公用外出だから、用人の体裁《ていさい》を整えたのである。

駕籠は数寄屋橋から濠端《ほりばた》沿いに東に向かった。常盤橋門外の斜交《はすかい》あたりに一石橋があるが、後藤屋敷は、この橋を挟《はさ》んで両側に跨《また》がっている。今でいう造幣局だから、広大なものだ。ここに架《か》かった橋をなぜ一石橋と呼んだかは、両方に後藤屋敷があるので、五斗（後藤）と五斗を合わせて一石になるシャレだというが、あまりあてにならない。

茂平次は駕籠に揺られているのでうしろがわからなかったが、実は彼が奉行屋敷を出たときから、編笠《あみがさ》をかぶった一人の武士がひょこひょこと尾《つ》いてきていた。彼の眼は駕籠の行方から少しも離れず、高い背を前こごみにして歩いている。剣術師範井上伝兵衛の弟熊倉伝之丞だ。

茂平次が後藤屋敷の住居のほうの玄関に駕籠を降ろさせると、出迎えの手代が下にも置かない待遇で客間に上げた。

「あいにくと、主人三右衛門は他出中でございます」

手代は、せっかくお越しのところ申し訳ない、と手をつく。

「それは残念です。して、お帰りは遅うございますか？」

「はい、ちと……」

手代が三右衛門の行く先も用件も言わないところを見ると、茂平次は、ははあと思った。これは妾《めかけ》のお梅のところにちがいない。

しかし、そこは素知らぬ顔で茂平次は扇子《せんす》で懐《ふところ》をあおぎ、

「主人甲斐守から三右衛門殿にお目にかけたい手紙を持って参りました。このまま中を

あけずにお渡し願いとうございます」

と、ふくさ包みの文箱をそのまま手代に渡した。

「いずれご返事はあとから三右衛門殿よりあることと思いますが、甲斐守もだいぶん急いでおりますから、そのおつもりで……」

「たしかにさように伝えます」

留守とあれば仕方がない。茂平次はふたたび駕籠に乗った。手代は門の外まで見送ったが、駕籠の中にはいってから茂平次は思い出したように、

「先ほど申したように、甲斐守の書状はだいぶん急ぐ用でしてな。なんでしたら、三右衛門殿のご外出先に届けていただけませぬか?」

と、念を押した。

これは三右衛門がお梅のところから二、三日も帰らない場合を予想してのだめ押しである。

「本来なら、わたしが明日にでもご返事をいただきに上がりたいところだが、何せ、明日早朝より、わたしは公用でしばらく旅をいたしますでな」

と、多少自慢げに茂平次は言い添えた。

「おや、それはどちらに？」

　後藤の手代も愛想のつもりで訊いた。

「ご存じだろうが、下総印旛沼で大きなご普請がはじまった。てまえは主人甲斐守の名代として、いちおう、あの辺を見回ってくるのです。いや、もう、この暑さにたいへんな役ですわい」

　と、大きな声で言った。

「それはそれは、お役目とはいいながら、まことにご苦労さまに存じます。おっしゃるように酷暑の折りから、くれぐれもおたいせつに」

　御免、と言って駕籠が上がる。手代は門内にはいったが、その門の外に陽炎《かげろう》のように立っているのが熊倉伝之丞であった。

「茂平次の奴、明日の朝から印旛沼に行くと言っていたな……」

　茂平次の挨拶が大きな声だったので、伝之丞の耳にもすっかりはいっている。

「印旛沼の見回りというからには、今度こそあいつ一人であの辺を立ち回るにちがいない、これはこうしてはおられぬわい」

　伝之丞は呟《つぶや》いて駕籠の行方を一瞥《いちべつ》すると、急ぎ足で別の方向に立ち去った。

熊倉伝之丞は麻布飯倉の兄伝兵衛宅に向かった。

井上道場も伝兵衛の横死後は門人も散りぢりとなって、現在では門戸を閉鎖している。伝兵衛が殺された直後こそ、門人たちも、ぜひ師匠の仇をわれわれの手で討ちたいなどと言っていたが、時日の経過とともに次々と脱落していった。それが人情というものであろう。

「おや、これは伝之丞殿、ようこそ」

伝兵衛の妻つや、つまり、伝之丞にとっては嫂《あによめ》が、寂しい玄関に迎えた。

「しばらくご無沙汰《ぶさた》つかまつった」

伝之丞は汗を拭き、炎天の下を歩いた埃を袴の裾から叩く。

「まあ、どうぞこちらへ」

通されたのがかつて主人伝兵衛の使っていた居間で、仏壇には伝兵衛の位牌《いはい》の前に香が漂《ただよ》っている。伝之丞は、まず、その前にすわって手を合わせ、しばらく瞑目《めいもく》していた。

つやは、そのうしろに控えていたが、義弟伝之丞のうしろ姿に、ふいと何かを気づいたように怪訝《けげん》そうな眼になった。

香を焚いた伝之丞は、嫂に向き直って、出された冷たい麦茶を咽喉《のど》に流した。

「もし、伝之丞どの、今日は夫の仇のことで何か吉報でもお持ちくださったのですか？」

つやが伝之丞の顔色をみつめて訊《き》く。

「はて、それがどうしてわかりましたか？」

「いつものあなたさまに似ず、今日は玄関に上がってこられたときから、どこか意気込んでおられました。いま、位牌の前で拝んでおられたうしろ姿にも、何やら活気らしいものが漲《みなぎ》っているように拝見しました」

「さすがは姉上、よう見抜かれた」

と、伝之丞は大きくうなずいた。

「実は、そのことで参ったのですが、われらが下手人と考えている茂平次、どうやら彼をこちらの手で捕《とら》えることができそうです」

伝之丞の語気は強かった。

「おや、まあ、それはどういうことで？」

つやは思わず膝を進めた。

「されば、これまで、茂平次は南町奉行鳥居甲斐守の用人となってもぐり込んでいるため、容易につかまえることができませなんだ。なにしろ、奉行屋敷に踏み込んでいくわけにも参りませんでな。また、外出の際も用人らしく供回りを付けているので、これもわれらには近づきにくうござった」

「ほんに伝之丞殿には、いつもいつもご苦労をかけております」

嫂は頭を下げて、

「そのために主家松平隠岐守さまの重役のお手前もありましょうに、夫のことでご首尾が悪くならなければよいがと案じております」

「なに、われらには実の兄者《あにじゃ》、それぐらいのことをせいでどうしましょう。また主家への不首尾は、倅《せがれ》の伝十郎がわたしのぶんまで勤めております」

「ほんに伝十郎さまはよくできたご子息ですな」

「親馬鹿で、自慢話めくかもしれぬが、まあ、まんざら取柄《とりえ》のない息子でもなさそうです。倅も伯父の仇をぜひ討つのだと、しきりに申しております」

「ありがたいことです。でも、伝十郎さんは若いうえに大事なご奉公がありますゆえ、伝之丞殿だけで仇の在所《ありか》を捜してください」

「わたしもそう申し聞かせてある」

「仇といえば、小松典膳、この道場の師範格を勤めていた男でございますが」

「あれはいい男だ」

と、伝之丞はうなずいた。

「その小松典膳も、ぜひ先生の仇討ちをしたいと、つねから言っております。ご承知のように、夫が討たれてからは、この道場も寂れる一方。繁盛《はんじょう》のときはなんのかんのと足しげく通ってきたものが、今ではとんと寄りつかなくなりました。小松典膳はこのありさまを無念がり、なんとか道場を盛り立てていきたい、などと申しておりますが、なにしろ、いったん浮足立っては弟子どもも落ちつくはずはございませぬ」

「小松典膳は兄も自慢にしておりましたな。……典膳はよくここに来ますか？」

「はい、必ず十日に一度ぐらいは顔を見せて仏前にすわり、ぜひ先生の仇を討ちたい、と口癖のように申しております」

「そういう者が一人でもいれば、心丈夫じゃ」

「して、伝之丞殿、茂平次を近く捕えられるというのは、どういうことでございますか？」

「されば、あなたもご存じのように、いま下総印旛沼《しもうさいんばぬま》で大仕掛けの掘割普請《ふしん》がはじまっております」

「聞いております。なんでも、たいそうな人数を繰り出して、なかなかの評判です」

「そのことです。この普請というのは老中水野越前守殿が言い出されて、公儀を挙げての仕事のようです。町奉行鳥居甲斐守もそれに一役買っているらしいのですが、その家来になった本庄茂平次が、今度、工事の下見に印旛沼に出向くことになりました」

「それはちょうどよい機会でございますな。して、そのことは確かでございますか？」

「確かも確か、当人がそう申したのですから間違いはございませぬ」

「まあ。伝之丞殿は、茂平次にお会いなされたのですか？」

「会ったわけではないが、わたしは始終彼の屋敷の前をうろついて、あいつが出てくるのを待っておりますでな。今日も駕籠で金座の後藤屋敷に行くのを見ましたので、あとを尾《つ》けました。用事が済んだ茂平次が後藤の手代に送られて屋敷の門まで出たのですが、そのとき茂平次が、明日の朝早く印旛沼に出立すると、自慢げに大きな声で申しておりました」

「えっ、明日の朝？」

つやは眼をみはった。

「伝之丞殿、それもあなたが茂平次を始終追っていてくださったからです。茂平次がそんな場所で大きな声を出したのも、仏の引き合わせかも存じませぬ」

と、つやは仏壇の方角へ向かって手を合わせた。

急いで使いを走らせると、門弟の小松典膳も駆《か》けつけてきた。典膳は二十四、五の、色の黒い、筋骨逞しい男だ。

「これは熊倉さま、しばらくでございました」

「おう、典膳か。いつも元気で何よりだ」

「はい。ただいまお使いをいただきまして恐れ入りました。何か火急なことでも？」

「いや、さっそく駆けつけてくれてありがたい。実はな、いま、つや殿に話したことだが……」

と、伝之丞があらましを語って聞かせると、典膳は黒い顔に眼を輝かせて、

「それは何よりの吉報でございます。で、熊倉さまはさっそくにも茂平次のあとを追っ

て印旛沼にお出かけでございますか?」

「そのつもりにしている。茂平次の声では明日の朝の出立は早いとのこと、わしも明朝暗いうちに起きて佐倉街道へ踏み出すつもりだ」

「熊倉さま、ぜひ、わたしもそのお供に付け加えてくださいまし」

典膳は手をついた。

「いや、典膳、それはちと困るのだ」

伝之丞はそれを抑えて、

「実は、今度はわたしがひとりで行こうと思っている」

「はて、それはどのような訳からでございますか? てまえにとっては掛替《かけがえ》のない師匠を討った仇、ぜひ一太刀でも加えとう存じます」

「それはわたしからも頼みたい。これまであんたが尽くしてきた情からすれば、とうぜんお願いするところだ」

「そんなら……」

「いやいや、よく聞いてくだされ。本庄茂平次は十中八、九分までは兄を討った仇とは思えども、まだ確証のあることではない。また、当人からはっきりとそれを告げられたわけでもない」

「……しかし」

「まあ、先を聞きなされ。仮りにも一人の人間を斬ろうというのだ。ほんとうの仇討ちなら仔細《しさい》ないが、もし、万一誤って人違いをしては一大事。ここで無理をして茂平次を討ち取ったあと、実際の下手人が出たらどうなる？」

「お言葉ではございますが、本庄茂平次が師匠を討ったことは間違いございませぬ。いずれの門弟も口を揃えてそう申しておりますし、当夜茂平次が在宅していなかったこともはっきりと確かめてあります」

「さあ、そこだ。人はみんな茂平次を指している。また、その晩、彼はいずれかに出ておった。それに、茂平次の根性なら兄を殺さぬともかぎらない。なにしろ、その前から兄にいろいろと小言《こごと》を言われていたらしいからな。茂平次なら、その逆恨《さかうら》みを持ちそうなことだ。……こう、いろいろ外からの条件は揃っていても、悲しいことにこれという決め手になる証拠がない。本人の白状もない。わたしはあんたから見ると慎重すぎると思うかもしれないが、先ほども申したとおり、万一の人違いを惧《おそ》れている。……そこでな、今回は、まず茂平次をつかまえて、わたしと一対一で話をし、問い詰めるつもりだ」

「それで、茂平次が白状しましたら?」

「そのときは、すぐにはわたしは討たぬ。倅伝十郎も、ぜひ伯父貴の仇討ちをしたいと申しているから、典膳、あんたといっしょに二人を呼ぶか、それとも茂平次をうまく騙《だま》して江戸に送り返すかする」

「お言葉ではございますが、そううまく行きますか?」

「わたしは少々年齢《とし》を取っている。それに、人間がこのようにぼんやりとしているでな、茂平次もわたしにはずいぶんと油断をしているようだ。だから、茂平次の口からたとえ兄貴を討った下手人とわかっても、わたしはその場では何とかごまかして笑って済ませるつもりだ。そのへんの芸当は年の功だから、任せておきなさい。伝十郎は松平隠岐守さまにお仕えしている身、またあんたも何かと忙しい身体だ。三人揃って今すぐ印旛沼に行くこともあるまい」

傍《かたわ》らからつやが、

「もし伝之丞殿。それではあまり心もとのうございます。せめて典膳だけでもお供にお連れなされたら」

と口添えした。

「あっははは。つや殿、その心配はご無用じゃ。それに茂平次がはっきり下手人とわかれば、こちらはなるべく正々堂々と仇討ちをしたい。伜伝十郎も主家を持つ身だ。隠岐守さまにお願いをして仇討ちのお許しも受けなければならぬ。また茂平次にしたところで町奉行鳥居甲斐守の用人となっている。知ってのとおり鳥居は苛酷《かこく》な町奉行じゃ。こちらが手続きも取らず茂平次を討ったとなれば、それを言いがかりにかえってわれらを不利にするよう扱うかもしれぬ。ついては、主家隠岐守さまにどのようなご迷惑をかけるやもしれぬ。……だから、わたしは茂平次がはっきりと白状したあかつきは、即刻、松平家からお暇《いとま》をいただくつもりだ」

「そこまで仰せなさるなら、てまえもお言葉に従いますが……ただ、懸念するのは、茂平次がそのような大事を熊倉さまに洩《も》らすかどうかです」

と、典膳が腕を組んだ。

「さあ、それもわたしには胸に成算がある。というのはな、茂平次にはこれまでたびたび出会っているが、あいつはわたしを少々馬鹿にしているようじゃ。さ、そこがこちらのつけ目だ。わたしとしては、あいつに嬲《なぶ》られているようにみせかけ、そろそろと本音を吐《は》かせようというわけじゃ。えてしてああいう奴は調子に乗って、言わでものことまでべらべらとしゃべりたがるものでな」

「なるほど」

と言ったが、典膳はそううまく行くだろうかと心配顔である。

しかし、熊倉伝之丞は弾《はず》み切っていた。

「さあ、つや殿、わたしは明日の朝が早いので、今日は早々に暇をするが、ひとつ心祝いに一杯傾けようと思っている。幸い典膳とも久しぶりに顔を合わせたでな」

「はいはい。これは気づかぬことでございました。さっそくにも支度をつかまつります」

つやが起《た》っていくのを見送って、伝之丞はにこにこしていた。

「しかし、暑いな。典膳、どうじゃ、ひとつ互いに無礼講といこうか」

と言うと、自分から袖をすべらして肌を脱いだ。

外は日が昏《く》れかかっているが、まだ余熱が地面から冷《さ》めずにいた。

本庄茂平次は、中間《ちゅうげん》ひとりを供に、朝六ツ半（七時）には屋敷を出かけた。夏の夜明けは早い。今日の暑さを思わせる陽《ひ》が東の空から強く射してきた。街道にも人の姿がかなり見られる。しかし、朝の涼しい風は格別だった。

茂平次は駕籠に乗って浅草まで行き、吾妻橋《あずまばし》を渡る。駕籠を替えて中川までくると、ここには行徳《ぎようとく》までの舟渡しがある。

「鳥居甲斐守家来本庄茂平次」という切手を見せると、関所の役人もにわかに態度を変えて茂平次に丁重になった。鳥居の威光はたいしたものだ。それにつけてもおれの威勢もどんなものだとばかりに、渡しの舟の中では肩をそびやかして構えていた。

舟は行徳にたちまち着く。

ここから船橋まで三里、途中に中山がある。ここには法華宗の智泉院がある。水野越前の改革でひどい目に遭った寺だが、それを横眼に見て進むと船橋に着いた。

すでに午《ひる》を過ぎていた。

「どうも暑くてやりきれない」

茂平次は、茶店にはいって暑気払《しよきばら》いに酒を飲んだせいか、それとも今朝の早立ちのせいか、とろとろと眠くなって奥の一間で横たわった。

眼がさめたときは、往来を歩いている人の影が長くなっていた。

「おい、亭主、いま何刻《なんどき》だ？」

「へえ、もう七ツ（午後四時）を過ぎました」

「そいつはいけない。これから大和田まではどのくらいあるか？」

「大和田でしたら、三里とちょっとでございます」

「うむ、そんなにあるか」

「旦那さまは大和田にいらっしゃいますので？」

「今夜はどうせあそこで泊まりだ」

「近ごろは、ご承知のとおりご普請で、あの辺も見違えるように繁盛しております。宿屋もふえたそうで」

「そんなに人が入り込んでいるか？」

「へえ。今度の印旛沼のご普請で、そこの花見川と、印旛沼に抜ける平戸川のあたりはもう、人足の群れだそうでございます」

「そんなに景気がよいか。それなら、さぞかし女どもも来ているであろうな？」

「お察しのとおり、だいぶんはいり込んでいるとか聞いております。いや、もう、あの辺は田圃《たんぼ》がときならぬ市《いち》になっているそうでございます。旦那さまも大和田にお泊まりなら、おたのしみでございます」

「これ、何を笑う。こちらは公用で行くのだ」

茂平次は眼をこすって起きた。中間の与次郎という者も昼寝で大いびきをかいている。

「これ、与次郎、早く起きぬか」

「もう大和田に着きましたか？」

「何をぬかす。これからだ」

茂平次は荷物を持たせて出発した。

船橋から大和田までは広漠《こうばく》たる原野だ。見渡すかぎり一面の原で、夏草がぼうぼうと生い茂っている。道を歩くにも草いきれがむんむんする。台地はゆるやかで、ほとんど起伏がみられない。それもそのはず、このあたりが万葉集にいう千葉野であった。現在の習志野《ならしの》だ。

「旦那、こう暑くっちゃかないませんね。やけに咽喉《のど》が渇《かわ》きまさア」

うしろから従《つ》いてくる与次郎は、百姓家を見つけると走り込んで井戸水を飲んでいる。二人とも船橋の茶店で飲んだ酒のたたりだった。

「旦那、どこまで歩いても草っ原ばかりじゃ厭《あ》き厭《あ》きしますね。道が捗《はかど》ってるのやら捗らねえのやら、さっぱりわかりません」

「まあ、そうぼやくな。今夜は大和田泊まりで、くたびれたぶんは鰻《うなぎ》の蒲焼《かばやき》で精分でもつけよう」

そんなことを言いながら、日昏れにはようやく大和田村に着いた。ここまで来ると、人足どもの半裸姿《はんらすがた》がずいぶんと見られる。仕事の帰りか、向こうの森の下や田の畦《あぜ》を、人の群れがぞろぞろとつながって歩いていた。

「なるほど、聞いたとおりだな。ええと、ここはたしか水野出羽守の受持ちだ。小屋は萱田村《かやた》だったな」

茂平次は合点しながら、村の街道筋にちょっとましな旅籠《はたご》を見つけた。この街道も、やたらと百姓家の軒先を改造した店がふえている。

「やっぱりたいそうな景気だ。……許せ」

と、茂平次はその旅籠の軒をくぐった。

「これはいらっしゃいまし」

田舎者《いなかもの》らしい亭主が迎えた。

「よい部屋はあるか？」

「あいにくとただ今塞《ふさ》がっておりますが」

「おれはこちらに公用で来たのだ。誰だか知らぬが、そこを塞いでいる客を追い出せ」

　茂平次は大きな声を出した。


　旅籠の亭主に部屋が塞がっていると断わられて、どこのどやつか知らぬがそこから追い出せと本庄茂平次が肩をそびやかしたのは、やはり鳥居甲斐守の金看板を背負っている意識からだ。飛ぶ鳥を落とすこの江戸町奉行の名前はどのような草深い田舎でも知らぬはずはあるまい、という肚《はら》である。

　ただし、彼は初めから鳥居甲斐守の名前を出すつもりはなかった。これは切札としていざというときに名乗ったほうが効果があるし、愉しみも二重だった。

「さようなことをおっしゃいましても、先客さまをお断わりするわけには参りませんので。へえ、どうぞご勘弁くださいまし」

　亭主の物腰は慇懃《いんぎん》だが、どこかせせら笑いをしている。

「そうか。だが、その座敷にいるのは、どうせ、その辺の百姓づれが焼酎《しょうちゅう》でも飲んでいるのだろう？　おれは江戸から役目で来ているのだ。なんとか都合つけろ」

「お役人さまでございますか」

亭主は頭を下げたが、もとより、そのへんだとは見当をつけているから、あまり愕《おどろ》かない。役人でも下っ端だと踏んでいるのだ。

「それは、ご苦労さまでございます。ですが、なんと申しましても、てまえどもとしてはやはり先客さまが……」

「先客先客とたいそうなことを言うが、どこのどなたさまだ？」

「へえ、それがお百姓衆ではございませんので」

「武家か？」

「さようでございます。実は、この辺の普請を受け持っておられます水野出羽守さまの御家中で、いま、お仕事のご相談をなすっていらっしゃいます」

これなら江戸の小役人も退散するだろう、という口吻《くちぶり》が亭主にあらわれている。

「そうか。それならやむをえないな」

茂平次は腹の中で嗤《わら》って、

「ほかの部屋でもどこか空《あ》いていないか？」

「へえ、小部屋ならございますが」

「なんでもいい。暑いところを江戸から歩いてきたのだ。早いとこ身体を休めたい」

「それなら、どうぞお上がりくださいまし」

亭主は、うしろにいる女中に顎《あご》をしゃくった。小役人なら引っ込むのが当たりまえだ、という顔をしている。

茂平次が通されたのは四畳半で、風通しの悪い部屋だ。うしろをあけると、この家の土蔵が壁のように塞がっている。

「旦那さま、ここはまるで息が詰まるようでございますな」

中間の与次郎が首筋の汗を拭いた。

「うむ。今に風通しをよくするから、少し待っていろ」

冷たい麦茶を汲んできた女中に、

「おい、姐《ねえ》さん、水野さまの御家中はどれくらいの人数だえ？」

「はい、いま、五人ほどおられます」

「うむ、五人か。で、その部屋の広さはどれくらいだ？」

「十畳ぐらいでございます」

「この家でいちばん広い部屋だな。そこは涼しいか？」

「はい。三方の障子を開け放ちますと、田から渡ってくる風が吹き抜けて、それは夏知らずでございます」

女中の答えも、わざと意地悪げに聞こえる。

「そのお客は、水野家の家中でも相当に偉い人かえ？」

「はい。なんでも、現場見回りの組頭さまということでございます」

「よっぽど普請の手順に苦労しているにちがいないな」

女中が降《お》りたのを見計らって茂平次はぶらりと起《た》った。

彼は階段の降り口まで行ったが、十畳の座敷は廊下の脇にある。襖《ふすま》はぴったり閉まって、中の人間は見えなかった。しかし、笑い声は洩れている。茂平次は耳をすませていたが、いったん階下《した》に降りて手水《ちょうず》を使い、また梯子段《はしごだん》を上がってきた。そのまま左手に行けば自分のはいっている四畳半だが、彼は右に行って襖をいきなりがらりとあけた。

車座になった五人の顔がさっとこちらを向く。いずれも武士だが、襦袢《じゅばん》一枚の姿だ。なかには裸で下帯一つの者もいる。茂平次の眼に映ったのは、飲み食いしたあとが畳の上に散らかっているのと、正面の男がひどく立派に見えたことだ。

五人の怕《こわ》い顔が茂平次に集中した。

「誰だ?」

と、一人が怒鳴った。

「これは失礼」

と、茂平次は襖を閉めたが、裸で車座になっている連中が手慰みをしていることを瞬間に見のがさなかった。

四畳半の狭い部屋に戻った茂平次は、手を叩いて女中に亭主を呼ばせた。

「何でございましょうか?」

亭主は、うるさい客だと言わんばかりに閾際《しきいぎわ》に膝《ひざ》をつく。

「向こうの座敷をちらりと拝見したが、亭主、掘割の相談かと思いのほか、だいぶん愉《たの》しみごとをやっているようだな」

亭主は、どきりとしたようだが、

「いいえ、わたくしはただお座敷にお泊まりいただいているだけで、お呼びのないかぎり上がっていきませんので、よくわかりません」

と、口を濁している。

「いかに水野出羽守さま御家中とはいえ、日の明るいうちから酒を飲み、手慰みをするのは、あまりよくないな。これをあの方たちに取り次いでくれ」

茂平次が鼻紙をちぎり、矢立《やたて》で一行何やら書くと、それをたたんで亭主に渡した。

しばらくすると、向こうの部屋でばたばたと忙しく畳を踏む音がする。それから、しんと静かになった。襖《ふすま》に耳をつけていた茂平次がにやりと笑った。効果は覿面《てきめん》なのだ。

「与次郎、その荷物を向こうの座敷に運ぶように支度をしてくれ」

「よろしゅうございますか？　向こうには先客がはいっているようですが」

「その先客が今に、どうぞ、本庄さま、こちらにお移りくださいませ、と言ってくるのだ」

その声に合わせたように、ごめんくださいまし、と亭主のいやに神妙な声が襖の外からした。

「なんだ？」

「ちょっと失礼さしていただきます」

襖があくと、亭主がかしこまって閾際《しきいぎわ》でお辞儀をしている。

「どうも、先ほどからたいへんお見それ申し上げて、なんともお詫《わ》びのしようがございませぬ」

「なんのことだな？」

「いいえ、もう、どうぞご勘弁のほどを。……それから、先客さまがお帰りでございますので、どうぞ向こうの座敷にお移りくださいますように」

「亭主、わしは動くのが面倒になったのだ。ここでよいぞ」

「まあ、そうおっしゃらずに。いいえ、もう、至らぬところは平にご容赦《ようしゃ》を……」

亭主はつづけて頭を下げて、

「まことに恐れ入りますが、先客の水野出羽守さまの御家来衆が、ちょっと旦那さまにご挨拶を申し上げたいと申されておりますが」

「このわしにか？」

「はい。もうここにお見えでございます」

「なんだか知らないが、せっかく寛《くつろ》いだところだ。断わってもらいたいな」

「でもございましょうが、どうぞひとつ曲げてご承引《しょういん》を」

亭主の揉《も》み手の声が終わらないうちに、

「御免」

　と、三十格好の男が廊下から身体をのぞかせた。さっき茂平次が襖をあけたとき、襦袢一枚で睨《にら》んだ武士だった。今は衣服を着て袴《はかま》と夏羽織をつけている。

「初めて御意《ぎょい》を得ます。……ただ今は、わざわざご挨拶をいただきましてまことに恐れ入りました。てまえ、水野出羽守家来で、このたびの普請掛を務めております」

「それはご苦労さまですな。暑い盛りに気骨の折れることでしょう」

「まったくもって面目次第もございませぬ」

　と、水野出羽守の家来は顔を真赤にしてうつむいた。

「鳥居甲斐守さま御用人がおいでとは存ぜず、疲れ直しに地酒を少々過ごしておりました。存ぜぬこととはいえ、まことにご無礼を仕りました」

「ははあ、日中炎天のもとで人夫どもの督励も楽ではございませんからね。暑気払いに御酒を召すのはまことに結構。……しかし、そのほかにも何やらお愉しみのようでしたが」

「何とぞ平にお目こぼしのほどを」

　と、家来はますます頭を畳に擦《す》りつけた。

「いやいや、わたしはお部屋を間違えてちらりとのぞいたもの、しかとしたところは見ませなんだ」

「恐れ入りました。われらのために窮屈な部屋においりねがって恐縮千万。どうぞあちらのほうにお移りくださるようお願い申し上げます」

「ははあ、貴公たちの御用はもうお済みですか？」

「重々恐れ入りました。夕景にもなったことではあり、これより陣屋へ引き揚げようと存じます」

「わたしへの斟酌《しんしゃく》なら、ご無用になされ」

「いえ、そういうわけではございませぬ。ちょうど、そろそろ、この家から引き揚げようと考えましたところで、……今も亭主を叱りつけてやりました。さようなお方を、このような暑苦しい狭い部屋にお上げしたのは、この家の不調法《ぶちょうほう》でございます」

「せっかくながら、わたしは中間と二人だけだから、この部屋が似合いかも存じませぬ。わたしには遠慮なさらずに、酒でも、お愉しみのほうでも存分におつづけくださるように」

「そのように仰せられると、穴があればはいりたい心地でございます。……これはご挨拶代わりで」

と、出羽守の家来は風呂敷に巻いた紙包みのようなものを差し出した。

「何ですか？」

「いいえ、ほんのお食事代で。もっとも、この辺は鰻《うなぎ》か鯰《なまず》の田舎《いなか》料理しかできませんが」

「せっかくの思《おぼ》し召《め》し、では遠慮なく」

と、茂平次は紙包みを取ったが、とたんに重みが掌《てのひら》の上に落ちた。賭博《とばく》をしていた五人の持ち金を掻《か》き集めたのかもしれない。水野の家来は、茂平次がそれを受け取ったと見て、ほっと安心したようだ。

「本庄さま、どうぞ今回のところはなにぶんご内聞《ないぶん》に……」

「いやいや、人間、疲労のときは誰しも疲れ癒《なお》しは必要なもの。この茂平次、それほど野暮ではござらぬ。安心なさるがよい」

「ありがとう存じます」

「したが、昏《く》れぬうちに派手になされては人目に立ちますぞ」

「何ともはや申し訳がございませぬ。今後はきっと改めますゆえ、お手柔らかに願います」

　家来は逃げるように退散した。

「与次郎、これを包んでおいてくれ」

「旦那さま、たいしたものでございますな」

「なに、陪臣《ばいしん》の水野出羽の家来では、何よりも鳥居甲斐守用人が怕《こわ》いのだ。見たか、あの、顔色を？」

「蒼《あお》くなっておりましたな」

「気の毒に、せっかく飲んだ酒の勢いも、いっぺんに冷《さ》めたようだな」

　亭主が、また匍《は》いつくばうように姿を現わして、

「向こうの座敷を大急ぎで掃除をいたしましたゆえ、どうぞお移りのほどを」

と言うなり、女中たち総がかりで少ない荷物を運び出した。

（ふうむ。これは、思ったよりこっちは乱れているわい）

　茂平次は早くも現地の雰囲気《ふんいき》をよみ取った。

　亭主の態度は、それこそ掌を返したようだった。江戸から来た小役人ぐらいに思って

いたが、鳥居甲斐の権勢《けんせい》を水野出羽の家来から改めて聞かされたのであろう。茂平次を大事にすること、まるで腫《は》れものにさわるようだった。それもそのはずで、水野出羽守の持場役人がこのような体《てい》たらくだと茂平次から上司に報告されると、どのような咎《とが》めが水野家にかかるかわからない。

茂平次は床柱を背に、亭主が自ら運んでくる最高の膳部へ鷹揚《おうよう》に箸《はし》をつけた。地酒ながら、思ったより味もよい。皿の上にはこってりした鰻の蒲焼や、鯉《こい》の刺身などが載《の》っている。

「亭主、この辺に芸者はいないのか？」

茂平次は女中たちの酌《しゃく》では気に入らない。

「へえ、なにぶん田舎でございまして、芸者といえば、佐倉のお城下まで参りませんと」

亭主は揉み手をしている。

「今度のご普請でだいぶん女どもはいり込んだと聞いているが、まだそれほどでもないな」

「いいえ、それはぽつぽつ、そういう茶屋などができているようでございます。この辺はそれほどでもございませんが、花島村という所には、かなり造られているようで」

「花島村というのは、ここからどれくらいだ？」

「へえ、上《かみ》のほうへ一里半ばかりでございます。そこに花島観音というのがございまして、その境内の前のあたりに佐倉あたりの女郎がはいり込んでいると聞いております」

「観音堂の真ん前に生きた観音さまが出開帳したわけだな。それでは、明日あたり、ひとつ参拝に出かけてみるか」

「どうせ草深い田舎でございますから、旦那さまのおめがねに叶うような女はいないと存じますが」

「うむ、そんなものはべつに望んでもいない。まあ、旅のつれづれの慰みだ。こちらは深川や吉原でさんざん遊んでいるから、ときには泥臭い女もおもしろいと思っているだけだ」

「へえ、恐れ入ります」

階下《した》から女中が上がってきて、亭主の傍まで来て耳打ちをした。

「旦那さま、ただ今、下のほうで旦那さまを訪ねてみえているお武家さまがおられるそうですが、いかがいたしましょう？」

「なに、おれを訪ねてきた者がいると。……どうせ普請手伝いのどこかの藩の者がさっきの連中の話を聞いて挨拶に参ったのであろう。いずれの藩の者か？」

茂平次は杯を片手に支えて訊く。

「へえ、それが藩の名前も、ご自身の名前もおっしゃらないそうで。とにかく旦那さまにお目にかかればわかると、こういうお言《こと》づけでございます」

「怪《け》しからぬ奴だ。人を訪ねて自分の名前を言わぬという法はない。与次郎、おまえ、階下に行ってのぞいてこい」

「かしこまりました」

与次郎が少し酔った足で階下に降りていったが、すぐ戻ってきた。

「旦那さま、当人は江戸から来たそうでございます。四十年配の方で、なんだか旦那さまとはお友だちのようなことをおっしゃっていました」

与次郎は報告した。

「なに、友だちだと？……どうもわからぬな」

「旦那さま、もしかすると、同じ普請の出役《しゅつやく》としてこられたお方ではございませんか？」

「そうかもしれぬ。誰だか知らぬが、江戸の者なら、いちおう、顔を見てやろう。先方ではここに上がってくるのを遠慮しているのであろう」

茂平次も地酒でいい気持ちになりかかっている矢先なので、気軽に起ち上がり、梯子段を降りる。

「旦那さま、足もとがお危のうございます」

女中がうしろからついてきた。

「なに、危ないと思ったら、おまえ、おれが落ちぬように手をつかまえてくれ。……なんだ、気持ちの悪いくらいざらざらした手だな」

「明日の晩、花島観音にいらしたら、もっとすべすべしたお手にさわられます」

「そう怒るな。女という奴は、ちょっと揶揄《からか》ってもやきもちを妬《や》くものだな」

降りた所に背の高い男がにょっきり立っている。

「本庄氏」

と言われて茂平次は眼をむいた。

行灯《あんどん》に映った顔はまさに熊倉伝之丞だった。にこにこと笑ってはいるが、額に汗を出していた。

「な、なんだ。あんただったのか？」

茂平次は、あとの声が出なかった。

「熊倉氏、どうしてここに？」

本庄茂平次は伝之丞の出現にさすがに度を失った。こんな土地まで彼を追ってこようとは思いも寄らなかったのだ。しかし、このたびの出張は急に決まったことで、あまり他人《ひと》も知らないはずである。

「いや、てまえも近ごろ高名な掘割工事の様子を見物しようと思いましてな、この宿の前を通りかかったとき、似たような声が二階から聞こえたので、もしやと存じ、女中衆に確かめてもらったのです」

熊倉伝之丞はほほえみながら答えた。

こいつ、のろまだと思っていたが、あんがいすばしこいところもある。――茂平次はひそかに伝之丞を見直した。伝之丞の茫乎《ぼうこ》とした表情には特別な感情が出ていないだけにつかまえどころがない。

箱根の出会い以来、伝之丞のことはのみこんだつもりでいる茂平次も少々とまどっ

た。しかし、そこは彼のことで、たちまち陣容を立て直して、

「熊倉さんがこんな所まで、わざわざ掘割工事を見にこられようとは存外でした」

と、うす笑いした。

伝之丞はすなおにうなずいて、

「まことに奇遇で」

と、人のよさそうな微笑を泛《うか》べている。しかし、茂平次には、この男の嗅覚《きゆうかく》の鋭さが動物的にもみえてきた。

「ところで、本庄氏、こんな所でどうかと思うが、あんたに会ったのを幸い、少々お尋ねしたいことがあるのですがな」

伝之丞は申し入れた。それも世間話のような調子である。

茂平次はうんざりした。この男の用件といえば、井上伝兵衛殺害の下手人のことしかない。まだ執念深く伝之丞はそれを追っているのだ。白痴《こけ》の一念というか、性懲《しようこ》りもない男だ。――

だが、宿の中で伝之丞に大声を出されると迷惑である。せっかくいい気持ちになっているところへ、下手人扱いされてうるさく言われてはたまったものではない。融通のき

かない伝之丞は、遠慮会釈《えしやく》もなく高い声をあげるに違いなかった。茂平次は、まず、伝之丞を外に連れ出すことにした。

「熊倉さん、わたしの部屋には家来や土地の役人どもがいて十分話ができません。その辺を歩きながらお話を承ることにしましょうか」

茂平次は下手《したて》に出た。

「おう、さようか。いや、わたしはどちらでもよろしい。どうせ急いで江戸に帰るわけではなし、十分にあんたと話ができたほうがありがたい」

伝之丞はさっそく承引する。

茂平次は二階に戻ると、中間の与次郎に、知合いが来たので、その辺を歩いてくると言い残し、廊下へ出て女中をつかまえた。

「この辺にお宮の境内でもないか」

「そうでございますね、この少し北のほうに行きますと、萱田《かやた》明神というのがございます。でも、夜は寂しい所でございますよ」

「そのほうがよいのだ」

茂平次が用心深く大小を腰にぶちこんで階下に降りると、伝之丞は月の往来に立ってぼんやり待っていた。

茂平次は舌打ちをし、表へ出て熊倉伝之丞と並んだ。伝之丞は痩せてはいるが背の高い男で、ずんぐりとした茂平次が並ぶと、彼の肩ぐらいまでしか背がない。

「その先に明神社があるそうです。幸い涼みがてらに、その辺でもぶらつきながらお話を聞きましょうかな」

茂平次は言った。

「いいでしょう」

熊倉伝之丞は、茂平次の言うことにいっさい異論は唱えない。飄々《ひょうひょう》として彼の歩むのに従《つ》いてきた。傍《かたわ》らの小川の上には蛍《ほたる》が五、六匹飛んでいた。女中に教えられた路を歩くと、蒼白い月の下に一群《ひとむ》れの黒い森がある。鳥居や石灯籠《どうろう》などが見えた。

「さすがに江戸とは違って、田舎の夜もいいものですな」

と、熊倉伝之丞は呑気《のんき》なことを言っていた。

この男、どこまでもおれを仇《かたき》と狙《ねら》っているようだが、それでいて少しも気負った様子はない。まるで隣の住人とつき合っているような張合いのない態度だ。茂平次も伝之丞だけにはしだいに荷厄介《にやっかい》を感じてきた。

明神社の前に出た。野面《のづら》には農家が散在している。月の光は森影を地面に濃くつくっていた。

この神杜というのは萱田明神といって、伊勢宮の神封の地ともいわれている。だが、土地の人は、藤原時平を祀《まつ》るところから時平《しへい》明神ともいっていた。この辺は、藤原時代に時平の荘園地だったらしい。そういえば、葛飾郡幸谷郷《かつしかごおりさちやごう》や千葉郡波佐間《はさま》などの諸村も、時平と菅公をいっしょに祀った社《やしろ》が多い。

二人は拝殿の前に着くと、改めて向かい合って立った。一瞬、夜気に殺気のようなものが交《まじ》ったかにみえたが、それを先に消したのは熊倉伝之丞の呑気な声だった。

「いやア、本庄氏、ここはいい。涼しいうえに、森の上に照る月というのは格別な眺めですな。江戸ではこんな情趣は味わえませんわい」

「本庄氏」

と、熊倉伝之丞はつづけて言った。

「あんたも、考えてみると、ずいぶん出世なされたものだな。今をときめく鳥居甲斐守さまの用人にまでなられたとは祝着《しゅうちゃく》の至りだ。この前は長崎に、今度はこの下総《しもうさ》に、鳥居さまの命で駆け回っておられる。あんたの才幹が認められた証拠じゃ。いや、たいしたもんです」

珍しく伝之丞が持ち上げた。

茂平次は、ふん、こやつ、日ごろから口不調法のくせに無理なお世辞を言うわい、と思ったが、賞められて悪い気持ちはしなかった。もとより才能はひそかに自負しているのだ。鳥居耀蔵の用人はほかにもいるが、彼ほど耀蔵の気持ちを察して先回りをしながら尽くす者はいない。目端《めはし》が利《き》くことは誰にも負けない。その点、耀蔵には重宝《ちょうほう》がられている。

茂平次はまだ少し酔いが残っていた。

「そう言われると痛み入るが、いや、熊倉さん、ご承知のように鳥居甲斐守さまは気むずかしいお方でしてな、人の好き嫌いが激しく、われらにはやりにくい主人です。わたしも気骨が折れますわい」

「いや、ごもっとも。ご気性の激しい方とはかねて承っている。その方に信用されるのだから、あんたもたいしたものだ。……のう、本庄氏、わたしも憶《おぼ》えているが、あんたが兄伝兵衛の剣術の弟子になられたころは、長崎から江戸に出てこられたときで、失礼ながら尾羽打ち枯らしたようなありさまだった。それがまたたく間にこのご出世だから、わたしもおどろいている。いや、貴殿のような方が井上道場から出られたというのは、一同の自慢でもありますわい」

「まったく熊倉さんの言われるとおり、井上伝兵衛師匠の門を叩いたときは西も東もわかりませなんだ。職はなく、貧乏裏店《うらだな》に身をかがめておりましたからな。あのころを思うと今はまるで夢のようです。いや、われながらよくここまでやってきたと思っております。それというのも、鳥居さまに目をかけられたのがわたしの開運、てまえは仕合わせな男だと思っております」

茂平次は卑下《ひげ》自慢した。

「ごもっとも、ごもっとも」

と、伝之丞は暗い中でうなずいた。どこかで盆踊りにも似た唄が風に乗って微《かす》かに聞こえてくる。

「それにくらべると、わたしなどは仕官の身でありながら、いつまで経《た》ってもうだつが上がらぬ。やはり江戸で仕えるなら、権勢をふるうお方についたほうが男の仕事ができるというものだな。本庄氏などはこの地に出向いてきても、いわば鳥居甲斐守殿の名代のようなものじゃ。その鳥居殿のうしろには老中水野越前守殿が控《ひか》えておられる。地元の諸大名の家来などが本庄氏を怖《おそ》れる道理じゃ。……それにつけても、兄伝兵衛が生きていれば、さぞかし貴殿の出世を喜ぶでござろうがの」

茂平次は、伝之丞の言い方に、こやつ、煽《おだ》てておいて、ちくりちくりと針を利かせるつもりでいるな、と思った。たぶんそんな言葉でこっちの反応を見ようというのであろう。だが、その手は古い。だいいち、伝之丞のような無器用な男が、手の混んだ腹芸をしても底が見え透《す》いている。

よし、それなら、ひとつ逆に出てやれ、と茂平次は気が大きくなった。彼は、宿で伝之丞に出会ったときの愕きが消えると、また相手を嘲弄《ちようろう》したくなってきた。

「伝兵衛師匠もまことにお気の毒でした。それにつけても、ご家族や貴殿方の無念もよくわかります。熊倉さんがあらぬ噂を信じてわたしを仇と考えられるのも、もとより、てまえの不徳のいたすところだが、いまだ下手人の知れぬ焦《あせ》りを考えれば、無理からぬこととも思いますな」

「いや、本庄氏、この前からの言葉の行過ぎは御免くだされ」

と、伝之丞はおとなしく出た。

「これもわたしが兄の仇を捜すための熱意から出たことです。……考えてみれば、兄は下手人に不意に横から襲われて倒されていた。相手はよほど腕の立つ人間だと考えられます。兄ほどの名人が、一合も刃を交《まじ》えずにむざむざ殺されたのですからな。この点、あんたを疑って申し訳なかった」

熊倉伝之丞は、名手井上伝兵衛の斬られ方からみて加害者は茂平次ではなさそうだというのである。これが茂平次の癇《かん》にぐっときた。

じっさい、あのときは、こちらが呆気《あっけ》なく思ったくらい井上伝兵衛は茂平次の刀の下にひれ伏したのである。江戸の真ん中で剣術道場を開いているくらいだから、よほど手《て》強《ごわ》い相手かと思っていたし、事実、道場で剣術を教えてもらっているときは茂平次も伝兵衛には歯が立たなかった。それが嘘《うそ》みたいに倒れたのだ。むろん、先方に油断のあったことだが、それを防ぎ切れないで敗北したのは、伝兵衛が評判ほどにもなく弱かったわけだ。道場の剣術と真剣勝負とは違っているらしい。

いま伝之丞は、殺された兄伝兵衛の相手はよほどの名手だと言っているが、それは彼の腕をよほど高く評価している、身びいきの錯覚《さっかく》だ。家族をはじめ門人たちも同然である。

茂平次は、そのへんが片腹痛くてならなかった。

「熊倉さん、お言葉だが、わたしには伝兵衛殿を討った相手はそれほどの神技を持っていた剣術使いとは思われませんな」

茂平次は、伝兵衛に対する皆の信仰を一気に引きずりおろしてやりたかった。

「はて、それはまたどういうことで？」

伝之丞が不審げな眼を向けた。

「されば、なるほど、伝兵衛殿は竹刀《しない》ではたいそう評判を取っておられた。だが、真剣の勝負となれば、また別のようですな。わたしには道場の剣術が真剣のときにもそのまま通用するとは思われませぬ」

「ははあ、これはわたしの気づかぬことを申されました」

伝之丞はべつに意気込むでもなかった。

「そういうものですかな？」

「そうですよ。いや、そうだと思います。わたしは、伝兵衛師匠を討った相手はあなた方が考えられるようなたいした者ではないと思っています。いや、これは推察だけの話ですがね」

茂平次はつい言わでものことを言いたくなった。

「わたしのようなナマな腕の男でも、いざとなれば、そのくらいの腕は立つかもわかりませんよ。つまり、伝兵衛先生を討った男の腕前ぐらいにはね」


考えてみると、これは茂平次にとって大胆な言葉だった。いま、彼は熊倉伝之丞から兄の下手人だと疑われている。慎重にしなければならない立場が、かえって相手を挑発するような言辞を吐いた。やはり彼が伝之丞をなめてかかっていたことになろう。もう一つ彼の心理を説明すれば、熊倉伝之丞の執拗《しつよう》さと、場所が江戸でないという気軽さからも来ているだろう。

さらには彼自身の環境の変化である。鳥居耀蔵を背景にして権力の座に連なっている気負いと、相手が相も変わらぬパッとしない男だという開きが、こんな言葉を吐くだけの自信を持たせた。それに、自分の強さをそれとなく知ってもらいたい。酒の酔いもさめないでいることだった。——

「いや、本庄氏、そこです」

と、熊倉伝之丞は茂平次の言葉を聞いて、あんがいな返事をした。

「あんたは筋がよかったからな。兄伝兵衛がひそかにわたしにも吹聴《ふいちょう》していた。数ある弟子の中で茂平次だけは見込みがある、あれは伸びる男だ、と言っていましたよ。だからこそあんたを連れて鳥居殿に引き合わせたのだと思います」

「師匠もそう言っていましたか？」

と、茂平次は肚《はら》の中でせせら嗤《わら》った。熊倉伝之丞の手品が見え透いている。この男、決して自分を諦《あきら》めてはいない。それは執念深くここまで狙《ねら》ってきていることでわかる。それなのになるべくこちらの機嫌を損じないようにチヤホヤしているところをみると、どうやら、うまく調子に乗せて伝兵衛殺しの確証を得ようという狙いであろう。

そんなことぐらいこちらが見ぬけぬと思っているのか、と茂平次は考えたが、ひとつ、こいつの企《たくら》みに乗ったように見せかけるのもおもしろい、と思った。いちおう乗ったように思わせ、途中から肩すかしをくわせるのも一興である。

そんな茂平次の心理は、決定的な言質《げんち》は与えないで、相手を存分にきりきり舞させてみたい欲望である。人のいい伝之丞をまだまだ嬲《なぶ》ってやりたいのである。だから、決め手を与えないかぎり、まずまず、この辺までは話して聞かせていいだろうという限界が彼の計算にはいっている。言うなれば、危ないとこすれすれで伝之丞を踊らせたいのであった。

「わたしも鳥居の家来となってからは、このような仕事にたずさわっていますが、なに、こういう勤めから万一はずされることがあっても、剣術だけでも食っていける自信はありますよ。今までは誰にもこんなことは言いませんでしたがね。やっぱり自慢めきますからな」

「なるほど、なるほど」

伝之丞はうなずく。

「わたしを知ってくれているあんただから言うのですよ」

「そこはよくわかっている。すると、本庄氏は、たとえば、いや、たとえばの話ですよ。兄伝兵衛と真剣の立合いになっても、ひけは取らぬくらいの腕を持っておられるわけですな」

「そうはっきりと師匠の名前を出されて言われると困るが、まあ、仮りに伝兵衛師匠と同じぐらい腕が立つ人がいたとして、いざ立合いとなれば、めったに負けないつもりでいます」

「さようか」

暗い中で伝之丞が考え込んでいた。……

茂平次が伝之丞を煙に巻いて宿に戻ったのは、半刻《はんとき》してからだった。

伝之丞はまだこの辺にうろうろするつもりらしい。彼は今度こそ茂平次から確証を握る覚悟のようだが、そのためには当分執念深くつきまとわれるにちがいない。

少し調子に乗って言い過ぎたかな、と茂平次は反省したが、なんの、仔細《しさい》はあるまい、という気持ちも起こる。だが、伝之丞のうるさいことは相変わらずで、追ってもたかってくる蠅《はえ》のようであった。

この際、あの男はなんとかしなければなるまい、という考えがふいと泛《うか》んだ。江戸から離れていることがもっけの幸いでもある。ここは伝之丞の処分に格好の地である。それに、いまの茂平次はいわば半分公儀の役人みたいな立場だから、どうにでもなる。工事のごたごたにつけ込めば殺人をごまかせないこともない。

江戸ではできなかったが、ここではそれができる。……そう考えたとき、耳もとにブーンと藪蚊《やぶか》が翅《はね》を鳴らして過ぎた。

旅籠に戻ると、亭主が真先に入口に飛んできた。

「お帰りなさいまし」

ぺこぺこ頭を下げて、

「旦那さま、お留守中にお客さまが見えております」

「なに、客だと？」

「はい、先ほど帰られた家来衆がお報《し》らせになったとみえ、水野出羽守さまの公用人太田忠右衛門さまと、お代官篠田藤四郎さま手代関口寅之助さまとが打ちそろって挨拶《あいさつ》に見えております」

亭主は両手をすり合わせた。

年寄姉小路と紀州家の奥女中山浦とは、山里の庭で会って以来、ひそかな交流が急速に進んだ。

姉小路としては、いま、家慶《いえよし》とも水野忠邦とも悪い水戸宰相斉昭を動かしたほうがよいのだが、肝心の斉昭は水戸に帰ったまま出府しないので、どうにも手段がない。

在府は尾張と紀州だけだが、尾張の当主はとかく病弱で、はなはだ頼りない。残るのは一家紀州だけである。幸い当主斉順《なりより》は健康にも恵まれ、押しも利く。それに、家慶に対してはともかくとして、水野忠邦の急進的な改革方針には批判的な人だ。

斉順に働きかけたいというのが姉小路の考え方だったが、それには山浦から先に持ち込んだ話がちょうど誘い水になった格好である。

そこで、姉小路は何かと忠邦の独断を山浦に言って聞かせ、それが必ずしも将軍の意志でないこと、また忠邦への信頼が世間の思っているほど強固でもないことを吹聴した。

例の嫩生妻《めしょうが》の一件も具体的な傍証として彼女は言い添えた。山浦は話を聞いてびっくりしている。意外だったらしい。

その後、山浦から来た内証《ないしょ》の手紙では、

「殿さまに申し上げたところ、おどろいておいでになられました。そして、越前ならばさもあろう、と仰せでした」

とあった。

姉小路は、まず親藩にアンチ水野の雰囲気を盛り上げようというのである。さすがに自分の口からは家慶に直接忠邦の批判を言うことはできない。こちらはあくまでも陰に回って道具立てをしたいのである。こんなところが、身の安泰を守って、しかも敵に本体をさとられることなく目的を達したいとする御殿女中の特質かもしれない。

しかし、ここに一つの障害があった。

ほかでもない、家慶が愛妾としている於雪《おゆき》の方《かた》だ。これは忠邦がわが養女として家慶に差し出した風月堂の娘で、彼女が大奥の内情を逐一忠邦に報告していることは姉小路にもわかっている。

その通報はときたまの宿さがりのときだったり、ほかの女中に託する手紙だったりする。だから、忠邦についてうっかりしたことが家慶に言えないわけである。

また、そういう女が家慶の側にいては忠邦を失脚させることもむずかしくなってくる。その目的を果たすには於雪の方を家慶の側から離さなければならない。

といって落度のない者を辞《や》めさせるわけにはいかぬ。於雪の方は家慶の数ある愛妾の中でもわりと気に入られている中﨟だった。そんな女の悪口をうっかりと姉小路が言い出そうものなら、逆効果ともなりかねない。

姉小路は、於雪の方が内偵した大奥の模様を忠邦に報《し》らせる証拠を抑えようかと思ったが、現在の段階ではそんなことをしてもあまり効果がないとわかった。忠邦は家慶にいちおう信任されているし、万事、この将軍から施政のいっさいを任されているからである。台閣には忠邦に手向かう反対派がないわけだった。そのような策略は強力な対立派があってこそ効き目があるが、忠邦の独裁内閣ではこれも危ないことだった。

また、忠邦にしても大奥と自分をつなぐ強力なパイプが於雪の方だから、もし、変な策動を姉小路あたりがすると、容赦なく姉小路を追放するに決まっていた。

（何かいい工夫はないか）

近ごろの姉小路は、そんなことばかり考えている。自然と気分も重たくなり、冴えない顔色になっている。

それが部屋子の眼には異常に映ったのであろう。その中の一人が、あるとき、こんなことを言い出した。

「旦那さま、近ごろ、御気色がすぐれぬように見受けますが、どこぞ具合でも悪いのではございませぬか？」

「いや、べつに悪いところはないが、なんとなく気が晴れぬのじゃ」

姉小路はこめかみを白い指で揉みながら言った。

「それはいけませぬ。近ごろ、急に暑さもひどくなり、何かと身体の調子が違っております。お食事もあまりすすみませぬが、きっと暑気がお身体の毒になっているのでございましょう」

「まこと、近ごろの暑さはきついのう」

姉小路は調子を合わせた。

「旦那さま、涼しい所にお出かけあそばしてはいかがでございますか？」

部屋子は主人を心配してすすめた。

「涼しい所と申しても勤めの身、そう気ままなことは許されませぬ」

「いいえ、そうではございませぬ。旦那さまから上さまにおすすめして、お浜御殿あたりにお出かけあそばされるようになされたらいかかでございましょう？　さすれば、そのお供の中に旦那さまもおはいりになることではあり、よい保養となるかと存じます」

「お浜御殿のう……」

姉小路は、二、三度行ったことのある、大川に面した広大な庭を思い泛《うか》べた。まことにあの場所なら涼しそうである。

すると、姉小路には一つの期待が生まれた。於雪の方を貶《おと》すあらゆる途が塞がれている今、家慶のお供に於雪の方を加え、お浜御殿に行ったなら、お城の中と違い女中たちは遊山気分になるので、あるいはそこで於雪の方の迂闊《うかつ》な落度を見つけることができるかもしれない。計画というよりも偶然に頼る期待だが、何もしないで手をこまぬいているよりもはるかにましだった。

「まこと、そのほうの言うようにお浜御殿は涼しいであろう。上さまにおすすめしてみようかの」

彼女は相手の顔よりも、大奥のどこかにいる於雪の方を眼に泛べてこっくりとうなずいた。

姉小路は、このことを家慶の侍妾であるお定《さだ》の方《かた》にまずすすめた。自分の口から直接言うよりも、有力な侍妾から話を持っていったほうがいいと考えたからだ。

数あるお手付中﨟の中でもお定の方は、三年前に達姫《たつひめ》を生んでいる。この女ははじめお久《ひさ》といって西の丸でお次の役をしていたとき家慶の手が付いたのだ。同じ侍妾でも子供を生んだのと生まないのとでは、その地位が天地ほど違う。どのように家慶に愛されても、子供のない女は御生母でないから、だいぶん低く見られる。家慶の愛情の厚薄には関《かかわ》らない。

お定の方は姉小路から話を聞いて、

「それはよい思いつきじゃ」

と賛成した。

「近ごろの暑さでは広いお城の中でものがれる場所がないくらいじゃ。夜なども、いつまでもむしむしして寝苦しいことじゃ」

と、彼女もだいぶん暑気当たり気味だった。

「つきましては、お浜御殿にお成りを願うとき、ほかの中臈方もできるだけ多くお供を願えれば仕合わせでございますが」

姉小路は持ちかけた。

「暑いのは誰も同じこと。それに、涼しい場所を恋うのは人情じゃ。幸い御殿から浜辺に船を出して夕涼みするのも一興じゃな」

と、たいそう乗気になった。

お定の方から家慶に話が渡り、家慶の同意があったらしい。四、五日すると、明後日は早くから将軍家がお浜御殿にお成りということになった。中臈衆もほとんどが参加というかたちになった。もとより、於雪の方もその中に加えられている。姉小路は大奥の総取締だから同じくお供をする。

姉小路の作戦はこうだ。

当日は、大奥と違って中臈たちが全部一堂に顔を合わせる。序列はあるが、家慶を中心に女心の見えない暗闘がくりひろげられることは必定であった。大奥の中だと中臈衆もそれぞれに部屋を賜っているので、めったに顔を合わせることはない。それぞれが孤立状態である。しかし今度の場合は嫌でも共に行動をしなければならない。それに、春の花見、秋の紅葉狩りと同じく一種のレクリエーションであるから、どうしても解放的な気分になる。そのへんになんらかの落度が於雪の方に見いだされはしないか。

しかし、これは企《たくら》まれた計画ではないので、果たしてそのとおり都合よくいくかどうかわからない。姉小路の希望は、いわば可能性であった。

――当日となった。

将軍がお浜御殿お成りとなると、警備もたいそうなものだ。このお成道《なりみち》というのは、御広敷御門を出て、平河口《ひらかわ》御門を通り、酒井雅楽頭《さかいうたのかみ》屋敷脇から辰《たつ》ノ口《くち》、戸田采女正《とだうねめのしょう》屋敷前を通る。この辺は大名小路で、現在の丸の内である。永井日向守《ながいひゅうがのかみ》屋敷脇から数寄屋橋御門を左に行き、本数寄屋町を右へ尾張町二丁目に出る。

木挽《こびき》町五丁目橋から右へ逸《そ》れ、木挽町裏通りを行き、柳生但馬守《やぎゅうたじまのかみ》屋敷前より奥平大膳《おくだいらだいぜ》大夫《んだいふ》屋敷前を通過し、浜大手《はまおおて》御門に到着するのである。

この沿道の警衛は、南北両町奉行の手付はもとより、幕府直属の役人が固めるほか、譜代大名の家臣が、駆り出される。

そのほか、御殿の両脇を流れる築地川《つきじがわ》、汐留川《しおどめがわ》、また前面にひらいた海は、御船手奉行向井将監《むかいしょうげん》手付の警備船で固められる。当日は、たとえ切手を持っている船でも一般の水行《すいこう》を禁じた。

家慶の乗物の次に中臈方がつづく。大勢の侍妾や女中のお供だから、なかなかの壮観だった。巳《み》の刻（午前十時）に出門した一行は、午《うま》の刻（正午）前にようやく浜御殿の大手門にさしかかった。ここには浜御殿奉行が出迎えている。

浜御殿というのは、はじめ、四代将軍徳川家綱《いえつな》が、のちに綱重《つなしげ》となった長松《ちょうまつ》のために下屋敷として与えた。綱重の子綱豊《つなとよ》が綱吉《つなよし》のあとを継いで西の丸にはいったので、爾来、西の丸御用屋敷と呼ばれたのを、のちに浜御殿と改められたという。

御殿の広さは五万八千坪。江戸湾に向かっていて、その邸内の結構は、築山あり、池泉あり、木立あり、松林あり、木石の配合の妙は、今日の浜離宮の面影を見ても偲《しの》ばれる。

邸内にはさまざまな名前をつけた茶屋が配置され、池には鴛鴦《おしどり》や鴨《かも》を飼っている。池には大小の島が造られ、大きな島には両岸から橋が架け渡され、橋の影は築山からさしのぞく鶴亀のかたちに似た松の技ぶりなどとともに水面に映って、えもいわれない美しさを現わしている。

家慶はいったん休憩所にはいり、そこから邸内をそぞろ歩くのだが、まだ日中ながら、汐香《しおか》を含んだ涼しい風が女中たちの面《おもて》を吹いて蘇生の思いをさせた。

家慶は塩浜《しおはま》に出た。池をひとめぐりするだけでもかなりの距離である。家慶は塩浜の腰掛にかけて海面を眺めていた。

それまで晴れていた空がだんだんに曇って、あたりもうす暗くなった。このぶんでは夕立でも来そうな具合である。しかし、直射日光が遮《さえぎ》られたためにかえって涼しくなった。

「このぶんでは、ひと雨参るかも存じませぬ。御亭山《ごちょうさん》腰掛にお移りあそばしてはいかがでございましょう?」

と、お定の方が家慶にすすめた。

一行は塩浜から小高い丘にしつらえられた茶屋に移った。もとより、人工的な丘で、ここを御亭山と呼びなしている。家慶につづいて中﨟たちもぞろぞろと従った。雲は厚くなるばかりであった。

「今日は上さまからお許しが出ている。そちたちも、思うように、その辺を遊ぶがよい」

　と、姉小路はお定の方の意を受けて女中たちを解放した。みんなは喜んで三々五々、思い思いの場所に散った。信心深い者は、御殿の中の観音堂や庚申堂《こうしんどう》に詣る。風流な者は、池中に浮いた島や橋に佇《たたず》んで一首作ろうとする。泳いでいる鴛鴦に興じている者もある。かと思うと、藤の茶屋、藁葺《わらぶき》の茶屋などにはいって、茶を点《た》てる者もいる。海が好きな者は、まだ塩浜に残って襷《たすき》がけで砂などいじっている。

　ただし、雲行きが悪いので、舟遊びは中止となっている。

　姉小路は、最前からの於雪の方の様子を窺《うかが》っているが、その於雪の方は、自分の気に入りの女中を連れて燕《つばくろ》の茶屋にさっきからはいっていた。

　だいたい、どの中臈もお定の方には一目置いて、なんとなく煙たげだった。生母となると、同じ中臈でも格が上だから、自然と敬遠するのであろう。

　それに、家慶の傍にまるで古女房のようにぴったりとくっ付いているお定の方への反撥もあったかもしれない。そんなことで、家慶の周囲にはお手付の中臈はお定の方のほか二人ぐらいしかいなかった。

　お定の方に気に入られている姉小路は、役目もあって彼女の傍から離れなかった。

肝心の家慶は、久しぶりに歩き回って疲れたとみえ、茶屋の小座敷に身体を横たえて、お定の方に肩を揉ませていた。しかし、ひどく退屈そうだった。彼としては年増のお定の方よりも、もっと若いほかの中臈と遊びたいのだが、やはり子を生んだという手柄の手前、お定の方に遠慮している。このへんは女房に気兼ねしている亭主とほとんど変わらないようだった。それだけに家慶は退屈なのだ。

「上さまのお慰みとして、誰ぞ呼んで余興でもいたさせましょうか？」

と、姉小路はお定の方にささやいた。

「それはよい趣向じゃ。伺ってみましょう」

と、お定の方が家慶に意向を訊《き》いたらしい。

すると、家慶は眠たげな眼をして首を振った。

だいたい、大奥では芸ごとのできる女を御三の間という役目にしている。これは毎日退屈な大奥の生活に少しでも変化をつけるため、将軍や簾中《れんちゅう》に余興を見せたいからであった。御三の間の女中は、長唄から端唄、三味線、踊りなどひととおりの遊芸を心得ていた。

しかし、家慶は、いつ見ても同じ芸にはあまり心を惹《ひ》かれなかったらしい。それよりも若い中﨟相手に少々きわどい遊びをするのが好ましいようである。

その若い中﨟たちはお定の方に遠慮して逃げ出しているので、家慶もおもしろくなさそうだった。このとき、暗くなった空から雨がぽつりと降ってきた。

「とうとう降って参りました」

お定の方は空を見上げる。一滴、二滴と落ちてきた雨は、すぐに沛然《はいぜん》たる夕立になった。池の面《おも》も木立も雨脚のために白くなっている。

「いい夕立でございます。これが過ぎますと、ずんと涼しくなりましょう」

と、お定の方は喜んでいた。

雨のお浜御殿の眺めも格別だった。連日の茹《う》だるような暑さに萎《しお》れていた木や草がにわかに生気を取り戻すようにみえる。家慶もかなり機嫌が直ったようであった。

その雨も夕立の癖《くせ》としてやがて衰えをみせた。しばらくはしとしとと降る弱い雨となってつづいた。

強かった雨に各茶屋に閉じ込められていた女中たちも、ぼっぽつと家慶のいる御亭山腰掛の近くに戻ってくるようになった。風も急に冷たいものを加えた。女中のなかには、わざと弱い雨に打たれて喜んでいる者もいる。

このとき、橋を渡ってくるひとりの女がいた。まだ雨がやまないので、頭に手拭《てぬぐい》をかぶっていた。衣装がきれいだから、手拭かぶりの様子は、とんと芝居絵の道行《みちゆき》の場面のように嬌《なま》めかしい風情《ふぜい》である。家慶の眼がふいとその姿に止まった。

この御亭山の茶屋は一段と高い丘にあるので、その手拭かぶりの女がこちらに小走りに歩いている姿はずっと視界から消えなかった。

「あれは誰じゃ?」

と、家慶が訊いた。手拭のために顔がわからないのである。

「はい、於雪の方さまと存じます」

傍の女中が答えた。

「なに、あれは雪か」

家慶は於雪と知って、余計に熱心な眼になった。だいたい、彼はこんな手拭かぶりの女の姿など見たことがない。ふわりと頭にかかった手拭の両端が風に吹かれてひらひらするところなど、いかにも女の情緒《じょうしょ》がある。

その於雪は、そのままの姿で家慶のいる茶屋の前まで来た。

「見よ、雪のあの姿は格別じゃな」

彼は自分の感興に同意を求めるようにお定の方に言った。

「ほんにさようでございます。於雪の方さまはご容子《ようす》がよいから、手拭かぶりをなさいますと、よくお似合いでございます」

お定の方は賞めたが、冷たい口調の称賛だった。

しかし、家慶は上機嫌である。かぶりものの手拭を取った於雪が近くにくると、

「雪、なかなか佳《よ》かったぞ」

と、満足げに声をかけた。


帰城時間の迫った申《さる》の刻（午後四時）には空も霽《は》れ上がった。夕立のあとはすがすがしい。家慶はたいそうな機嫌でお浜御殿を発《た》った。彼の満足は、思わぬところで於雪の珍しい格好を見たせいもあろう。将軍家の前でかぶりものなどして通る女はいないからだ。

夜目遠目笠《かさ》の内というが、手拭をかぶった女もその一つにはいるだろう。家慶には見馴れた於雪の方が新鮮に映った。

ところが、これが姉小路の眼にとまるところとなった。もともと、彼女は於雪の方の

動静に何か事あれかしと狙っていたのだからたまらない。たいていの者が家慶と同じように、あでやかな於雪の方の手拭かぶりをたたえたのに、姉小路は他人《ひと》の気づかぬ盲点を発見した。

彼女は、於雪の方への家慶の称賛がお定の方には快くなかったのを見ている。

その翌日、姉小路はお定の方に会った。

「昨日はいかい愉《たの》しい遊びでございましたな」

と話しかけた。

「ほんにそうであったな。それもそなたが発案したこと。おかげで上さまのご機嫌も麗《うる》わしいし、わたくしたちまで涼しい思いをいたしました」

昨日の思い出がしばらく語られた。そのうち、姉小路はふいと思いついたように言った。

「こんなことは申上げてよろしいやらどうやらわかりませぬが、お定の方さまには、あの場で於雪の方さまが頭《かしら》に手拭をかぶられて上さまの前に出られたのを、どう御覧《ごろう》じあそばしましたか?」

静かに訊いた意見だが、

「どう見たかとは？」

　と、お定の方はまだ気がつかないでいる。

「はい、あの場はにわか雨が降って参りまして、於雪の方さまは濡《ぬ》れないために手拭をかぶっておいでになりました。でも、わたくしは長い御殿勤めの間に、未だ上さまの前に手拭をかぶったまま出た女子《おなご》を知りませぬ」

　姉小路が静かに言うと、お定の方はあっとばかり眼を瞠《みは》った。その視線は姉小路の意図を探るように、彼女の顔に射られていた。

「お定の方さま。たとえ雨に濡れましょうとも、恐れ多くも上さまの前に手拭をかぶって出るとは、於雪の方さまもいささか心得違いではございませぬかな」

　姉小路もお定の方の視線をじっと受け止めた。

「うむ、そう言えばそれにちがいないが……」

　と、お定の方はまだ賛成していいかどうか迷っている。というのは、雨に濡れないためにやむをえず手拭を頭にした於雪の方だし、だいいち、家慶がその風情をことのほか喜んでいる。あの場も家慶は於雪の方を傍に呼び、重ねて賞めていた。家慶の感動は、傍にいたお定の方にもよくわかっていた。

だから、それをはたから非難するのはどうかと思われる、と言いたげな迷い顔である。

「お定の方さま、そうではございませぬか。わたくしは、於雪の方さまがご寵愛に狎《な》れて上さまにこのうえない不敬を働いたと存じます。これが余人なら、あの場で叱りつけるところでございますが、於雪の方さまではそれもなりませんでした。でも、あれをあのまま見のがしておくと、のちのちの不都合にもなりまする」

と、このへんは大奥女中取締の年寄の貫禄をみせた。

職制上、年寄は大奥のすべての監督権を持っている。たとえ、上さまご寵愛の中﨟でも、妙なことをすれば、ほかの女中どもへのしめしがつかない、といった姉小路の意気込みには、

「さようか」

と、お定の方の心が動いたようだった。不敬といえば、たしかに上《かみ》を怖れぬ於雪の方の仕業《しわざ》ではあった。将軍家に対しては誰しもかぶりものを取るのが礼儀である。お定の方もしだいに姉小路のいつにない語気と理屈に負けてきた。もともと、於雪の方にはおもしろくない感情がある。

「なるほど、そなたの言うとおり、これは黙っては過ごされぬことかもしれぬな」

と、お定の方は洩らした。

姉小路はその言葉に勢いづいた。

「さようでございますとも。わたくしも、役目のうえから、きっと於雪の方さまに申し上げなければなりませぬ」

お定の方の反応は決して姉小路に悪いものではなかった。

「つきましては、わたくしからも於雪の方さまにご意見を申し上げますが、このことはお定の方さまから御簾中《ごれんちゅう》さまに申し上げて、ご意向を聞かせていただきとう存じます」

「なに、御簾中さまへ申し上げるのかえ？」

「さようでございます。これはなおざりにできぬように思われます」

姉小路の語気は強かった。

「それでは、機会《おり》をみて申し上げてみましょうかのう」

お定の方は引きずられた格好だが、それには於雪の方への感情が大きく手伝っていて、あながち姉小路の煽動《せんどう》だけではなかった。それを見抜いたように、姉小路はもう一膝進めた。

「そのうちとおっしゃらずに、さっそく、今日あたりでも御簾中さまに申し上げられたらいかがでございますか。……いいえ、本来なら、わたくしから申し上げるところですが、なんにいたせ、上さまご寵愛のお方、ほかの女性《にょしょう》とはちと違います。はっきり申してわたくしには手強《てごお》うございますので……」

と、陰《いん》に笑った。

お定の方から家慶夫人に、どんなふうに姉小路の意思が伝えられたかははっきりとしない。ただ、姉小路がお定の方から受けた返事では、

「御簾中さまは、そなたの意見をしごくもっとものように仰せられました」

というのである。

「それはありがとう存じます」

姉小路は頭を下げたが、では、於雪の方がどのようなかたちの譴責《けんせき》を受けるのだろうか。それに対しての具体的な言葉はない。だが、さすがにそこまでは姉小路も押して訊けないし、お定の方も簾中に対しては同じであろう。あとは、その結果の現象を待つほかはない。

もともと無風地帯の大奥のことである。於雪の方の処分は姉小路の最大の関心だし、彼女の全意識は、そのことに集中していた。

が、誰にも話さないつもりだった姉小路も、つい、このことを親しい中﨟に洩らしてしまった。一つは於雪の方の処分がいっこうにあらわれないのと、こんな大きな問題を胸の中に秘めておくことが辛抱できなかったからである。さらには自分の意見が正しいかどうかを他人に訊いてみたい気持ちもあった。それは簾中がお定の方を通じた姉小路の意見を黙殺するかどうかの判断にもなることである。

「ほんにさようでございました。わたくしもあのとき、別なお茶屋にはいって於雪の方さまが手拭かぶりで歩いておられるのを見ております。大それたことをなさるお方だと思ってはおりました」

中﨟は眉《まゆ》をひそめ、大仰《おおぎょう》な表情を見せた。

「そなたもそう思ったかえ?」

「はい、思うどころではございませぬ。わたくしは見ていてはらはらいたしました。でも、上さまお気に入りのお方ゆえ声にも出せず、ひとりで胸にしまっておりました」

「うむ……」

「上さまの前で平気で頭にかぶりものをなさるとは、於雪の方さまもあまりにご寵愛に狎れすぎておられると思いました。でも、いま、お年寄さまからわたくしと同じお考えを承《うけたまわ》りまして、自分の思いが間違いでなかったことを知りました」

その中﨟はぐっと顎を引き、胸に片手を当てた、

姉小路も同意者を得て少々安堵した。

「いいえ、わたくしだけではございませぬ。お供から帰りましたあの日も、ほかにも二、三、そのようなことをささやくお方もおられました」

「なんと申した？」

「於雪の方さまは、上さまのご威光を怖れぬおそろしいお方じゃと、さようなささやきでございました」

「誰の考えるのも同じことじゃな。これ、ほかの者には黙ってても……」

「はい？」

「あれはそのままには捨ておけぬ。わたくしだけが考えるならまだしも、みなの者が同じように思っているなら、これは不問にはできますまい。そのうち、於雪の方さまをなんとか糺明《きゅうめい》せねばならぬと考えております」

「ほんに、お年寄さまなら、それがおできになります。やはりご立派でございますな」

と、中﨟も調子を合わせた。女同士のことだから側妾が叱られるなら、こんなおもしろいことはない。

於雪の方さま、不敬——の声が、やがて大奥に高くささやかれはじめた。

姉小路は、ころあいを見て、またお定の方に会った。

「於雪の方さまの評判は高うございますが、お聞きになりましたか？」

「わたくしの耳にもはいらぬではないが」

と、お定の方も知っていた。

姉小路は顔をしかめて、

「困ったことでございます。これ以上、ほうっておくと大奥の行儀にもかかわります。御簾中さまにいま一度、お定の方さまから申し上げていただけませぬか？」

と押した。

「そうじゃな」

お定の方も姉小路の気勢には圧迫を感じる。

「御簾中さまは、あのようにおやさしいお方ゆえ、とかく穏やかになされようお気持ちかも存じませぬが、ほかの女中どもの口がこう高うてはやむをえますまい。大奥お取締のそなたの立場もあることゆえ、わたくしからもう一度、御簾中さまに申し上げてみまする」

と、彼女は請《う》け合った。

「お願い申します」

姉小路は頼んだ。

家慶夫人は宮さまの出だし、京風だから万事、おっとりとしている。於雪の方譴責をぐずぐずしているのはその性格のせいだと思うが、そのためにはお定の方からもっと焚《た》きつけさせねばならぬ、と姉小路は思っている。

その効果は、五、六日してあった。

於雪の方が急に病気引籠《ひきこも》りとなったのである。——

むろん、於雪の方には病気となるような徴候《ちようこう》はなかった。顔色もいいし、二十一歳という肉体も若やいでいる。現に姉小路は、その前々夜に、お小座敷へ家慶のお成りを迎えに急ぐ於雪の方の姿を見ている。

病気引籠りとは体裁《ていさい》で、家慶から遠慮を申し渡されたにちがいなかった。姉小路の粘《ねば》りはついに成功した。

御簾中もとうとう将軍に言ったらしい。家慶は宮さま夫人に常から気がねをしていたし、もともと柔順な性質である。涙をのんで、好きな女を遠ざけたのであろう。こんなところは、気の弱い巷間《こうかん》の亭主が、女房につつかれて公認の愛人を叱るのと少しも変わらない。


姉小路と、紀州家の奥向き山浦との秘密の往復書簡。

姉「於雪の方さまは病気引籠りとなられました。すでにお聞きのことと思いますが、於雪の方さまは上さまに対して不敬の廉《かど》があり、そのゆえのお咎めです。水越《みずえつ》の勢いの一翼がもがれたのではないかと思います。もとより、このことだけで水越が急にどうなるということは考えられませんが、これを機会《しお》に大奥では反水越の空気がもっと高まってくることと思われます。紀州さまも大奥のこのような空気をとくとお含みくださって向後のご参考になされるよう、あなたからも大納言さまに申し上げて下さいませ」

山「お手紙拝読いたしました。於雪の方さまのお咎めは落雷を聞く心地がいたしましたが、しごくごもっともと存ぜられます。さすがに姉小路さまのお取り締まりだけに大奥のご風儀はゆるぎなく、まことに羨ましいともたのもしい限りでございます。さりながら、お手紙には一字も書かれておりませぬが、拝察するところ、これは姉小路さまのお働きがあずかって力あったと存ぜられます。いずれ太守さまには仰せの趣をご披露に及びますが、とりあえずご好意をお礼申し上げます」

姉「その後ご機嫌いかがですか。於雪の方さまはここ二十日あまりずっと病気引籠りで、お部屋から少しもお出になりませぬ。於雪の方さまの部屋はまるで喪《も》を迎えたように静まり返っております。誰も口には出しませぬが、大奥の女中どももあまり同情をしていないようでございます。それかあらぬか、昨日、於雪の方さまはご病気保養のため宿下がりをお願いなされたそうでございます。もし、そのようなことになれば、於雪の方さまはふたたび大奥にお戻りになるやらどうやらわからぬと存ぜられます。水越の驚愕《きょうがく》は眼に見えるような心地がいたします」

山「先日は於雪の方さまの病気引籠り、このたびは宿下がりとつづけてお報らせを受け、改めて愕くとともに、大奥の風儀のきびしさに心打たれております。さっそく、太守さまにご披露申し上げたところ、太守さまも意外に思し召されたようでございます。また、これにて御本丸の気配もよくわかり、まるで大奥と御用部屋との絵図を見ているような心地がすると仰せられていました。再々のご好意を厚くお礼申し上げます。向後ともよろしくお目かけくださるようお願い申し上げます」


於雪の方の宿下がりは事実となった。

彼女はお城を出ると、供を引き連れ、真直ぐに芝三田《しばみた》の水野家中屋敷にはいった。

忠邦も、その日は御用部屋をそうそうにして退出すると中屋敷に向かい、於雪の方に会った。来てみると、雪の実父、風月堂の大隅喜右衛門も居合わせている。

雪は忠邦のはいってきたのを見て畳に両手をついて詫びた。

「このたびは、わたくしの不束《ふつつか》ゆえにご心配をおかけいたしました」

喜右衛門も横から頭を畳につけて謝った。

「娘がいたらぬため、殿さまにもとんだご迷惑をおかけいたしました。わたくしともどもお詫び申し上げますゆえ、どうぞお許しのほどをお願いいたします」

忠邦は雪の顔をじっと見ていたが、

「だいぶん心労したせいか、窶《やつ》れたようだな」

と言った。雪は黙って俯向《うつむ》いたが、涙を頰に流した。

喜右衛門が、

「てまえもここにお伺いして初めて娘に会ったときは、顔の痩せたのには愕きました。今度のことは娘もずいぶんとこたえたようでございます」

と、忠邦と雪を見比べて言った。

「およその話は聞いている」

と、忠邦は言った。

「お浜御殿に雪がお供をしたとき、何やら不調法をしでかしたそうな。……だが、わしはそうは思っておらぬ。聞くところによると、雪が頭に手拭をかぶっていた風情を、上さまはことのほか興じられていられたそうな。されば、それを不敬と咎めたは余人の言い出したことと思う」

「…………」

雪は黙って畳に滴《しずく》を落とした。

「それが誰の口から出たか、わしにもだいたいの見当はついている。大奥はなかなか口うるさいところ、雪も少し用心が足りなかったのだな」

用心が足りなかったのは忠邦自身かもしれない。彼の呟きには、そんな響きがあった。

「殿さま」

と、喜右衛門が顔をあげた。

「雪はこのまま大奥に戻れぬのでございましょうか？」

「そんなこともあるまい」

忠邦は慰めるように答えた。

「雪は上さまのご寵愛をひとしお蒙《こうむ》っている。このたびのことは、いわば、路を歩いて雷に当たったようなものじゃ。雪のせいではない」

「はい」

「さりながら、大奥という所は特別なもの。大きな声では言えぬが、いわば、上さまでさえどうにもならぬ女だけの世界じゃ。女三人よればなんとやら言うが、大奥は六百人の女子《おなご》が集まっているでのう」

忠邦は軽く笑って、

「雪も今度のことでだいぶん心が痛んでいるようだから、しばらく心静かに保養し、身も心も養うがよい。もとどおりに立ち直れば、必ず上さまからのお召しがある。わしがそれを取り計らう。なに、大奥にはわしの倹約方策を快からず思う者もいるが、また、わしに味方する者もいるでな。……上さまは誰かが雪のとりなしをするのを待っておられよう」

忠邦の頭には、姉小路の匂い立つ大年増顔《おおどしま》が大きく泛《うか》んでいた。

忠邦は、於雪の方が将軍の傍から一時退けられたとしても、それをすぐに自分の勢力弱体化には結びつけなかった。

大奥は複雑な所だ。しかし、かつての家斉《いえなり》が西の丸で大御所として実権を振るっていたころとはだいぶん違っている。いわゆる大御所政治は同時に大奥政治でもあった。女好きの家斉は四十数人の愛妾を擁《よう》し、五十三人の子どもをもうけた。晩年の家斉の奢侈《しゃし》政治はすべて大奥生活から発していた。

隠居の家斉が政権を放さなかったのは、ひとたび、子の家慶に実権を譲れば予算が窮屈になり、贅沢ができないからである。家慶の凡庸《ぼんよう》にも因《よ》ろうが、大御所政治はこのような家斉の私心から出たとみてよかろう。当時の大奥がどれほどの実権を持っていたかは想像以上だ。

ところが、家斉が死んだ直後に、家慶は忠邦の建議を容《い》れて不十分ながら大奥の粛清をしている。有力な女中が大奥から追放された。大奥と気脈を通じていた家斉の寵臣、若年寄林肥後守、側衆水野美濃守、御小納戸頭取美濃部筑前守の処分も大奥には衝撃であった。爾来《じらい》、大奥はしゅんとなっている。

忠邦は、家斉時代の大奥と、家慶になってからのそれとがかなり質的に違っていることを見抜いていた。大奥の女中はなんといっても将軍家が頼りである。彼女たちを増長させるのも将軍だし、抑制するのも将軍だった。忠邦は、家慶を操縦することで大奥を抑えていると信じている。しかし、前代の大奥と、現在のそれとがまったく違っていると考えた忠邦の観察は、やはり表面上のもので、根本的な捉《とら》え方ではなかった。

彼はもとより大奥が厄介千万であることは知っていたが、何するものぞという気概もあった。彼は倹約令の冷たい風を誘い入れたことで大奥の空気が彼に硬化していることは察していたが、これも乗り切りうると信じている。

忠邦のその自信はどこから来ているか。

一つは、今の世の中が歴代から家斉までのように泰平無事でないことだ。外から異国の船が頻頻《ひんぴん》と沿岸を窺っている。内には経済恐慌が進行している。こういう際に将軍家にはしっかりしてもらわなければならぬ。それこそ「大樹公《たいじゅこう》」の呼名にふさわしく、大地に根を張って嵐にびくともしないようにしてもらわなければならぬ。

将軍家が表のほうの政治に没頭し努力すれば、それだけ大奥との結びは弱められる。忠邦は、家慶を表に引っ張り出すことで女中たちを遠ざけられると考えていた。

家慶もうかうかとしていられないはずだ。ふらふらするな、と忠邦は言いたくなるのだ。

その家慶は相変わらず煮え切らない。中庸というと聞こえはいいが、忠邦の眼から見てはなはだ頼りなかった。しかし、善人なのがせめてもの幸いである。晩年の家斉のように、女中たちの中にばかりはいっていては始末に負えないが、妙なところで政治意識を発揮されても困る。

忠邦は、自分の閣僚を見渡す。土井大炊頭利位《としつら》がいる。この人は軽い人物ではないが、冒険心がない。まず、大勢順応型だ。忠邦が印旛沼開鑿《いんばぬまかいさく》を諮《はか》ったときも、結構です、と賛成した。堀田正睦《ほったまさよし》にしても真田幸貫にしても彼の腹心だから問題はない。

また、家慶の側衆には親戚の堀大和守真守《まさもり》を置いて内閣との連絡掛にさせている。こちらの意思を家慶に疎通《そつう》させるには絶好のパイプである。

こう眺めたときに忠邦にはなんの心配もないわけだ。ただ自分の所信に邁進《まいしん》すればよいのである。

もう一つ彼を安堵させたのは、家慶が忠邦に、

「雪の病気はどうじゃ？」

と尋ねたことだ。決裁書類を貰いにいったときに、家慶が少し眩しい顔つきで言った。

「おかげさまで保養のせいか、いささか元気を取り戻したようでございます」

忠邦が言うと、

「大事にせよ」

と、家慶は低声で言い添えた。

（家慶には雪を大奥に戻す意思がある）

忠邦は解釈した。

だが、いくら将軍家でも、即刻雪に戻れと命令できないところが官僚化した大奥制度の壁である。家光以来培《つちか》われてきた大奥は、将軍の意思にかかわらず、がっちりとした土台の上に巨大な楼閣ができあがっている。少々古くなってはいるが、まだまだ大奥という屋台骨はびくともしない。将軍がどのように気に入った女でも、彼の意思だけで

は自由にならないのだ。

しかし、忠邦には成算がある。家慶の意思が雪にあれば、やはりこれは強い。将軍の寵愛そのものが褪《あ》せたならやむをえないが、そうでないなら近いうちに必ず雪を大奥に戻せると思った。ただ、この前から忠邦自身に向かっての風当たりがだいぶん強いので、雪の宿下がりの原因も多少そこにあるように思われる。だが、たいしたことではない。

忠邦は、姉小路と休戦して大奥との妥協《だきょう》を計ることを考えた。

この前、姉小路からは贅沢品納入禁止のことでさんざん皮肉を言われたが、あれは大奥の悲鳴でもある。雪のこともあり、また、この際、彼の独断政策を遂行するうえにも妙なところから波を起こしたくない。

忠邦がもくろんだのは大奥へ対する一時的な宥和《ゆうわ》政策だった。その糸口として姉小路への賄賂《わいろ》を考えた。

忠邦は、雪を退けた首謀者が姉小路だとはまだ気がついていない。賄賂には、後藤三右衛門に命じて、古金を調達させようと思っている。後藤の蔵には純度の高い金貨が貯蔵されているのを彼は知っていた。

さらに忠邦を自信づけているのは、印旛沼の開鑿工事が着々と成功の緒についていることだ。この報告は、現地にいる代官篠田藤四郎から頻々と来ている。柏井村から天戸村までの受持松平因幡守の試掘も、高台より柏井までの酒井左衛門尉受持場の試掘も、まず上々だというのだ。

藤四郎が見回って見るに、平戸村橋より高台口までの水野出羽守、検見川村から海口までの黒田甲斐守、天戸村から竹枝村までの林播磨守の受持場はまだそれほど進んでいないが、これは他の工事の進捗《しんちょく》状態から睨みあわせることで、まず、成功疑いなしと報《し》らせている。

現場の士気は旺盛《おうせい》で、各藩も本腰を入れているし、それぞれの藩から連れてきた夥《おびただ》しい人夫も炎天の下でまことによく働く。このぶんなら天明度の掘鑿の失敗を繰り返すことはないと、報告書には予言してある。

この事業にとり憑《つ》かれている忠邦は幸先《さいさき》よしと喜んだ。

彼が異国の襲来に備えて東北の米を外洋を通さず江戸に運搬する方法として、利根川から印旛沼へ運び、運河によって江戸湾に回送する計画は、たしかに国防上の必要からだし、万一の場合に江戸百万の市民の餓死を救うことができる。その教訓は、つい五、六年前の天保七、八年の飢饉だ。江戸の中でも細民の餓死する者数知れず、ために政情の不安を惹き起こしたくらいであった。

だが、忠邦の意図は、何度も考えるように、その大義名分からのみではない。この大工事の成功によって彼が絶対的な政治権力の地歩を築くことである。

すでに奢侈禁止令といい、物価統制といい、彼の考えは、どこまでも享保、寛政の治に還《かえ》すことであった。いわば復古精神だ。

享保、寛政といえば、幕府の強権が最もゆるぎなかったころで、彼の憧憬《どうけい》は幕府中央集権化への回帰でもあった。

外敵の憂いがある現今ではなおさらだ。全国を一本にして、中央の指令で各藩を手足のように動かさなければならない。

その秩序を再編成する人物は自分以外にはないと、忠邦は思っている。それには彼自身が超人になることだった。

その手はじめが印旛沼開鑿の完成だ。これほど幕府の威令を示す具体的なものはなかった。忠邦の企図は幕権の回復ともいえるし、忠邦自身の野望ともいえた。

彼は中央集権化のためには統制を強化するのがいちばんと心得ている。統制自体がすでに権力の象徴だ。江戸市民には極度の生活統制を強《し》いているが、これは鳥居耀蔵の極端な警察政治と組み合わせになっている。

統制と警察権力とは、いつの世でも表裏一体である。鳥居は、正規な奉行所の者だけでは手が足りず、町の人間までも密偵に仕立てて検挙に当たらせている。市民はうかつに口が利《き》けない。いつ、どこに密偵がいるかわからない。顔見知りの人間でも警吏の手先かもしれないのだ。

事実、街頭には奉行所の名前を騙《かた》って自身番に連行する手合《てあい》がふえた。そのため、かえって、

「近来、上《かみ》の名前を騙り、みだりに人を捕《つか》まえる者が多いが、このような者は遠慮なく奉行所に届け出よ」という注意書を出さねばならぬくらいだった。鳥居の苛察《かさつ》行政はここまで来ている。

しかし、鳥居耀蔵は、これでちょうどいいくらいだと言うのだ。生温《なまぬる》いことはこの際

禁物である。これまでの改革が失敗したのも警察政治が手ぬるいからだ。庶民はなんといっても権力には弱い。彼らを統制するには警察の力によらないと目的を果たすことはできない。

だが、市民の警察恐怖は奢侈禁止令にはやむなく柔順に従ったが、鳥居でさえ意のままにならないのが経済統制である。

忠邦は先に各物価の最高値を決め、公示した値段以上にあげてはならぬと達した。鳥居は、その意を受けて絶えず密偵に市中を回らせ、少しでも高く売った者は遠慮会釈なく奉行所に引き立てた。そのため店をたたみ、身上を潰された者もいる。また、数々の奢侈禁止は子供の玩具にまで及び、ますます細密化して重箱の隅をほじくるくらいに行き届いている。それに少しでも違反した者は、これまた容赦なくひっくくられた。

湯銭、髪結賃、渡船賃、運賃などは今で言う公共料金だが、これにも値下げを強要した。

次には大坂、江戸間の海運、菱垣《ひがき》廻船を問屋組合から解放した。従来、こういう問屋が一種の独占企業をもって物価の操りを行なったことに忠邦は憤慨し、問屋という名のつくものには悉《ことごと》く営業禁止を命じている。彼らの独占が市場価格の操作をやっているというのだ。今で言えば、さしずめカルテル行為とも呼べるであろう。

問屋組合は、取扱品ごとに株（出資）組織で結束され、専門化されている。これらは江戸、大坂、京都にさまざまな問屋を発生させ、また生産地には、その特産物に応じて塩問屋、織物問屋、海産物問屋などができた。

問屋は、生産地から物資を買い上げて江戸に送る必要上、商品を貯蔵する倉庫を置いた。これには当然倉敷料を加算したから現在の倉庫業も兼ねたことになる。また貨物の回送で運輸業的な機能も持ち、あるいは来客、荷主、船頭を泊めるので旅宿業的な役割もした。

しかし、これらの利益以外に彼らを太らせたのは、売買のサヤ稼ぎ以外に為替手形を発行して金融業的な役割を演じたことである。これは江戸と大坂の同業者が品物を注文する場合、両替屋を通ぜずに互いの間で組まれた。したがって、当然、利子の負担が商品価格にかかることになる。また、生産者には前渡金、貸付金などして利を稼いだから、金融資本的な性格ももった。（宮本又次「日本近世問屋制の研究」）

さらには問屋の株仲間ではお互いの間で競争が禁じられ、単独行為が封じられ、どこまでも共同行為であったから、買占め、売惜しみなどの操作によって市場支配性を発揮することができた。

その意味で、忠邦がこれら中間搾取的な機関の廃止に踏み切ったのは、捉え方として正しい。

しかし、これらの政策は、株仲間の反撥を惹《ひ》き起こした。彼らはいっせいに商売から手を引いた。それで物価が下がったかというと、逆にじりじりと騰《あが》りはじめたのだ。江戸市中に品物が払底《ふってい》したと忠邦が気づいたときは、もう遅かった。忠邦の着眼は株仲間たちの独占企業力を少々甘くみくびりすぎたのである。

それでなくとも今までの贅沢に馴れてきた江戸市民は、あの品もない、この品もないと、日用品にも事欠く始末である。

問屋組合もさるもので、生産者から買った品物は貯蔵して隠匿し、禁令の解けるまで放出しないでいる。

（ひとつ水野越前を困らせてやれ）

というのが彼ら商人の肚《はら》だ。官僚が法令一本でやれるものならやってみろというのである。江戸、大坂商人の独占企業性は、そこまで実力を伸ばしてきていたのだ。

また、運送船はこれまでの組合一手から解放されて、どのような品を積んでもかまわぬとなったが、すでに問屋組合に資本も企業も握られている海運業は、おいそれとは船を出さなかった。出しても載せる荷が少ないのだから渋るわけだ。

しかも、この政府統制の裏をかく商人たちは、商品を各地の特産品に偽装させてこっそりと売り込むことなどもはじめた。商人が本質的に官僚統制を嫌うのは、なにも現在にはじまったことではない。

しかも、彼ら商人は、手をこまぬいて水野内閣の政策を眺めていただけではなかった。彼らも商売を停止されてはやはり困るのだ。望むところは水野首班の打倒である。これは当然の径路として反水野派勢力への結びつきとなりそうである。

鳥居耀蔵に相談すると、

「奴らがそんなつもりなら、あくまでもこの政策をつづけたほうがよろしいでしょう。なに、今に泣き声をあげます。こうなれば、妥協は禁物です。品薄で市中が困っても、なに、不平を言う奴はわたしの手でびしびしと縛りますから、ご懸念《けねん》には及びませぬ。ここでうっかりと弱気を出しては、せっかくの事業が腰砕けになってしまいます」

耀蔵の意見は強い。

折りしも印旛沼工事成功の報が続々と届けられているときでもある。忠邦は、これで押し通そうと決心する。超人になるには目前の現象に眼を奪われてはなるまい。

忠邦がかねて考えているもう一つの柱、すなわち江戸、大坂の十里四方上知《じょうち》は、この前閣議でも通過した。副総理の土井利位は、

「まことに結構な趣旨で」

と、双手《もろて》をあげて賛成したくらいだ。

ひとたび外敵が江戸、大坂のような日本の心臓部に迫ったとき、これを防ぐには少なくとも両都市の周辺十里四方は、幕府の直轄地としなければならない。でなければ、命令どおり諸兵を動かして防戦することはできない。

だが、ここに一つの困難がある。それは忠邦がどのように意気込んでも、二都とも各藩大名の所領地があって、これは先祖代々から受け継がれたものだ。国家大事のためにそこを立ち退いてよそに移ってくれと言っても、彼らには未練が残る。

忠邦が考えたのは、これはまず自分から率先して下総《しもうさ》印旛郡の内、百十二石を幕府に

返還することだった。まず隗《かい》より始めよだ。さすれば、老中の行為を見倣《みなら》って各藩いっせいに服命するにちがいない。

これは、一つは忠邦の力だめしでもある。

もし、自分の思うままに成就したら、それこそ幕府の威令を行なったことになり、中央集権化は一段と強固になるのだ。ひいては忠邦の手腕はますます権力化への確かな道を歩むことになる。

もともと、このようなことに諸大名が拒絶するはずはなかった。老中の命令は将軍家の絶対意思である。これを聞かなかったら、公儀への反逆として処分された。少なくともそれが今までの建前《たてまえ》だ。

幕府草創期の家光時代、しきりに諸家が断絶、削俸《さくほう》、所替《ところがえ》を命じられているが、どの大名も羊のようにおとなしく、命これ従ってきたものである。

だが、慣例がそうだからといって、いま直ちにその命令が発せられないのは、幕府の実力が昔日どおりでないことを忠邦自身よく知っているからだ。

全国に散在する外様《とざま》大名の間に譜代大名を置き、絶えず外様への挟撃《きょうげき》態勢を取らせて目付役にしてきた幕府機構も、今では編成がそのまま土着化し、固定化している。幕府の命で容易に動かせたのはせいぜい寛政のころまでで、それからはうっかり手がつけられなくなっている。

忠邦の試練は、上知の模範を示した後にかかっていた。

# 了善煩悩

　七月の下旬、水野忠邦は、老中土井大炊頭利位《おおいのかみとしつら》、同堀田備中守正睦《まさよし》、同真田信濃守幸貫を招集して、江戸、大坂十里四方の上知の件につき最後の評定を開いた。いずれも「もっともなことである」と、異議なく承認した。それまで忠邦もこれら閣僚にはたびたび折衝《せっしょう》して、その了承を取りつけている。だから、この閣議決定も形式的なものだ。

「しかし、大坂方面では十里四方の中に、南に紀州家の領地がはいりますな」

　と言い出したのが土井利位だ。篤実《とくじつ》な性格で、日ごろからあまり際立《きわだ》った発言はしない。このときは大坂地方の大絵図をひろげて見て、ふいと利位の眼にそれがふれたから、洩らしたまでだった。

　老中の決めた方針である。どこの大名も異議を挿《はさ》む道理はない。ことに紀州家は親藩だ。「さしたることはありますまい」と、忠邦は言った。「紀州家にかかった領分は、そのぶんだけいずれかに替地《かえち》をお願いすることにしよう」

紀州全土を取り上げるわけではないのだ。ほんの北の一部分を転地させようというのだから、故障を言い立てられる道理はなかった。この非常の際だった。何よりも徳川家の大事を考えている親藩が躊躇《ちゅうちょ》するはずがないし、率先して他の外様大名の模範になってくれるものと思った。

それよりも問題は、江戸周辺並びに大坂周辺に領土の全部を持っている小大名の扱いだ。これらのための替地が研究された。とうぜん、それは奥地となる。したがって、一国の中に小大名の飛地や旗本の知行所のあるところを整理し、そこに代替地を求めようとした。だが、このようなところはたいてい痩地《やせち》で、しかも辺陬《へんすう》の場所が多い。

しかし、これも非常の際だから、けっきょく承諾してくれるものと忠邦は信じている。

忠邦は、万一これら小大名が不服を唱えるときは、老中の権威をもって圧服させるつもりだった。最近、なんとなく御用部屋が軟弱になってきている。ここで十分威力をみせ、往年の勢威を回復しようと考える。内閣の権威は忠邦の権威である。忠邦自身が幕府なのだ。

これには、まず紀州家からの協力を求めなければならない。もともと、紀州家は、その祖頼宣《よりのぶ》が「南海の竜」として、隠然、時の家光に対抗して一大敵国をつくった。

頼宣は家康の第十子で、性不羈奔放《ふきほんぽう》、最も家康の血を受け継いだと言われている。彼は浪人を多く召し抱えた。由井正雪《ゆいしょうせつ》の事件には頼宣の後押しがあったと世間では噂したものだ。もし、事実なら、この竜は、南紀に押し込められるのを潔《いさぎよ》しとせず、あわよくば由井のクーデターに乗じ、徳川宗家の実権を横取りしようとする野心があったのかもしれぬ。爾来、紀州家といえば、なんとなく幕府から警戒の眼で見られてきた。だから、今度の上知でもその紀州家が率先して手本を示せば、かえって他の群小大名が従《つ》いてくる。忠邦の紀州家への上知慫慂《しょうよう》は、ただに親藩であるからという理由のみならず、諸般の情勢を総合して、まずここから手をつけるべきだと判断したからだ。

最後の老中部屋評定が終わった七月二十九日、忠邦は公用人をして紀州家の上屋敷を訪問させ、江戸家老三浦長門守に明日八ツ（午後二時）に自宅にこられるよう申し入れた。これに対して紀州家では、承知いたしました、と返事がある。

公用人が帰って言うに、紀州家ではいかなる御用筋でございましょうかと訊かれたが、忠邦の意を含んでいる彼は、自分にもはっきりとはよくわからない、万事は忠邦に会ってお聞き取り願いたい、と答えたという。

翌三十日、八ツには正確に紀州家江戸家老三浦長門守《みうらながとのかみ》が西の丸下の水野屋敷を訪問してきた。

長門守は何かの下相談とは思ったが、ことが公儀の内命だと思うから、夏の麻裃《あさがみしも》をつけて来ている。忠邦も衣服を着更えて書院で長門守と会った。

「暑いのにご苦労」

と、忠邦は三浦に挨拶し、

「当今、まことにただならぬ情勢となった」

と、のっけから外夷の脅威を説きはじめた。

三浦は、はあ、はあ、とうなずいているが、まだ忠邦に呼びつけられた用事の本体が呑み込めない。その問題にふれたのが情勢論を小半刻《こはんとき》近くも聞かされたのちであった。

「ついては」

と、忠邦の言葉が改まった。

「かようなわけで、いざ外国の船と戦いを交えるようになれば、彼らの狙うところは、まず日本の中心、江戸と大坂じゃ。ここには幕府の軍勢はもとより、各大名の家来を集結せしめ、防戦をいたさねばならぬ。不肖忠邦、その際は陣頭に立って采配《さいはい》を振るつもり」

と、眼の色に昂《たか》ぶりをみせ、語気に力を込めた。

「したが、その際、承知のように、各藩の領地がこの両方に入り乱れていては、兵の駆《かけ》引《ひき》、また防備の統制も思うに任せぬ。公儀としては外夷を迎えるために相当な設備もいたさねばならぬ。しかるに、江戸、大坂は少しはいると何某の領地、少し行くと誰それの領分、また、それの隣り合わせは何某の飛地とあっては不便このうえもない。この見地から、江戸、大坂とも少なくとも十里四方は幕府の直轄地といたしたい。おわかりか？」

「はあ」

「であるから、この際、十里四方内に領分を持っておられる各藩にはほかの適当な土地に移っていただく所存じゃ」

紀州家家老三浦長門守は、いずれ帰りまして主人にも報告し、数日のうちにご返事いたします、と言って帰った。その表情を見るに別段むずかしそうな気色《けしき》でもない。忠邦が聞かした国家の危機にもしごく同感の意を表していた。

忠邦は、自分の主張は筋が通っていると思っている。が、実は、これは彼のブレーンである渋川六蔵からの進言が大きく影響しているのだ。

忠邦は、天文方渋川のほかに、自分の家来にも蘭学者牧穆仲《まきぼくちゅう》を召し抱えている。牧には洋書を翻訳させていた。この点、蘭学を一方的に排撃する鳥居耀蔵を一方で用いていることは矛盾するようだが、彼は少なくとも幕閣の中心だ。あらゆる方面に眼を動かしていなければならない。

それにはやはり鳥居や牧の意見も徴しないわけにはいかない。隣の清国《しんこく》ではエゲレスが持ち込んだ阿片《あへん》を焼いたことが原因で戦争がおき、負けたという。清国は香港《ホンコン》をエゲレスに明け渡す条約に調印したということだが、エゲレスやロシヤやオランダがいかなる武器兵力を持っているか、東洋における勢力はどうなのか、そのへんの分析も蘭学者でないとできない。

いろいろなことを彼らから聞くにつれ、忠邦は危機感に駆り立てられる。去年、異国船打払令を緩和し、薪、水、食糧を寄港船に供給すると約束させられたのも、この圧力からだ。このうえは、江戸、大坂十里四方を幕府直轄地とするほかなく、この問題は国防のうえから欠かせないのである。誰も反対する理由はないはずだ。

忠邦は紀州家の返事を待つ一方、同じく十里範囲内に残っている各藩の家老や留守居役を呼びつけ、しかじかであるから、さように心得るように、またその替地はかようかようの土地を考えている。移転は速《すみや》かにしてもらいたいと、それぞれ言い渡した。

いずれの藩の使者も、

「ご趣旨まことにごもっともです」

と、引き退《さが》っていく。

所替については各藩とも異存があろう。なんといっても政治の中心地、経済の中枢地《ちゅうすうち》から離れた山地や、草深い田舎に移るわけだから喜ぶ道理はない。しかし忠邦は、今の時勢は一藩の利益に拘泥《こうでい》しているときではないと、使者に説き聞かせている。

果たして、早い藩は言い渡してから三、四日のうちに、「委細承知」と返事があった。残りの藩も遠からず同様な返事があるにちがいない。

忠邦は、ここに初めて幕府の威令を見せるときがきたと思った。幕府という機構を人的に代表しているのが忠邦自身である。彼は、自分の言葉一つで全国の諸大名が自由自在に動かせるときがきたと思った。これこそここ数代の前任者があえてできなかったことである。

忠邦は、紀州家からの返事を期待した。

江戸家老三浦長門守は、すぐにでも藩の意見をまとめて報告するように言っていたが、妙なことに、それが容易にやってこない。あとの鴉《からす》が先になって、他藩のお請《う》けの返事が早いくらいである。

公用人をして三浦に問わせると、

「今しばらくご猶予《ゆうよ》を願いたい。目下、重臣の間で意見をまとめ中でございますから」

という返事だ。

今さら重役どもの意見をまとめる必要はなさそうに思える。紀州家の当主斉順《なりより》は、ずっと在府中なのだ。この人の考えはどうなのか。

「主人も、重臣どもの考えを聞いて裁断を下すと申しております」

と、三浦は言っている。

忠邦は、それはおかしいと思った。当主がいいと言えば、絶対命令だから、多少不服の者でもこの趣旨に従うはずである。それが下のほうの意見を調整しないと斉順が決定できないということだろうか。紀伊大納言斉順は三家の中でも肚の太い人で聞こえている。優柔不断の暗君では決してなかった。

（替地が気に入らないのだな）

と、忠邦はピンとくる。

紀州家の領地はいうまでもなく家康より貰った土地で、以来、一度も所替などはなかった。それだけに父祖伝来の土地を寸尺でも失うのは辛いにちがいない。さりとて、忠邦の申し条は幕府安泰のためとある。幕府の藩屏《はんぺい》となっている三家の一つ、紀州家が率先してこの案に賛成しなければならないのに、返事の遅滞《ちたい》は奇怪であった。

忠邦はじりじりしてきた。

三浦のもとに何度も公用人を使者に出すと、今度は、

「ことは重大でござりますゆえ、ただいま国もとに問い合わせております」

と言う。また、

「一藩の重大事には安藤帯刀《あんどうたてわき》の意見を取らねば、江戸だけで決めるわけにも参りませぬ。そのへんの事情をお察しください」

などと言ってくる。

紀州家には安藤帯刀という家老がいる。家康のとき、三家へそれぞれ付家老が出向させられたが、尾張の成瀬隼人正《なるせはやとのしょう》、水戸の中山備前守《なかやまびぜんのかみ》とともに安藤帯刀も紀州家に付け

られた。これは三家のみならず、たとえば、親藩越前松平にも本多内蔵助《ほんだくらのすけ》が配されている。彼らは藩の家老であって家老ではない。臣下であって臣下ではない。公然たる当主の目付役であり、藩政の支配者だ。世襲役として睨みをきかせている。

だから、いま、三浦が和歌山にいる安藤帯刀に相談するというのもいちおうの理《ことわり》であるが、当主の意向が公儀のお為とあらば安藤として異存を言うはずはないのだ。こんなことは安藤に事後承諾を取ってもよろしい。それを正直に安藤に伺いを立てるというのが、いかにも迂遠《うえん》至極であった。だいいち、江戸と紀州和歌山は百四十六里ある。いかに早い飛脚を立てても往復の日数はそうとうかかる。それに、安藤だけの一存でもいくまい。やはり国もとの重役を招集して評議をしなければなるまい。

忠邦はひとりでやきもきしている。

この江戸、大坂十里四方上知一件の閣議決定は、もとより、忠邦の口から将軍家慶に報告されている。

それもただ形式的なことで、忠邦はかねがね家慶に海防上、幕府直轄の必要をたびたび講釈している。

「そのほうの申すことはもっともだ」

　と、家慶は賛成した。

「忠邦、御意《ぎょい》を承って安堵仕りました。しかしながら、この大名替地の件はてまえひとりで抑えうるとは存じまするが、各藩にとっては少々難儀なことゆえ、上さまのご決心の不動なことを示さなければなりませぬ。忠邦、ときによっては上さまの口移しをいたすかもしれませぬが、お許しのほどを願いまする」

　つまり、難色を示す大名には家慶の言葉として忠邦から申し渡し、強引に押し切ろうというのだ。

「よい。わしの気持ちは変わらぬ。そちに任す」

　と、家慶もはっきり確約した。

　少々頼りないが、当の将軍家がそう約束した以上、忠邦にとっては不安はないわけだ。彼は、いざとなれば将軍家の御意という宝刀を抜くつもりでいる。

　しかし、できれば将軍家を担ぎ出さずに、なんとか己れだけの実力でおさめたい。ここで諸大名に対する中央の統制を完成したいのである。

　——忠邦の申渡しに対し、紀州家からの返事がぐずついている間のことである。

紀州家簾中から御台所《みだいどころ》に暑中見舞として、奥女中山浦が目の下三尺もあろうという大鯛を献上に来た。

この鯛は新宮《しんぐう》沖で獲《と》れたものを、那智《なち》の奥、熊野霊山《くまのれいざん》の氷室《ひむろ》に納めた天然雪に漬け、和歌山より夜を日に継いで早駕籠によって送り届けられたものだ。炎暑の折りだから、多少の塩を施してはいても新鮮なものである。

だいたい、紀州家の献上物としては四月が生魚、五月が釣瓶鮓《つるべずし》、六月が素麵《そうめん》、十月が鯨《くじら》、蜜柑《みかん》となっている。

御台所もことのほかお喜びになり、使者の山浦も面目を施して退った。

彼女は、それから年寄姉小路の部屋に立ち寄った。実は簾中見舞は表向きの口実で、姉小路に会うのが目的だったのだ。山浦は国もとから届いた名産縮緬《ちりめん》二疋《ひき》を姉小路への手土産とした。

「いつもお年寄さまにはお世話になります」

と、山浦は姉小路に礼を言った。

「なんの。そちらさまからの心尽くしはかたじけない」

姉小路も礼を言う。

「また御台所のご機嫌もうるわしく、御前の上首尾結構でございましたな」

「いろいろと姉小路さまにはお力添えを願っております」

　山浦は頭を下げたあと、

「姉小路さま、お聞き及びでございましょうか？」

　と、声を低めた。

「なんのことじゃな？」

「このたび、水野越前守さま、大坂にある紀州家鎖地を召し上げるよう申し越されました。そのことで、いま紀州家では表の重役ども寄りより額《ひたい》を集めて評議いたしておりますが、ご存じのとおり、紀州家領地は権現さまより賜りましたる所、これを異国の船打払いのためとはいえ上知せよとは、なかなかの難儀にございます」

「なに、越前がさようなことを申しましたか？」

　姉小路は剃った眉を吊り上げた。

「はい。先日、紀州家家老の三浦殿が越前守さまに呼びつけられまして、さように申し渡されたそうでございます」

「また水越がさようなことを出しゃばりましたか」

姉小路は唇を噛んだ。

「あの男もしだいに増長して参ったようです。これ、山浦殿、水越がどのように申しても、それは上さまのご存じないこと、帰ったら御簾中さまにさよう申し上げるがよい」

「はい。わたくしもこの前の姉小路さまからのお言葉もあり、御簾中さまにそっと耳打ちをいたしました」

「おう、さようか。それでよいのです」

「なれど、姉小路さま、今度のことは、いかに越前守さまが独断でなされたこととはいえ、御用部屋評議で決まったこと、つまりは上さまのお許しがあったことと存じます。されば、上さまのお気持ちはいかがでございましょうか？」

「上さまはのう」

と、姉小路も顔を寄せた。

「大きな声では申せませぬが、今はひたすら水越お引立てのことゆえ、いかさまいちおうは彼の意見どおりになられたことと存じます。さりながら、この前の嫰生姜《めしようが》の一件でもわかりますとおり、もともと、上さまのご発意から出たことは少のうございます。今度のその上知申渡しとやらは、おおかた、水越の考えそうなこと。あの漢《おこと》は今にも異国の船が押しかけてくるような心配性にとり憑かれております。上さまご威光の行きわたった泰平の御世《みよ》、なんでそんなことがありましょうか」

「ほんにさようでございますな」

「大事ない、そなたは帰って御簾中さまにもう一度こっそりと申し上げるがよい。紀州家におかれては上知はご無用じゃとな」

「姉小路さま、それでよろしゅうございましょうか？」

「大事ない。口はばったいようだが、わたくしは大奥にいるから表の動きは手にとるようにわかっている。あれは水越が己れの手柄にしようと、ひとり力《りき》んで申していることじゃ……」

山浦は聞いて、ほっと大きな息を吐いた。

水野忠邦の権力化を側面から推進した者に天文方渋川六蔵がある。ある意味で、渋川が水野政策の支柱であったと言ってもよい。忠邦の発言の裏には渋川プランがかなりはいっている。

歴代の独裁的為政者は、いつもどこかにその理論づけを持つ必要があった。彼が独裁者であればあるほど、その政策を修飾する「理論」が入用なのである。

渋川六蔵は世禄《せいろく》二百俵の微禄《びろく》にすぎない。天文方兼御書物奉行といっても、ようやく御目見《おめみえ》以上になっている程度で、もとより直接に老中と話をし合うほどの身分ではない。

ところが、忠邦はたびたび渋川六蔵を個室に招いていろいろと諮問《しもん》するところがあった。渋川六蔵がこの忠邦の知遇に感激しないはずはない。彼はひたすら忠邦のために案を練り、進言に尽くした。六蔵はわずか三十一歳の壮年だ。頭脳が最も新鮮なころである。

六蔵は蘭学者だ。だから蘭学を蛇蝎《だかつ》のように忌《い》み嫌う鳥居耀蔵とは相容れぬ仲のはずだが、奇妙なことに六蔵は鳥居ともいい。耀蔵も六蔵だけは特別扱いにしている。してみると、六蔵はある意味で時の権力にいくらか迎合するオポチュニストとも言うことができよう。当時、鳥居は四十六歳、二千五百石で、町奉行だ。両者は年齢、官位、地位からみて格段の相違がある。

六蔵は、父を助左衛門《すけざえもん》といって、代々幕府の天文方を勤めていた。御目見以上とはいっても二百俵という微禄である。ここに六蔵がその才能に比して不当な地位から抜け切ろうとする渇望《かつぼう》がみられる。忠邦の知遇は彼にとってまたとない立身出世の機会であった。彼が鳥居と妥協し、ある点では鳥居に迎合するところがみられるのは、父祖代々の下積みから這《は》い上がろうとする彼の欲望の前にはやむをえないことだ。

幕府の職員制度は絶対主義官僚制度だから、たとえ一個人が秀才であっても、世襲の職や俸禄から容易に上に引き上げるということはなかった。それが実現するのはよほどの幸運である。六蔵が忠邦のために言を尽くし、鳥居のために気を兼ねるのは、この壁のような制度の中で少しでも昇進したいからである。

そのため六蔵は、先年、忠邦に意見を具申して蘭学を取り締まるように言っている。蘭学のごときは医学、天文学、暦学のような科学書以外は翻訳してならないと言った。そういうものは天文家だけが読めばよい。また蘭人が日本に持ってくるものの中で器物や地図のほかは、風景、人物などの刊行あるいは意匠《いしょう》を凝《こ》らした器物などはすべて無用のものであるから、厳重に取り締まるがよいとも言った。

こんなことは鳥居耀蔵の口から言えばおかしくないが、いやしくも蘭学者の六蔵が吐く意見ではない。

もっとも、その意見がどこまで六蔵自身の本心であったかどうか。やはり鳥居への気兼ねで変節したと言われても仕方がない。

その六蔵が忠邦の印旛沼開鑿着手直後にふたたび意見書を提出した。これは「渋川理論」として忠邦に勇気を奮い起こさせたことで大事であるから、少し長いが、その要旨のだいたいを出してみる。

「日光のご参詣が済めばご政事向きが緩《ゆる》むであろうとの噂が世上に流布されていますが、まことに定見なきことで、だんだんに規律が失われたようにみえ嘆かわしい次第でございます。ご参詣も滞《とどこお》りなく済ませられたうえは、この機に乗じ、いま一段と厳格な手を下されないと、世上の浮説をやめさせ、目先の愚かな論を挫《くじ》くことにはならないと存じます。万一、政事が少しでも緩めば、新体制は立ちどころに崩壊することは必定で、この節は改革初期よりなお重大なことなので、自分の考えを述べてみたいと思います。

改革以来、ご趣旨がとかく、一貫してないようにみえますが、全体からみるとずいぶん改まったように思います。いま一度思い切った徹底をされると享保のころの政体にも還るかと存ぜられます。しかし、現在でも安心のできないことが多いので、なおいっそう厳重に締められる必要があると思います。諸役人どもにもいっそうきびしい訓令を出されるなら、世間も去年末以来の妄説《もうせつ》に心づくことですし、こ

の機を逸せず手当てなされると、

これまで態度を改めた者も今後はさらに心まで改めるというふうになってくると思います。

ご改革が、初めあまりに厳密に過ぎるように諸役人の間で受け取られ、内心不平の者どももありましたが、とにかく表向きはひたすらこの改革精神にそい、それぞれご奉公を競《きそ》って参りました。ところが、昨年秋ごろより少し様子が違って、特別任務に精励する者をほかの者がなんとなく特別な眼で見るようになり、はなはだしいのはこれらを中傷していろいろ申すようになりました。

なかんずく、越前守殿と、堀大和守殿（真守）や、鳥居甲斐守殿に対してはかれこれとこっそり誹謗《ひぼう》する者がございます。これらの方々さえなければ自分たちは出世できるとて、この方々の過失を探ることに懸命のようですから、お気をつけられたがよろしいと存じます。

右のようなことはまだ公儀に姦党《かんとう》が残っている証拠でございます。越前守さまはご聡明であるから、彼らが表向き巧《うま》いことを申し、意にそうよう欺《あざむ》こうとしても、彼ら面従腹背《めんじゅうふくはい》の徒の心を見抜かれておられるとは存じますが、衆口金を熔《と》かすという諺《ことわざ》もございますとおり、なにぶんにも油断をなされぬようにお願いします。

古今最もおそるべきは讒言《ざんげん》の徒でございまして、衆これを憎めば必ずこれを察す、という聖賢の言葉をよくよくご服膺《ふくよう》なさるようお願いします」

このようにして六蔵は、その反対者を政府から一人残らず追い払うべしというのである。六蔵の鋭敏な視覚は、水野忠邦の行く手に反対の気勢がようやく霧のように立ち昇っているのを見ていたのである。

六蔵の意見はつづく。

「ご改正以来わずか二年で、このように早くも諸事が改まったのはまったくご親政のためでございます。しかしながら、天下を見るに、改革の模様はようやく五分ほどに進んだことゆえ、なかなかご安心はなりませぬ。数年先になると、ご趣意がまったく行き届くと言う者もありますが、ご政務には年限がないことですから、末長く統治する心得でやっていただきたいと存じます。根本を改革するのが政事の眼目でありますから、第一にお目付の人物を選ばれることです。すなわち、剛直で権門をも憚《はばか》らぬ鉄のような人物を用いられて、忌憚《きたん》なく諸方面を監察させることが肝要です。

近ごろは諸人が目付を狎《な》れ侮《あなど》っておりますために万事綱紀が緩み、自然とご趣旨が徹底しないことになります。この目付の役は枢機の職で、諸役人の手本でもあります。たとえば、鳥居甲斐守勤役中は一同が厳粛になり、ご趣旨がよく通達されております。この一事をもって万事をお察し願いたいと存じます。いま御徒《おかち》目付等について審査なされば、不適格者もずいぶんと出ることと思いますが、ご改革は速《すみや》かにこの場所から刷新なされる必要があると思います。

現在ほど倹約のことが行なわれているのは未だかつてないくらいですが、それでも、奥向き女中は寛政のころからずっと人数がふえていると世間では噂しております。たとえば、寛政度には西の丸にはお付の女中が九十余人しかいませんでしたが、今の右大将さまの西の丸におはいりのときはお付の女中が二百人と申します。真偽のほどはもとより存じませんが、総じて倹約のことは奥向きより始めるのが至当かと存じます。総じて男子と違い、女子は尊卑、賢愚などの道理がわかりかね、実に養いがたき者でございますから、尋常の掟《おきて》では納得せず、ご政道は多分にこれから破れることと存じます」

渋川六蔵によれば、女子は養いがたき者であるから、ものの道理がわからない。倹約倹約といくら言っても理屈だけではなかなか実行に及ばないから、このうえは大奥の改革に手を着けよというのである。

さらに渋川は、国防についても、異国の砲術や航海術は取るに足らないことであるから、従来のもので十分であると言い、船を造るにも異国の技《わざ》に見倣《みなら》う必要はまったくないと言い切っている。

さらに彼は論を進めて芝居の害を説き、

「三座の芝居が浅草へ引っ越しても、やはりその土地の風俗が乱れます。浅草とても御府内のことですから、それが漸次他の地域に移ることは必然です。いったい、芝居は奥向き女中や武家までの風儀を乱し、淫風《いんぷう》を助長します。そのうえ、町奉行与力、同心どももこのような場所から賄賂をいろいろと受け取り、不正のことが多いと聞いておりますから、なおさらそのままに捨て置くことはできません。それで、三都（江戸、京、大坂）はもとより日本じゅうの芝居を禁止させ、それぞれ商売替えを命じたらよいと思います。そうなると職業を失う者もあるかもしれませんが、もとより芝居者は不良の輩《やから》ですから、風俗を害することからみれば、これに替えるわけにはいきません」

彼は、さらに奥坊主の取締、小普請組《こぶしん》の不良化、また不必要な役所は合同すべし等、微に入り細に亙って冗員の人員淘汰《とうた》と冗費の節約を論じている。

さらに彼は金・銀座を設けていることは、ここに金銀の源があるように人が思って心が緩むから、この際断然、金・銀座を廃止するようになされたい。また諸国大名に貸金が相当あるが、これは思い切って棒引きにしたほうがよろしい。そうしないと諸国の大名は借金に苦しみ、またぞろ金銀貨の改鋳《かいちゅう》が行なわれ、悪循環が繰り返される。現在の粗悪な金銀貨を元の良質に戻すには諸大名の貸付金打切りが至当であろう。当座こそ混乱するかもわからないが、しばらく経てば金銀貨の値打ちは昔どおりになり、諸民に信用され、物価の騰貴も防げ、民の苦しみも除かれるというものである。すべて誠意をもって改革に当たられるならば、天下挙《こぞ》って奮然としてご政策に力を合わせることは必定である、と言う。

渋川六蔵の意見はたいへんに長い。しかし、その論の中心点を要約すると、だいたい、右のとおりになるであろう。

忠邦からみて、六蔵の意見はすこぶる理想に走った点が多い。なんといっても彼は机上《きじょう》のプランメーカーであるから陥《おちい》りがちな空論もある。たとえば、物価騰貴を抑制《よくせい》するため金・銀座を廃止しろというのは非現実もはなはだしいものだ。

また外国の舶来品を貶《けな》し、砲術も、造船も従来の日本のものが勝《まさ》っているなどとは明らかに儒者鳥居耀蔵への迎合とみられるが、しかし、現在の政治の病根を突く点においてはなかなか鋭い指摘がある。

このうち忠邦にいちばん刺激となったのは、なんといっても大奥への改革論であろう。これは奥坊主の腐敗粛正と両論をなすものだ。

渋川六蔵は、現在政府の官僚中に反水野の空気が醸《かも》し出されていることを鋭敏に察知しているが、大奥については、まったくの無知だと言わねばならない。なぜなら、このときはすでに年寄姉小路を先頭とするアンチ水野の情勢が大奥にはびこりはじめていたからであった。

忠邦はいま姉小路との妥協を考えている。しかし、それはあくまでも彼の戦術だ。根本的には大奥粛正について渋川六蔵の意見とまったく同じである。だから、この六蔵の意見書が忠邦にとって少なくとも対大奥策にどれほどの勇気を与えたかしれなかった。

権力筋にこのような微妙な変化が起こっている間、印旛沼工事はどのような状態に進んでいただろうか。

ここで視点を下総《しもうさ》の現地に移してみよう。

暑い。とにかく暑い。

じりじりと灼熱《しやくねつ》の太陽が広い平原の上の木も草も萎《しな》びさせている。広い土は罅割《ひびわ》れを生じている。見たところ水分が吸い取られ、かちかちに乾いている。

しかし、これは表面のことで、いま平戸村から大和田村にかけての掘割工事には、両岸の土を掘っても掘っても水分が湧き出てきている。これはどの工事場でも人足どもを苦しめた。

まず、この工事をはじめるにあたり、どういう工法でなすべきかが吟味された。関東にはいわゆる伊奈《いな》方式というのがある。関東郡代伊奈半左衛門忠次《いなはんざえもんただつぐ》の工夫した工事法で、これが利根川治水に行なわれた。これに対して関西には紀州流というのがある。紀州の臣井沢弥惣兵衛《いざわやそべえ》という者が八代将軍吉宗によって勘定吟味役に登用されて治水のことに当たった。これは関東流とは対蹠的《たいしよてき》な工法になっている。しかし、まだ伊奈流の治水技術は関東地方に根強く残っている。そのほか、古くからは甲州流と言って、武田信玄《たけだしんげん》と、その家臣たちによって定められた治水法がある。信玄は、釜無川《かまなしがわ》、塩川《しおがわ》、御勅使川《みだいがわ》が絶えず氾濫《はんらん》するので、この合流点を調整して堤防を築き、洪水を食い止めたのである。この御勅使川は川としては小さいが、急流のため土砂の流出が多かったので、その流れる路を安定させ、水路を別なほうへ向けて氾濫を食い止めた。その堤防は今も残って信玄堤といわれている。

別には九州熊本での河川氾濫を食い止めた加藤清正《かとうきよまさ》の工法がある。これは河川そのものを食い止める堤防では水の勢いに決壊されるため、あえて自然に逆らわず、溢れる水を少しは田畑に流すようにした。洪水はそうたびたび起こるものではないから、多少の犠牲はやむをえないとし、堤防には石を置き、竹を植え、その決壊を免れると同時に水の勢いを殺《そ》いだ。関東の伊奈流も利根川の水が江戸に氾濫するのを防ぐため、放水路をひろげて洪水が江戸から遠ざかるようにした。いずれも自然の勢いを人工では絶対に食い止められないとして分水路を造ったのだが、今度の印旛沼掘割は少し違う。

甲州流は、山国に多い急流に対処して創意された工法だが、印旛沼から流れている新川は平野の中なので、この工法は利用できない。だいいち、目的からして違う。この工事は洪水を食い止めて美田をつくるというのは副次的で、主たる目的は運河の開通だ。したがって、川底を深く掘り、両岸をひろげるのが主体となる。

幕府としては普請御手伝いの各藩がばらばらの工法では困るので、いちおう、工法を統一した。それには同じ運河を開鑿した京都の角倉了以《すみのくらりようい》や、河村瑞軒《かわむらずいけん》の工法が参考にされた。了以は高瀬川《たかせがわ》を掘り、瑞軒は淀川《よどがわ》を築堤している。

しかし、とにかく、これを手伝っている大名は、いずれも治水工事には経験のない藩ばかりである。掘ることといえば、城の濠《ほり》を造るような技術しか心得ていない。しかも、水野出羽守の持場が長さ二里八丁、これは一番杭平戸村橋から米本村地内二十七番杭までである。以下、林播磨が一里八丁、黒田甲斐が三十丁、松平因幡が十丁、酒井左衛門尉が十八丁などというように長い。これに使われる人夫も水野出羽の一万三千、庄内酒井の一万五千、松平因幡の一万五千、黒田甲斐の六千、林播磨の五千が南北四里の間に犇《ひしめ》いているのだから、たいそうな人夫の蟻《あり》だ。

技術未熟のうえに、関東の伊奈工法も関西の井沢工法も、また甲州流も、肥後流も適用できない難工事である。現在流れている川の川床を二丈近く掘らなければならないうえに、左右の岸も削り取らなければならぬ。この土質は水を含んで地盤が軟弱である。そんな川床ではいくら長い杭を打ち込んでもなかなか底が止まらないのだ。

というのは、この辺は川の水底から六尺ばかりのところで細かい砂になっている。それが約五尺の深さでややキメの粗《あら》い中砂になる。その下が粗砂になるのだ。そこで、杭は少なくとも一丈以上の木を持ってこなければならなくなる。

両岸の土の下が黒い土の層になっている。これは「化土《けど》」と土地では言っていた。土の色が黒いのは半分石炭化しているからで、この炭化層は粘りがなく、すぐに崩れ落ちてしまう。

杭はなんとか打てても、せっかく浚《さら》ったあとが一晩経つと、またもとどおりに化土で埋まってしまうというありさまだ。杭と杭の間には、木や竹で枠《わく》を組み、その中に石を詰め、積み重ねてみたが、役に立たない。

この枠にもいろいろな仕方がある。牛枠、猪子《いのこ》、百足枠《むかで》、菱牛《ひしうし》という甲州流のものや、それらを改良した弁慶枠《べんけい》や、合掌枠、地獄枠といったものが考案されている。形こそ違え、いずれも木で組んだ枠の中に石を詰め、これを沈めて制する。

ところが、この印旛沼の掘割に限って何をやってもいっこうに役に立たない。人間の工夫を嗤《わら》うかのように、一夜にして岸の土は川に崩れ落ちる。

六万以上の人蟻は炎天の下で真黒になりながら、五里の間を賽《さい》の河原《かわら》の石を積むようにむだな働きを繰り返していた。

夏の夜はいつまでもむし暑い。ふだんだと、百姓家も夜明けまで開け放して寝ているのだが、近ごろはこの付近に人足どもが大勢はいり込んでいるので不用心を考えてか、どの家も宵から早々に雨戸を閉めていた。

人足たちは、工事場の近くに仮りの小屋を造って寝起きをしている。各藩の達しでは昏《く》れてからはあまり外出しないようにとのことだったが、大勢で雑魚寝《ざこね》をする寝苦しさに四、五人ずつ固まって田舎道を徘徊《はいかい》した。小屋で酒を飲んで唄っている人足もいた。酒井藩は奥州庄内から一万何千人という人足を連れてきているので、奥州訛《なまり》の声がこの花島村一帯に氾濫した。人足たちも異郷に働きに出た郷愁《きようしゆう》から、故郷の盆唄などを唄っている。

そういう人足たちのためにできた飲み屋が大和田村の宿《しゆく》はずれに軒を並べていた。土木工事のにわか景気を当て込んだ商人が佐倉や、臼井や、船橋のほうからもはいり込んでいる。

人足たちにすれば、昼間の労働を癒《いや》すには、酒、博奕《ばくち》、女しかない。ここには私娼も夥しくはいってきている。田圃《たんぼ》道横の木立の中に掘立小屋を造り、通りがかりの人夫を呼び入れる。ちょうど、江戸の柳原堤《やなぎわらつづみ》に出てくる夜鷹《よたか》のように、手拭を頭にかぶって鼠鳴きをして招いた。

博奕も盛んだ。この辺は利根川沿いの博徒の勢力範囲で、はるばる関宿《せきやど》や飯岡《いいおか》あたりから盆茣蓙《ぼんござ》を敷きにくる。人足どもは彼らにとって臨時の鴨《かも》だった。各藩も人足を募集するのに相当な賃銀を出している。そのうえ、人足たちの労働意欲を煽るため、空樽《からだる》にいっぱい一文銭を詰め、上の蓋に手首だけがやっとはいるくらいの穴をあけて突っ込ませた。土を載せた畚《もっこ》を担いで通る道に、この樽が置いてある。穴に手を突っ込んで握っただけの銭をタダで与えるというしくみだ。

欲の深い者が掌《たなごころ》いっぱいに一文銭をつかんでも、穴から手を抜くことができない。それで握れる金は制限されるが、人間の欲心を狙った細工だから、欲張った人足はどれだけ銭をつかむかが愉しみで、つい仕事に身がはいる。

人夫のなかには郷里《くに》に持って帰る小金を溜める者もいるが、大部分は稼いだ金をその場で散じてしまう。そうでもしなければ、じりじり灼《や》けつく炎天下で真黒になって働いている彼らの身体がもたない。

労働の規律はわりと厳正で、朝は六ツ（午前六時）に起きる。六ツ半（午前七時）から仕事にかかるのだが、打出しは太鼓だ。これは庄内藩も、鳥取藩も、秋月藩も、そのほか水野出羽、林播磨の家中もみな同じである。ただ、昼食《ひる》の休みと、八ツ半（午後三時）の休みには、鳥取藩は半鐘を鳴らし、庄内藩は法螺貝《ほらがい》を吹き立てた。太鼓と、鐘と、法螺貝の音は、この五里に亙《わた》る開鑿工事の現場から、下総の原野に響き渡った。

ところで、人足どもを監督する各藩の藩士といえば、これは少し高尚な所に飲みにいく。

いま花島観音の石段下にできている茶屋は粗末な急造の建物ながら、なかなか繁盛している。陽が落ちて、このあたりに涼しい風が吹きはじめると、軒の看板提灯に誘われるように、武士たちがここへ足を運んでくる。

多くは佐倉からの出店だが、置いている女は、佐倉の城下外にある弥勒《みろく》という町の遊女が多い。女郎屋の楼主が工事場を当て込んでの商売だった。

階下《した》は下級の武士が腰掛けて飲むところだが、二階では少し上のほうの者が座敷に腰を据えて女相手に騒いだ。二十軒ばかりできたこれらの店のうち、角屋《かどや》というのがいっとう大きい。

その家は、女も十人ばかり置いているが、その看板はお玉だった。

今も、道路の脇に立って、その賑やかな二階を見上げている一人の背の低い男がいた。彼は開け放たれた障子の中にちらちら動いている女に眼を止めていたが、店先にはいった姿は坊主のように、白無垢《しろむく》の着物に白の帯を締めていた。伸びた頭は総髪になっている。

「おや、これは和尚《おしよう》さん、いらっしゃい」

土間に出迎えた女中が店の奥の小座敷に通した。

「いつも賑やかで結構だな」

坊主は了善である。

「はい、なんですか、ごたごたしています」

「いや、結構だ結構だ。商売は賑やかなことに越したことはない。……ところで、お玉は二階で忙しそうだな」

「はい、お玉さんは売れっこでございますから」

「あの器量と客あしらいの巧《うま》さじゃ大きな声では言えないが、田舎侍がうつつを抜かしてくるのは当たりまえだ」

「和尚さん、気が揉《も》めますかえ?」

「うむ、ちっとばかり気にならねえこともねえが、ま、おめえのところも商売だからな、商売の邪魔をしちゃ悪い。あとでいいが、お玉に手の空《す》いたときちょいとここに顔を見せるように言ってくれないか」

「和尚さんがお見えになったら、お玉さんも素っ飛んで来るでしょうよ」

「うめえことを言うが、お玉もあれでなかなか商売気を心得ているからな。まあ、いいや。いつものとおり、鯉のあらいで一本つけてもらおうか」

「かしこまりました」

了善は女中の持ってきた料理と酒を独りで飲み食いしているが、階段を降りる足音が聞こえるたびに耳をすませた。

（なんだ、また違ったか。お玉の奴、二階で田舎侍を相手に何をやってやがるのか。じれってえことだ。いい加減に気を利かして降りてくればよいのに）

ひとりで呟《つぶや》きながら杯を重ねている。

お玉は了善の前に容易に姿を見せなかった。了善はしだいにじりじりしながら何度も女中を催促にやるが、すぐ参りますと言うだけで、ちっともやってくる様子はない。

二階はドンチャン騒ぎだ。三味線のほかに太鼓代わりの樽を叩いたりしている。客の笑声、女の嬌声《きょうせい》が入り混じってどっと起こるたびに、階下の了善は天井《てんじょう》を睨むように鎌首《かまくび》をもたげた。

その女の声に彼はお玉のそれを聞き分けようとしている。一種甲高《かんだか》い笑声がすると、了善の眼には客の前にしどけない格好をしているお玉の姿が泛んでくる。

（えい、いっそ二階に駆け上がってやろうか）

了善は腰を浮かしたり、すわったり、落ち着かなかった。二階の客は武士ばかりだから、そんな座敷に躍《おど》り込んだら、どんな目に遭うかしれない。さりとて、ここにじっとして女の嬌声を聞くのも我慢ならなかった。

銚子をふやすたびに了善もだんだんに酔ってきた。夜がふけると、二階から客が女たちに送られて降りてくる。ここでも賑やかな声が爆発していた。客に悪戯《いたずら》をされたらしく女の大仰《おおぎょう》に叫ぶ声がする。

了善は、そのたびに小座敷から首を伸ばして表のほうをのぞいた。その何組かの客を送る中にはお玉の姿もあった。了善は大きな声で彼女を呼びたくなったが、ようやくそれを辛抱《しんぼう》した。客が帰れば、それだけお玉がここに来る可能性が強くなるのだ。

何組かの客が帰ると、二階の騒ぎもようやく静かになってきた。了善は手を鳴らした。

「おい、お玉は何をしている?」

女中が、

「あら、まだ、ここにこないんですか?」

「来るもこねえもねえ。おれはさっきから野中の案山子《かかし》みてえに独りぼっちでいるのだ。おめえたちに何度催促したかしれねえが、お玉はいっこうにここに降りてこねえぞ」

「まあまあ、それはいけませんね。ご覧のように、今夜はずいぶんと混んでいますから、和尚さんも勘弁しておくんなさい」

「おめえに謝られてもおれの気が済むわけじゃねえ。それよりもお玉の顔を早く見せろ」

「ご挨拶ですねえ。はいはい、ただ今」

「おっと待ってくれ。お玉は客の中に誰か情人《いろ》でもできたのかえ?」

「まあ、和尚さん、何をそんな甚助《じんすけ》を起こしているんですかえ? お玉さんは誰にもそんな因縁はありませんよ。それはとっくに、おまえさんがよくご存じのことではないですか」

「それにしては、おれを放っているところが腑《ふ》に落ちねえ」

「和尚さんもお経はご存じかもしれませんが、色の道には疎《うと》いんですねえ」

「なんだと？」

「ほれ、好いた男のところには、人目への遠慮があって、かえってつれなくすると言うじゃありませんか。いやな客も帰ったし、これでお玉さんもやっとおまえさんのところに飛んでこられるというものですよ」

「ふん、うめえことを言やあがる。今度はほんとうだな？」

「あいあい、あたしがきっと請け合います」

今度はそう待たされなかった。お玉が少し足もとを縺《もつ》れさせて小座敷にはいると、どっと彼の差し向かいにすわった。

「お玉か。待っていたぜ」

了善は、先ほどからの苛立《いらだ》ちも怒りも、女を眼の前に置くと解けかかっている。

「なんだか知らないが、女中たちを使って、やいのやいのと階下に降りてくるように催促したのはおまえさんかえ？」

　お玉は勝手に了善の杯を取り上げると、手酌《てじゃく》でひと息に飲んだ。

「おらアもう一刻以上もここに待っているのだ。催促するのがあたりめえというものだろう」

「おまえさんもみっともない男だねえ。少しは客商売をしているあたしの身にもなっておくれよ」

「そ、そりゃ、まあ、そうだが」

「そうだもこうだもないよ。だいいち、お客の手前みっともなくてしようがない。あたしはべつにおまえの決まった情人《いろ》ではないんだからねえ」

　了善はお玉の濁った眼に見据えられて、

「おめえ、よっぽど客に飲まされたとみえるな」

「酒でも飲まなければ、あたしの気持ちはやりきれないよ。考えてもみておくれ。長崎くんだりからこんな所に来て、あたしゃ、つくづく不運な星の下に生まれた女だと思うよ」

「だからさ、おれがおめえの運勢をよくしてやろうと一生懸命に祈禱《きとう》してやっているのだ」

「ふん、おまえの祈禱はどこをやってるのかわかったもんじゃないね」

「これ、お玉。おめえ、おれとこうなった仲を不服かえ？」

「あんまり気に入ったことでもないね」

「おれはおめえという女がいるばっかりに、繁盛している臼井からこっちに祈禱所を移したのだ。おかげで信者の数も新規蒔直《まきなお》しで前の半分にも足りねえ。それでも、おれはおめえという女がいるから、ちっとも後悔はしてねえのだ。この気持ちは察してくれるだろうな？」

「またおまえの愚痴《ぐち》がはじまりかけたね。あたしゃ、おまえのそのくどいところが嫌いなんだよ」

「おめえはそう言うが、こうして好きでもねえ酒を飲みにくるのも、おめえに逢《あ》いてえばっかりだ。おめえはちっとも客の座敷から抜けてこようともしねえ。おれは、どんなにやきもきしていたかしれねえぜ。この前からおめえに頼んでいるとおり、夫婦《めおと》の約束をはっきりしてくれねえと、おれは地獄に落ちたような気持ちだ」

了善がお玉に恋情を持ったのは、彼が臼井に祈禱所を持っていたころからである。この花島にお玉を追ってきたのだが、了善は、お玉が一人で祈禱所にきたとき、呪文とも口説《くぜつ》ともつかない呟きのうちにお玉の身体を抱いてしまった。

お玉には一時の気まぐれでも、了善は情念をつのらせる一方になった。

四十を越した了善だが、これまでに女にあまり経験のない身は、まるで若者のようにお玉に一途になっていく。角屋に来るにもその日の祈禱料では足りず、近ごろは信者からも金を借りている。そのために評判が落ち、せっかくついた信者の数も減っている。

だが、了善にはもうそんなことはどうでもよかった。女が知らぬ男客に戯《たわむ》れていると思うと、自分の妄想に自分で苦しみ、日が昏れると花島観音の前に出かけていく。もっとも、寂しい田舎の百姓家に独りいるのは普通の人間でも耐えられない。

お玉は了善がだんだんうるさくなってきた。しかし、はっきりと絶縁を宣告すれば、この一途な男が何をするかわからない。そうかといって、ほかの客に祈禱坊主と妙な仲になっていることなどがわかると、人気に差しさわりがくる。それを警戒していい加減にあしらっているが、了善のほうはいよいよ執拗《しつよう》に迫ってくる。

今夜も了善があまりしつこく言うので、お玉は店の者にきまりが悪くなり、すぐ前の観音の境内《けいだい》に了善を連れ出した。

　花島観音は高台にあって、木立に囲まれている。このすぐ下が今度の開鑿工事の難所だ。印旛沼から来ている新川と検見川から来ている花見川とはこの高台に開通を阻《はば》まれている。これこそ天明以来の工事のヤマ場とされている。

　夜のことで、境内もうす気味悪いくらいの暗さだ。

「おまえさん、もう、そっちのほうに行くのはよそうよ」

と、お玉は仁王門《におうもん》の前まで来たとき了善を止めた。

「あまり奥のほうに行くと、何が出てくるかわからないからね。抱え主だってちゃんと、金のかかっているあたしに瑕《きず》がつかないように下から見張ってるんだよ」

「だからよ」

　と、了善はお玉の傍に来た。

「そういう籠の鳥のおめえをおれが救い出して女房にしようというのだ。どこででも勝手気ままに暮らせる世帯を二人で持とうじゃねえか」

「おまえはあっさりそう言うが、あたしの身体には大金がかかっているんだからね、請け出す工夫があるのかえ?」

「そんな金はおれにはねえ。だから、大きな声では言えねえが、二人で手に手を取って黙って出奔《しゅっぽん》するのだ」

「足抜きかえ？」

「何もそうびっくりするこたアねえ。おめえだって長崎から足抜きをしてこっちに来たと、いつぞやてめえの口で言ったじゃねえか。一度やったことは二度でも三度でもおんなじだ」

「おう、いやだいやだ」

と、お玉は頬にとまった藪蚊《やぶか》を手で叩いた。

「もう二度とあんな危ない瀬は踏みたくないよ。あたしゃ、当分、こんな境涯《きょうがい》で我慢するよ」

「これ、お玉」

と、了善は女の肩に手を当てた。

「おめえ、おれから逃げる気だな？」

「変なことをお言いでないよ」

「いいや、そうだ。おめえは好きな男だと長崎からでも足抜きをする。それほどの実《じつ》があれば、おれとだって足抜きできねえはずはねえ。そう断わるからにはおれを袖にするつもりだな？」

「了善さん、あんまり自惚《うぬぼ》れちゃ困るね。さっきから聞いていりゃ、逃げる気かとか、袖にするつもりかとか言ってるが、あたしはね、もともと、おまえさんなんぞと、そんなに深間《ふかま》になったつもりはないからね」

「なんだと？　じゃ、あれはみんなおれをたぶらかすつもりだったのか？」

「たぶらかすも、たぶらかさないも、元はといえば、おまえが祈禱にこと寄せてあたしに強引に引導《いんどう》を渡したんじゃないか。もともと、こっちは気のないことだったからね。間違っちゃ困るよ」

「お玉、おめえはよっぽど悪性《あくしょう》な女だな」

「そう言うおまえのほうがよっぽど世間知らずなのさ。あたしはね、こうして商売で身体の切り売りをする女だよ。いちいち、実があるの、心がどうのと言われちゃ、魂《たましい》がいくらあっても足りやしないよ。ま、あたしのことは、もう思い切っておくれ」

「ううむ」

了善は唸った。

「これからは、おまえさんも修験僧の了善さん、あたしは茶屋のお玉、お互いにあっさりいこうじゃないか」

「お玉。おめえ、ほかに好きな男ができたのだな?」

「あれ、何をする? 悪ふざけをしないでおくれ」

「お玉、おらア、もう……」

了善がお玉の身体に襲いかかったとき、石段の下から角屋の若い衆が四、五人、棒を手にして駆け上がってきた。

「やい、坊主。大事な玉をどうする気だ?」

お玉と縺《もつ》れていた了善の身体はたちまち放されて強い力で跳《は》ね飛ばされた。

「やい、坊主、ふざけた真似をするねえ。大事な玉に瑕《きず》でもついたらどうする?」

花島観音の石段を駆け上がってきた四、五人の影は、裸身に近い格好で了善をぐるりと取り巻いた。昼間だとその肌に倶利迦羅紋々《くりからもんもん》の刺青《いれずみ》が見えたにちがいない。棒を振り上げて今にも了善を袋叩きにしようと構えている。

「お、おめえたちはなんだ?」

了善はたまげた声をあげた。女は素早く彼の傍から逃げて若者の陰に隠れた。

「知れたことよ。おれたちは角屋に因縁のある者だ。やい、よくも坊主のくせにいけずうずうしく女を暗い境内に引っぱり込んで手ごめにしようとしたな」

「と、とんでもない」

と、了善はひろげた両手を泳がせた。

「そいつは兄哥《あにい》たちの思い違いだ。わしはお玉とは前から交情《わけ》があったのだ。今夜は、ちっとばかり腹の立つことがあったので、この女を呼び出し、少々折檻《せっかん》していたところだ」

「何を言うんだい、了善さん」

と、お玉は男たちのうしろから高い声を出した。

「妙なことをお言いでないよ。あたしはね、こんな客商売だから、あんたには少しばかりチヤホヤしたかしれないけれど、べつに交情《わけ》なんかありゃしないよ。あんまり外聞の悪いことを言われちゃ困るね」

「何っ、この阿魔《あま》」

と、了善は言い返した。

「よくもそんな口がおれに利けたな。おめえと知り合ったのは、まだおれが臼井の百姓家に祈禱所を持っていたころだ。今度こっちに移ってからも、おめえはおれの所にしげしげとやってきた。初めてできあったのが今から数えて二十日前……」

「何を阿呆陀羅経《あほだらきよう》言ってるんだい。へん、田舎芝居のへたな道行みたいに寝ぼけた口説もたいがいにしておくれよ。祈禱のたびごとに妙な色目をつかったのは誰だえ？ ……そりゃね、あたしだってこんな商売だから、お客には無愛想なことも言えないし、それをいちいち真に受けてのぼせあがるとは、おまえもとんだ木偶《でく》の坊のコンコンチキだね。いっそ、花見川の水に飛び込んで頭を冷やしてきてはどうだい？」

「うぬ、よくもほざいたな」

思わずかっとなった了善が膝を起こしかけると、その出鼻を潰すように棒が彼の肩をしたたか叩いた。

「痛《いて》てて」

了善が痺《しび》れた手を抑えてうずくまると、若者の声があざ笑った。

「お玉さんの今の言い分でおおよその事情はわかった。おめえ、花島観音さまと生きたご利益《りやく》を争うお玉さんに魂を奪われたとんだ生臭坊主だな。やい、二度と色欲が出ねえようにおれたちが如意棒《によいぼう》を食わすから、そう思え」

「そうだそうだ。こんな色気違い坊主は懲《こ》らしめてやれ」

若者たちが二度目の棒を振り上げたとき、暗い仁王門の陰から、

「待て、待て」

と、声が飛んできた。

「おや、誰かいるぜ」

棒を振り上げたまま眼を凝らすと、背の高い男が闇の中から現われた。星の光で透《す》かしてみると、これが武士の姿だったから、連中も息を呑んだ。

「乱暴はよせ」

その武士は、地面に頭を抱えてうずくまっている了善の傍に割ってはいった。

「おまえさんは？」

「通りがかりの者だ。あんまりむし暑いので、ここの境内に涼を取っていたところ、何やら騒がしい声がするのでのぞいてみると、このありさまだ。事情は知らないが、大勢かかって一人の男に乱暴を働くとは、少々無体ではないかな」

「旦那は」

と、一人が進み出て、

「どこの御家中で？」

と、訊いたのは、この辺の工事場を受け持っている大名のことが頭にあったからだ。

武士はちょっと考えていたが、

「うむ、実は、わしは水野出羽守の家来だ」

と名乗った。

「おや、水野さまの御家中で……」

一同は顔を見合わせた。相手が武士ということもあるが、角屋の客には水野出羽の家中も相当に来ていたからである。いわば客筋に当たるから遠慮が出たのだ。

「旦那、実はこれには深い仔細《しさい》があることで」

「うむ、理由がなくては乱暴するわけはあるまい。だが、理屈はともかくとして、大勢で一人の男を打擲《ちようちやく》するのはよろしくない」

「へえ……」

こと面倒とみたか、若者の一人がいち早くお玉を連れて石段の下に降りていく。

「それでは、こっちにも言い分がございますが、今夜は水野さまの御家中のお言葉に免じてこいつを助けてやるとします。……やい、坊主、おめえもよっぽど運のいい奴だ。

とっくりと旦那に礼を言って、二度と角屋の前をうろうろするんじゃねえぞ」

「何を言やあがる」

と、了善は味方ができたので急に心強くなった。

「大きなお世話だ。銭《ぜに》はこっちのもの、そっちは商売だ。銭を使うからには客だ。これからも何度でもお玉のところに押しかけていくからそう思え。ざまあ見やがれ」

「何をっ」

「まあさ」

と、武士は笑って了善の肩を叩いた。

「せっかくの仲裁だ。あんたも黙っていなさい」


了善は、その背のひょろ高い武士に礼を言った。相手がうなずいて去ろうとするのを彼は引きとめた。ぜひ自分の家で酒を差し上げたいというのだ。

相手は、了善が執心にすすめるので、遠慮しながらも従《つ》いてきた。彼は百姓家の表を借りている。そこにはかたちばかり不動明王の厨子《ずし》や荘厳具《しょうごんぐ》が飾られてあった。了善は、さっそく、灯明を点け、香を焚いて、数珠を繰った。

「いや、失礼しました」

　念仏を終わった了善は座敷に上げた武士に改めて手をついた。

「今夜は危ないところをお助け願ってありがとうございました。これも日ごろから念ずる不動さまの効験でございます。いや、乱暴者の手に遭《あ》ってはまったくかないません」

　迷惑がる武士に了善は酒など出した。茶碗もあり合わせの粗末なものだ。雨戸を開け放った座敷に涼しい夜風がはいっている。向こうの黒い森には梟《ふくろう》が啼いていた。

「お見受けするところ、旦那さまはまだ旅支度のご様子でございますが、水野出羽守さまの御家中と承りましたけれど、こちらにはお国もとからお着きになった早々でございますか？」

　了善は、いち早く背の高い武士の旅窶《たびやつ》れした格好を眼に入れていた。

「いや、実はな」

　と、その武士は笑い出した。

「さっきはあの場の成行きでつい水野さまのお名前を借用したが、わたしはそういう者ではないのだ」

「ははあ、では、この辺にはこのたびの工事のことでおいでになったのではないのいますか？」

「さようでございますか。して、もうお宿のほうはどこかにお決めになっていらっしゃ

「直接に関《かかわ》りはない。だが、少々の因縁はあるともいえる」

で？」

「こっちに回ってきたのは一昨日のことでな、いちおう大和田の宿についている」

「それなら旦那さまをお引き止めしてもわたくしも安心でございます。どうぞ今夜は、こんなむさ苦しい所でございますが、お寝《やす》みになっていただきとうございます」

「わずかばかりの縁でそんな厄介になっては申し訳がない」

「いいえ、旦那さま、もうほどなく夜も明けて参りましょう」

「それもそうだな」

武士もようやく納得したが、この男が熊倉伝之丞であることは言うまでもない。

その伝之丞もようやく気が落ち着いたとみえ、侘《わび》しい祭壇のほうをそれとなく見回していたが、

「ときに、このご様子では、何やら修験《しゆげん》でもされておられるようだが、こちらにはいつごろ落ち着かれたのかな？」

と、改めて茶碗の酒を口に含んで訊いた。

「これは申し遅れました。てまえは出羽羽黒山で修行した修験僧で了善と申します。こんなあばら屋に間借りをしてお恥ずかしい次第ですが、これでも前には江戸で一寺を持ち相当に繁盛したものでございます」

「だいたいのご様子から、何か曰《いわ》くありげにはお察ししていたが、やっぱりそういうことでしたか」

「これが以前の身分だと、旦那さまのようなお方をお泊めしてもいろいろもてなしもでき、少々はてまえも威張れるのでございますが、こんなありさまでは面目もございません」

「なんの、人にはそれぞれ運不運というものがあるもの。そのうちあんたにも運が向いてくれれば、以前にも増した隆盛にもなりましょう。いや、これは、開運の祈禱をなさるあんたにとんだ釈迦《しゃか》に説法でしたな」

「いえ、旦那さま、まったくさようでございます。てまえもある悪い奴に騙《だま》されたのが不運のつき初めで、だんだん零落《れいらく》して参りました」

了善は酒の回ったころでもあり、つい自分の身の上をこの客に話してみたくなった。

「てまえは御府内の大井に教光院という寺を持っておりましたが、そのころは水野美濃守さまのご贔屓《ひいき》にもあずかって少しは世間に知られておりました。旦那さまも寺の名前だけはご存知かもしれません」

「いや、わしはそういう方面には、とんと暗いので案内がないが、水野美濃守殿といえば、一時はたいした権勢だった。その庇護《ひご》をも受けたあんたが、なんでこのような境涯に落ちられたのだ」

「これにはだんだんの仔細があることでございます。詳しく申せば、水野美濃守さまの奥向きの女が参り、その従兄《いとこ》を弟子にしてくれと頼まれてつい承知したのが策略にかかっての身の破滅でございました。いえ、てまえだけではない、それが因《もと》で美濃守さままであああしたご不運になられたのでございます」

了善は、没落のあらましを伝之丞に話した。

「なるほど、聞いてみると、まことに気の毒な次第だ。して、その金八というのはその後どうなりましたか？」

伝之丞は同情して訊いた。

「はい、金八というのは真赤な偽《いつわ》り、実は元長崎の地役人で、いまは江戸南町奉行鳥居甲斐守さまの用人となっている本庄茂平次という男でございます」

「なに、本庄茂平次？」

伝之丞は眼をむいて叫んだ。

「おや、旦那は茂平次をご存じなので？」

「いいや、知らぬ。知らぬが……その金八がそのような素姓《すじょう》とは意外ですからな」

「まったく悪い奴でございます」


了善は言葉を継《つ》いだ。

「先ほど旦那の耳にもはいりましたお玉も茂平次の手にかかった女でございます。あの女は元長崎の廓《くるわ》につとめていた女郎で、たまたま長崎に帰っていた茂平次と懇《ねんご》ろになり、奴《やつ》がすすめて足抜きをさせ、江戸に向かって駆落《かけおち》したのでございますが、茂平次の奴は、面倒になったのか、女を捨ててしまったので、お玉は悪雲助の手で、三島の女郎に身売りさせられたのでございます。……それもあのお玉がてまえのところに来て打ち明けたからわかったことで、これも仏縁だと、てまえもお玉ともども茂平次を呪ったものでございます。まあ、お玉と心安くなったのもそんなことからですが、女郎はどこまでも女狐《めぎつね》で、近ごろはとんとお玉も心変わりをしたようでございます……」

了善の話は終わりになるにつれて女への未練話になったが、伝之丞の心は騒いでいた。いま了善は仏縁という言葉を言ったが、これこそ伝之丞にとっても奇縁というほかはない。こんな所で同じ本庄茂平次に恨みを抱く人間に邂逅《かいこう》しようとは思わなかった。しかも、もう一人、同じ茂平次にひどい目に遭っているお玉という女も近くにいる。


——


「了善殿」

「へえ」

了善は愚痴話を中絶されて、夢から醒めたように顔をあげた。

「その茂平次は、あんたとまだ懇ろだったころに何か自慢話でもしなかったかな?」

「自慢話ですって?」

「たとえばじゃ、剣術が強いとか、人を殺したことがあるとか、まあ、そういった類《たぐい》じゃ」

伝之丞は探りを入れてみた。ここで茂平次の井上伝兵衛殺しの確証を取れるかもしれないという期待が起きたのである。

「さようでございますね」

了善はしばらく考えていたが、

「そうおっしゃれば、剣術はだいぶん自慢しておりました」

「おう、やっぱり自慢していたか」

「へえ。なんでも自分の腕前は免許皆伝とかで、師匠にもひけをとらないと言っていました」

「なに、師匠に？　うむ、うむ、なるほど」

伝之丞は膝を乗り出した。

「その師匠はなんという名前か申しませんでしたか？」

「何か聞いたような気もしますが、てまえはあまりそんな心持ちがないので憶えていません。ですが、なんでも、その道場は麻布のほうにあったとかで」

「うむうむ、なるほど。それで」

と、伝之丞は思わずせき込んだ。

「師匠より強いというなら、その茂平次が師匠を負かしたというようなことは申しませんでしたかな？」

「いや、そこまでは聞いていません。ただ一つ、これだけは誰にも話せないが、自分はどえらいことをやっている、と言ったことはございます」

「なに、どえらいことをしでかしていると？」

「へえ。なんのことかわかりませぬが、茂平次はにたにた笑っておりました。てまえもあいつの思わせぶりな自慢話だと思い、深くも訊きませせなんだが、どうせ碌《ろく》なことをやってはおりますまい」

「さようか」

そこで追及の糸が途切れたので、伝之丞もちょっと落胆したが、

「もう一度伺いたい。茂平次があんたの所に出入りしたのはいつごろだったかな？」

と、その年月を問いただした。答えを聞いてみると、どうやら伝兵衛が殺された直後に当たりそうだ。

（この男の話を聞くと、本庄茂平次は他人には明かせない大仕事をやったと自慢をした。その意味は、兄伝兵衛を殺した秘密を指しているのではなかろうか。いや、きっとそうだ。剣術の師匠にひけをとらないとかいう自慢話もそこで符合する）

伝之丞は、ここで確信を得たような気がした。

「旦那」

了善は、相手の武士が急に黙ったので、その顔をのぞいた。

「何か茂平次の奴にお心当たりのことでもあるので？」

「うむ」

伝之丞は思案を定めて、

「了善殿、あんたに少し相談がある」

と、かたちを改めた。

「なんでございますか？」

「その本庄茂平次は、この近くに立ち回っている」

「えっ、あの茂平次が？」

了善が眼をいっぱいに見開くと、

「そうじゃ。鳥居甲斐守殿の名代と言いふらして、今度の工事場を見回りに来ている。了善殿、あんたは茂平次に会えるかもしれませんぞ」

「そ、それはまたえらいことで」

と、了善は急にうろたえた。茂平次を呪ってはいても、了善はしょせん蛇の前の蛙《かえる》だった。彼には茂平次に対する無意識の恐怖心がある。

伝之丞は尻込みする了善に何かを頼んだ。了善がやっと承知したころは、短い夜明けを報《し》らすように森の梟の啼き声が鴉に変わっていた。

# 狐　狸

大和田村と平戸村の中ほどに小高い丘がある。その上に、木柵をめぐらし、付近から運んだ枝ぶりのよい樹木や石を周囲に配置した陣屋ができている。これが房総一帯の代官篠田藤四郎の現地駐在所だ。関東八州の行政は江戸馬喰《ばくろ》町にある郡代屋敷で管掌した（関東郡代は勘定奉行兼職）が、今度の印旛沼開鑿工事はその特殊性を重視して陣屋を現地に置き、直接に監督に当たることにしたのだ。代官篠田は勘定奉行梶野土佐守の配下で勘定組頭である。

昨夜大和田の宿に一泊した本庄茂平次は、翌る日、工事場をひとりで見て回り、七ツ（四時）ごろにこの陣屋を訪れた。

手代が茂平次の来訪を代官に知らせると、丁重《ていちょう》に、という言葉があったらしく、茂平次は広い座敷に通された。煙草盆が出る、茶菓が出る、下にもおかぬ歓待だ。

待っている間、茂平次が座敷から下のほうを眺めると、一筋の川に人夫たちが群がっている。水車に足踏みして排水する者、杭を打つ者、畚《もっこ》で土を運ぶ者、その土を川岸に盛り上げる者、などの動きに、合図する役人の声、人夫頭の喚き、杭打ちの音などが懶《ものう》い雑音となって聞こえてくる。午後四時過ぎといえば、まだ陽盛りだが、烈日のもとで働いている人夫たちの姿を見ると、こちらの呼吸まで暑くなってくる。

しかし、ここにすわっているぶんには別天地だ。深い廂《ひさし》は座敷にひんやりとした影をつくり、下から吹き上げてくる風が簾《すだれ》を絶えず翻《ひるがえ》していた。

「お待たせしました」

と、ようやく出てきたのが大兵肥満《たいひょうひまん》の男で、着ている白麻の下に突き出た腹が波打って見えそうだった。赧《あか》い顔に汗を滲ませ、息づかいが犬のように激しい。これが代官篠田藤四郎であった。

「これはこれは、初めてお目にかかります。わたしは鳥居甲斐守の用人本庄茂平次という者、以後お見知りおきを願います」

茂平次は滑らかに挨拶《あいさつ》を述べたが、二十二、三貫はあろうと思われる藤四郎にくらべ、小男の彼はまるで子供がすわっているようだった。

「それはご苦労です」

藤四郎が団扇《うちわ》を忙しく動かす。顔をにこにこ笑わせてまことに愛嬌《あいきょう》がよい。

「こちらにはいつお着きで?」

「昨日参りましたが、昨夜は大和田に泊まりましてな」

「おう、それは。前もってお知らせ願えれば、よいお宿にはいっていただき、お近づきの杯《さかずき》でも差し上げたかったのですが」

「いや、ご好意はかたじけのうございますが、なにぶん、てまえ主人鳥居甲斐守よりの言いつけがございまして、まず役目のほうを先に済ませました」

篠田藤四郎は怪訝《けげん》な顔つきになって、団扇をぴたりと懐《ふところ》の前で止めた。

「おう。では、あなたは鳥居殿からわたしへのお言づけを持って来られたのではないので?」

「さよう。主人甲斐守からは、工事の進捗《しんちょく》具合をいちおう見てくるようにと申し付かりました。いや、本来ならてまえもこちらにお邪魔するつもりはなかったのですが、当地に来た以上は、やはりおてまえに敬意を表したいと存じましてな」

「ははあ、それはようこそ」

藤四郎は笑顔でうなずいたが、今度は、その眼もとに微かな懸念の色が出た。

「本庄氏、では、今日はずっと工事場を歩いてご覧になられたわけですな。それにしても一言てまえのほうにご連絡があれば、誰とは言わず、てまえがじきじきにご案内いたしたものを……」

「いや、いや。おてまえも御用繁多なお身体《からだ》。それに主人甲斐守からの言いつけもあって、ひとりで歩いたほうが勝手なところを自由に見られてよく納得できまする」

鳥居耀蔵《とりいようぞう》の名前をしきりと出して、その権威をふりかざす一方、自分の報告次第ではおまえさまの印象も違うぞという謎《なぞ》を茂平次は匂わせたのだ。果たして藤四郎の表情が少し変わった。

「いや、そうでなくてはなりますまい。さすがは鳥居殿の御用人だけあって心得られたもので。ところで、本庄氏が見られた普請場のご感想はどうでございますな？」

「さよう」

と、茂平次が言いかけたときに、家来たちの手で酒と鯉《こい》のあらい、冷やし豆腐などが運ばれてきた。

「こういう場所です。何もないが、まずは暑気払いです」

「こんなことをされては困りますな」

茂平次は膳の上を見渡した。

「なんの。いずれ陽が落ちてから、しかるべき場所にご案内して改めて席を設けるようにいたしますが、これはまあお茶がわりです。その鯉もそこの川で生け捕りにしたばかりで、冷たい井戸水で料理させました」

「ご造作《ぞうさ》をかけて申し訳ない」

「で、今のお話だが、工事場をご覧になってのご感想をぜひお聞かせ願いたいものですな」

「されば……たいへんな工事。この一語に尽きるようです」

「なるほど」

「てまえは大和田村から、その先の平戸村までずっと歩きましたが、予想以上の難工事と思いました」

「さよう。それでわれわれも難儀しています」

「てまえが見て回ったところでも、暑さのためか人夫は目まいしてばたばたと倒れ、仕事も捗《はかど》らぬようで？」

「仕事が捗らぬのは、この辺の土が特別なものゆえすぐに崩れるからです。いま、いろいろと工法を変えてやっていますがな。たとえば、土手が崩れるのは地盤が柔らかいからと考え、堤防に竹を植えたり、杭を三段にも打ったり、腐心しております」

「篠田殿に伺いますが、この調子で果たして期限どおりに工事が間に合いますかな？」

「できます」

と、藤四郎は幼児のように二重にくくれた顎を、ふくれた胸に大きく引いた。

「この篠田藤四郎、いったんお受けをしてこの大役に就《つ》いたからには、必ず間に合わせてご覧に入れます」


工事は十ヵ月の完成予定である。ところが、着手以来すでに一ヵ月以上たつが、どこの普請場もいっこうに仕事が捗っていない。だいたい、今度の工事は花島村の切通しは別として、天明度の開鑿跡を掘り返すのが大部分なので、一名「印旛沼古堀普請」とも呼んだくらいだ。しかし、古く掘った跡はあっても、両岸の軟土が川床を埋めているので、新規に掘るのと少しも変わりはない。のみならず、この地方特有の黒い化土《けど》層は、人間の努力を嗤うように、せっかく掘り下げた地点を一晩のうちに埋没《まいぼつ》させてしまう。

この軟土層の崩壊を食い止めるために両岸に竹を植えることが発案されたが、これが地下に根を張るには一年以上もかかるわけで、さし当たっての工事の役には立たない。普通の堤防だと、岸沿いに杭を無数に打ち、石を詰めた蛇籠《じやかご》をその間に挿《はさ》めば、まず崖崩れは防げるのだが、ここの軟土層はそういう護岸工事などてんで受け付けない。杭も蛇籠も一夜で崩れた土の下に隠れてしまっている。

それでも天気のよいときは少しはましだが、いったん雨が降り出せば、増水によって工事は休止となる。利根川の水流が印旛沼の水位を上げさせ、それがこの花見川の両岸に溢水《いっすい》を起こす。また降雨のあとでは普請もさらに困難となるので、そのぶんだけ崩壊がいっそう激しくなる。

篠田藤四郎があと九ヵ月の工事完成予定期間を、なんのためらいもなく大丈夫だと茂平次に言明した心底には、その成算があったからではなく、この工事の功によって彼が水野越前守や鳥居甲斐守に取り入り、立身出世をしたい下心があるからだった。

工事完成の見通しはまったく絶望的であった。その絶望感は、勢い込んで工事を開始した一ヵ月後にすでに藤四郎の自覚するところとなっている。

では、彼の落ち着いた態度はどこから来ている自信なのか。

藤四郎は、当面を糊塗《こと》したあとは賄賂《わいろ》で鳥居を瞞着《まんちゃく》しようとする肚なのである。相当な賄賂を彼に贈ればなんとかなると考え、適当な時期に代官交替を申し入れ、次の昇進を狙っている。つまり、一段上位者になることによって現場の責任を脱《の》がれ、あとの失敗は引き継いだ後任者の責《せめ》にしようというつもりだ。

篠田藤四郎が鳥居甲斐守を賄賂で容易に懐柔《かいじゅう》できると考えたのは、甲斐守耀蔵と金座の後藤三右衛門との関係からである。この二人の腐れ縁は、公儀の勘定方なら誰一人として知らぬ者もない公然の秘密になっている。

たとえば、今度の掘割工事に後藤三右衛門へ手伝金を割り当てようという議が起こったとき、鳥居耀蔵は、

「三右衛門もこれまでたびたびお手伝いをしているから、そうそうは金は持っていない。自分は彼の内情をよく知っているが、いま、それを賦課《ふか》するのは過酷である」

と言って、後藤の献金の議を斥《しりぞ》けた。

そのとばっちりが大坂の商人に降りかかって、三井《みつい》、鴻池《こうのいけ》などの冥加金割当となったのだが、これなど日ごろから三右衛門に賄賂を貰っている耀蔵の姿をはっきりと見せている。

また、こういうこともあった。

神田明神の祭りのとき、耀蔵の末子で宝次《ほうじ》という六歳になる幼児が祭礼を見たいというので、後藤三右衛門は山車《だし》が通る沿道に桟敷《さじき》を設けさせ、宝次に見物させた。

これが役人の間で問題となった。なぜなら、質素倹約令はすべての華美をいっさい禁止している。賑やかな桟敷を設けて、踊り屋台など洩らさず所望したとは上覧所でもしないやり方だ。三右衛門は町年寄や、氏子総代、鳶《とび》の者などに金をばら撒き、宝次には町与力までが付き添ったという。

こともあろうに、倹約の元締めである町奉行の鳥居甲斐守がわが子にそんな真似をさせたのだから問題にならぬはずはない。ある人が、これを耀蔵に質《ただ》したところ、

「たしかに子供は祭礼見物に後藤のもとにやったが、なにぶん幼児であるから屋台を見物したいというのは無理からぬことだし、また後藤とは旧知であるから、混雑を避けた見やすい場所に子供をすわらせたのは友情であろう。もとより、賞《ほ》むべき行為ではないが、取り立てて咎《とが》めることもあるまい。そんなことを問題にするのは、何か三右衛門に恨みを持っている者がことさらに言いふらしているのではないか」

と、逆に激しく反問したという。

一説によると、三右衛門の妾《めかけ》の一人が耀蔵の子を連れ出して、その見物席にすわったとも言われている。いずれにしても、いかに日ごろから三右衛門が金をもって耀蔵を籠《ろう》絡《らく》しているかがわかって、両人の間の根の深いのに諸人いまさらのように呆《あき》れた。

こんなことも篠田藤四郎にはわかっている。鳥居への賄賂政策で、己れにふりかかっている難局が乗り切れると信じているのはそこだ。

もともと篠田藤四郎は、当初、この工事を引き受けることが出世の機会だと思い、みずから運動して買って出たくらいだ。ところが、いざやってみると、案に相違して手がつけられない難場とわかった。お手伝いと称する賦役割当の各藩からも続々と彼のもとに苦情がくる。

いずれの藩も、こんな割の合わない工事を命じられて渋い顔になっている。だが、その不満を水野越前守などの前には表向き言うことができないから、何分にも身分の低い篠田藤四郎に忿懣《ふんまん》が向けられる。各藩とも、苦しい金を注ぎ込んだうえに士気は揚がらない。連れてきた人夫たちは足もとを見て賃銀値上げを迫る。逃亡者も出る。日射病のために病人は続出する。なかには過酷な労働を嫌ってニセ病人も出る。しかも、賽《さい》の河原の石を積み上げるように掘っても掘っても自然の暴力が次々とその努力を打ち崩していくから、いつになったらこの艱苦《かんく》から解放されるのかメドが立たない。

だが、藤四郎も一介の代官にすぎぬ。鳥居に賄賂を使うからには莫大な金が必要だが、それを彼はどこから入手しているのか、このへんのところは、たった今着いたばかりの茂平次にわかるはずはなかった。

藤四郎もまた本庄茂平次がどのような人物かは知っていない。彼はただ鳥居耀蔵の使いとして現地視察にきた普通の用人と思っている。だから、この男、適当にもてなし、飲ませ、食わせ、抱かせて江戸に帰せば、耀蔵に適当に報告をしてくれると思っている。

このへんは、現代でも、中央から視察にくる本省官僚を供応して、腫れものにさわるようにそっとお帰りを願う地方役人や業者のやり方と似ている。

ようやく日が昏《く》れた。下の普請場は夜番小屋の火があるだけで、星空の下の闇に溶けた。向こうの丘陵の裾《すそ》、こちらの林の中に建っている人夫小屋の明りが、暗い海に浮かんだ漁火《いさりび》のように点々と見える。

「ようやく凌《しの》ぎやすくなって参りましたな」

と、外出着になった篠田藤四郎が座敷に現われた。

「本庄氏、これから花島観音に普請無事落成の祈願にまいろうと思います。あなたもぜひ、ごいっしょしてくだされ」

「ほう、観音堂に？」

「さよう。ここより半里ばかり南に霊験あらたかな観音がおわしましてな。いや、土地の者も今度の難工事を見て、やれ、土が崩れるのは花見川の底に巣食っている白蛇の妖精が邪魔をしているの、やれ弁財天の祟《たた》りだの、取止めのないことを申しております。そのため無知な人夫どもの中にも怖れを抱く者も出て参りましてな。こういうことはもとより迷信ですが、いちがいに叱りつけて抑えてばかりはおられませぬ。よけいに彼らの気持ちを萎縮《いしゅく》させますので。少々馬鹿馬鹿しいとは思っても、人夫どもの気持ちを和《なご》めるために、観音堂に詣っております」

「なるほど、俗に道によって賢しなど申しますが、人を使うからにはいろいろな方便も必要でしょうな。しかし、篠田殿、観音堂に夜詣りとはちと解《げ》せませぬが」

「はっははは」

と、藤四郎は太い腹をゆすって笑った。

「この観音は夜でのうてはご利益がうすうござる」

「はて、それはまたどうしたことで？」

「いやいや、本庄氏、とにかくごいっしょにおいでなされ」

藤四郎の口吻《くちぶり》では観音の夜詣りはどうやら口実らしいと茂平次も気づいた。着いたときも改めて席を設けると言ったから、観音は観音でも生き観音の謎であろう。だが、この辺の色の黒い百姓女の首を見てもはじまらぬ。しかし、まあ、どんな雁首《がんくび》が揃っているか、これも旅先の一興だと、茂平次はうす笑いしながら駕籠の中に揺られていた。

飯場《はんば》の前を通ると、まだ人夫たちの騒ぎ声が聞こえている。彼らも酒を飲み、故郷の唄などうたっていた。ことに庄内の盆唄は哀調がある。夜の野面《のづら》を渡る風に乗った音頭を聞いていると、こちらまでしみじみとなる。

「路《みち》が悪うございますので」

と、駕籠の外から代官手付の者が詫びるように言ったとおり、茂平次は小半刻も小舟のように揺られて、ようやく降ろされたのが今までの殺風景な夜景とは打って変わった賑やかな茶屋の前だった。

駕籠から外に出ると、前の駕籠から降りた藤四郎が近づいてきて、

「本庄氏、花島観音というのはあれでござる」

と、暗い中から石段を指した。夜目にもその小高い森に仁王門らしいものが見える。

「ははあ、なるほど、神々《こうごう》しいものですな」

茂平次が愛嬌を言うと、

「いや、神々しいのはこちらで」

と、くるりと背中を回したのが赤提灯《あかちょうちん》をずらりと軒に吊った茶屋で、「角屋」と大きな看板が出ている入口だ。亭主は羽織に威儀を正し、女中、傭人《やといにん》どもも門目にずらりと並んでの出迎えである。

「これは、代官さま、おいでなされませ。毎度ありがとうございます」

亭主はつづけて頭を下げた。

「うむ。亭主、今宵《こよい》はほかに客はないであろうな?」

「へえ、そりゃもう代官さまのお越しだというお知らせをご家来衆から受けましたので、宵の口から客止めをし、ご入来をお待ちしておりました」

「今宵は江戸からたいせつなお客さまをご案内してきた。粗相のないようにいたせ」

「それはありがとう存じます、旦那さま」

「おう、おかみか。また世話になるぞ」

「恐れ入ります」

「本庄氏、では、どうぞ」

と、藤四郎が言ったが、その本庄氏という名前を耳にした女一人が、赤提灯の灯影《ほかげ》からふいに顔を上げた。


本庄茂平次は代官篠田藤四郎と並んで、角屋の二階座敷の床の間を背にしてすわった。急造りの茶屋だから広くはない。それでも間《あい》の襖《ふすま》を取り払い、三間ほどぶち抜いたが、代官所の手付、手代、書役《かきやく》たちが藤四郎の供で六、七人も並び、その間に女中が挟まっての、総がかりの奉仕だから狭いくらいだ。今夜はほかの客を断わり、亭主も代官には最大の奉仕ぶりだった。

「本庄氏」

と、藤四郎は並んでいる女たちに眼を向け、

「草深い田舎のことゆえ、江戸から見えたばかりのあなたには、さぞかし狸《たぬき》のような女に見えましょうが、これでけっこう土地の百姓には騒がれている女ばかりでしてな。ま

あ、旅のつれづれ、座興のつもりで、このへんのところでご勘弁を願いたい」

「いやいや」

と、茂平次も笑って、

「見渡したところ、いずれも鄙《ひな》には稀《まれ》なる美形ばかり、思わぬところで眼の保養ができました」

「はははは。本庄氏もお口が巧《うま》い。これ、女ども、聞いたとおりじゃ。江戸から見えたお客さまがあああおっしゃる。喜ぶがよいぞ」

「まあ、こちらの旦那さま、ほんとに物わかりがよろしいお方で」

「こんな粋《いき》な旦那さまとは存じませなんだ。お代官さまも、いつもわたしたちを嬲《なぶ》らないで、ちとお客さまにおあやかりなさいませ」

女たちは口々に騒ぎはじめた。

茂平次や藤四郎の前には三人ばかりの女が並び、ほかの手付、手代などの部下の前にも一人ずつ女たちがついている。亭主はこの一行のために、ほかの茶屋からも女たちを借りて人数を揃えていた。

「ときに、お玉はどうした?」

と、藤四郎は前の女に訊いた。

「最前より見ているが、お玉の姿がないようじゃな」

「まあ、殿さま、やはりお眼が早うございますね。どうせわたしたちは狸でございますから」

「これこれ、お客さまはおまえたちを鄙には稀なとおっしゃった。そうつむじを曲げるものではない。お玉はどうした？」

「あい、今宵は何やら気分がすぐれぬと言って、階下《した》で臥《ふ》せております」

「なに、ここには出てこないのか。不埒《ふらち》な話だ。せっかく江戸のお客さまのもてなしをするためにこの家に繰り込んだのに、あいつが顔を出さぬという法はない。昨夜はどこぞの国侍か犢橋《こてはし》あたりの百姓地主相手に深酒を過ごし、宿酔《ふつかよい》でもしているのであろう」

「いいえ、昨夜はお玉さんも早く寝《やす》みました」

「それならなおさら横着をきめ込んだ仮病《けびょう》じゃ。えい、ここへ引き立ててこい」

「あいあい、お殿さまの強《た》っての仰せ、ほんにお玉さんも仕合わせな」

藤四郎が茂平次に、

「この家にちと垢《あか》ぬけした女が一人おりましてな、看板となっておりますが、お聞きのとおり、どうやら横着寝をしているらしいのです。だが、首に縄をつけても引っぱってきますから、お待ちくださ い」

「ははあ、最前よりここで承っていれば、どうやら篠田殿はその者にご執心のようで」

「いやいや、それほどでもござらぬ。何ごとも座興で」

料理といえば、この辺の名物鯉や、鮒《ふな》、鰻などの川魚だが、それを肴《さかな》に酒が進むと、一座もようやく調子づいてきた。

「殿さま、お玉さんにそう伝えましたが、どうしても今夜は気分が悪いから休ませてくれと申しております」

「なに、気分が悪い？　さてはやっぱり宿酔か」

「いいえ、あんまりお客にもてすぎて夏風邪《かぜ》でも引いたのでございましょう」

「つべこべ言わずに、おかみ、お玉を引っ張ってこい」

「はいはい。畏《かしこま》りました」

おかみが膝を回して起《た》っていった。

「本庄氏、今宵はゆっくりと過ごされい。今日の疲れを一晩のうちに癒されるとよろしかろう」

「最前よりご馳走になっております」

「お気に召した女でもあれば、てまえがお取り持ちしてもかまいませんぞ」

と、これは小さい声だった。

「いや、そのうちゆっくりと品定めをいたしましょう」

茂平次も笑っているが、見渡した女の中ではそれほどの食指も動かない。しかし、江戸を出てから今日は二日目、顔のことはともかく、野育ちの女を抱くのも悪くはないと思っている。

それにしても、篠田藤四郎の気の遣いようはなかなかのものだった。彼は茂平次が鳥居甲斐守にどの程度に寵愛《ちょうあい》されているか実際を知っていない。それでも如才《じょさい》なく歓待している。こやつ、よほど耀蔵にうまく報告してもらいたいにちがいないと茂平次は考えた。役人根性ながらもやり方が手馴れている。

藤四郎のその肚がわかると、茂平次はかえってその術策には乗らないぞという気持が起こってきた。それならば、少々いたぶってやれという気になる。この代官がそんな手を心得ているからには、さぞかし他からも自身が同じことをされているにちがいない。いや、こいつのことだから供応や賄賂を強要しているのかもしれぬ。

茂平次はおもしろくなって、

「ところで、篠田殿、かような席でなんですが、先ほど申し上げるのを忘れたことがございます」

「ははあ、なんですな？」

「いや、てまえが江戸に帰って主人甲斐守へ報告することですが」

「ほほう」

「てまえが出発する際、甲斐守が申しますには、報告によっては自分ですぐさま現地に来るということでございました。されば、てまえが戻り次第、甲斐守は工事検分に参ると存じます。これをおてまえの心構えとしてお耳に入れたかったのです」

「なに、鳥居甲斐守殿はこちらにすぐ来ると申されたか？」

篠田藤四郎の顔色が変わった。

篠田藤四郎は鳥居甲斐守がそんなに早く現地検分に来るとは考えていなかったようだ。せいぜい、二ヵ月か三ヵ月のち悠々と出向いてくると思い込んでいたらしく、その間に対策を講じるつもりであったようだ。

　事実、茂平次の話は、藤四郎にとって足もとから鳥が立つような性急さであった。しかし、それは鳥居甲斐の性格から考えてありえないことではないのだ。すなわち、印旛沼開鑿にその政治的生命を賭けている水野越前守の片腕の耀蔵が工事進捗の具合を積極的に視察するのは、日ごろのその行動的なやり方と考え合わせて大いにありそうである。

　——これは迂闊《うかつ》であった。手ぬかりもはなはだしい。いま耀蔵に出向いてこられたら、工事場の不成績はたちまち彼の咎めるところとなろう。出世はおろか命取りにもなりかねない。なんとかして耀蔵の出張を先に延ばし、十分な準備と対策の期間がほしい。

　藤四郎は、瞬間、酒の酔いも醒めたような心地で、

「本庄氏、して、おてまえの報告次第では甲斐守殿の検分も延期ということになりますか？」

　と、二十貫を超《こ》える彼の巨体が硬直したように思えた。

　茂平次はその様子をうち眺め、肚の中でにんまりと笑ったが、表情はしごく大真面目で、

「さよう。ですから、てまえも使命の重大さをひしひしと感じているような次第で」

「いや、ごもっともごもっとも」

と、藤四郎は太い顎《あご》をつづけさまに振ったが、脇息《きょうそく》に片肘《かたひじ》をつけると、巨体を斜めにして茂平次の耳に口を寄せた。

「のう、本庄氏、おてまえの手加減で甲斐守殿の検分を今少し先に延ばすようにしていただけませぬか」

「なんと仰せられる?」

「いや、かようなことをお願いする筋ではないが……実は貴殿もご覧になったように、ただ今のところ工事の進捗も予期したようにはかばかしくはござらぬ。これにもいろいろと原因はござるが、要するに各藩ともかような大がかりな普請には不馴れでしてな。そのため目下統一が取れませぬ。なれど、もう少し経てばようやく本筋にも乗り、またてまえも極力各藩を督励《とくれい》して進捗させる所存でござる。ま、かようなわけで、ただ今検分にこられてはてまえもとんと閉口《へいこう》、もう少々時日をもらって、普請が進展したところを甲斐守殿にお目にかけとう存ずる。せっかく江戸から検分に見えられるのだから、ご満足のいくようなところを見ていただきたいのじゃ」

「さあて」

と、茂平次は焦《じ》らすように首をかしげた。

「それではてまえも弱りましたな。何せ、主人の言いつけゆえ、当たりまえの眼で見たことをありのままに帰って報告するのが義務と存じますでな。貴殿のご希望どおりにすると、てまえの報告を少々曲げることになります」

「いや、そこだて」

と、藤四郎は身体ごと茂平次の横に擦《す》りつけた。

「お願いでござる。本庄氏。てまえの面目を助けると思って甲斐守殿の前をよろしく取《と》り繕《つくろ》っていただきたいのじゃ。さなくばてまえも浮かばれませぬでな。……その代わり、本庄氏のご希望には拙者《せっしゃ》全力をもってお応《こた》えするつもりです」

藤四郎は息づかいも忙《せわ》しく頼み込む。うっかりすると転落もしかねない危機だから、見栄もかまってはいられなかった。

「せっかくのお気持ちゆえ……」

と、茂平次は首をかしげた。

「おう、聞いてくださるか？」

「なんとか考えておきましょう」

「忝《かたじけ》ない、本庄氏。恩に着ますぞ」

藤四郎は俄然《がぜん》茂平次に対して態度を変えた。

今までもかなりもてなしたが、相手の報告次第では鳥居の出張が延期になると思うと、茂平次への追従も真剣になってくる。

「これこれ、亭主」

と、藤四郎は末座にいる主人《あるじ》に声をかけ、

「今夜はたいせつなお客人のために夜通しでもよい、この家でできうるかぎりの馳走を持ってこい。女ももっと集めろ。さなくばなかなかお客さまのお心には叶《かな》わぬぞ」

と、口を尖《とが》らし、自分の両側に侍《はべ》っている家来たちを見回して言った。

「これ、おまえたち、自分ばかりがぶがぶ飲んでいないで、少しは本庄氏のご機嫌を取り結ばないか。……これ、桜井《さくらい》。おまえはこの辺の踊りに詳しかったな。本庄氏に座興としてお目にかけい」

茂平次はうす笑いしている。篠田藤四郎の狼狽《ろうばい》ぶりがおかしい。この男、今度の普請で功名を上げ、出世を狙《ねら》っているにちがいない。だが、今日普請場を回って見たところではいっこうに実績が上がっていない。へたをすると、この工事は失敗に終わりそうだ。そこをなんとかごまかして甲斐守の機嫌を取るつもりらしいが、無理もない。勘定組頭としての藤四郎は、役高三百五十俵、役禄百石、焼火《しょうか》ノ間《ま》詰という低い身分、たしかに出世はしたいであろう。

それが甲斐守の検分で一挙に現職からも追い落とされるかどうかの瀬戸際、必死になるのも無理はないわい、と茂平次は藤四郎の顔つきを横眼で見ている。

「何をそんなにぼそぼそ話していらっしゃるの？」

と、このとき、藤四郎の前ににわかにぴたりとすわった女がいた。髪は結《ゆ》い立て、着物も着更えてきたせいか、ほかの女にくらべて一段と際立《きわだ》った器量だ。

「おう、お玉か。待っていたぞ。何をしていた？」

と、藤四郎はその女に声をかけたが、茂平次がひょいと見て、あっと叫ぶところだった。

茂平次は、わが眼を疑った。いま一尺と離れていない前にすわっている女は、まさしく長崎から駆落《かけおち》してきたお玉ではないか。お玉という名前はさっきから聞いていたが、まさかそれが自分と因縁の深かった当人とは考えてもみなかった。

茂平次の仰天は、たちまち恐怖に変わった。えらい所でえらい女に往き遇った。これがほかの場所だと、なんとしてでも振り切って逃げるところだが、今は篠田藤四郎はじめ陣屋の手代どもが並んでいる席上だ。ここでお玉に大きな声で面罵《めんば》されたら、収拾がつかなくなる。茂平次は今までの余裕を一瞬に失い、総身から冷汗が惨み出た。

茂平次は杯を含み俯向いていたが、何も知らぬ篠田藤四郎は、

「本庄氏、これなる女が当家の看板となっているお玉でござる」

と、遠慮会釈《えんりょえしゃく》なく引き合わせた。

茂平次はしどろもどろに、

「ああ、さようか」

と、口先で言ったまま杯から顔が上げられなかった。

彼の動顚《どうてん》した視野に、お玉の白い顔がこちらへ向かっているのを覚えた。

「あら、こちらの旦那さまがお江戸から?」

茂平次は、今にもお玉が跳びかかってきそうで、心が宙に浮いている。

「まあ、旦那、繁華なお江戸から、こんな草深い田舎においでになって、さぞかし不器

量な女どもに愛想がつきたでございましょう。でも、これも何かのご縁、どうぞお流れを頂戴しとうございます」

と、お玉は片手を出した。

茂平次もこうなってはいたし方がない。せっぱつまって杯を出したが、上半身をぐっと前に傾けたお玉の視線を避けるように顔を横に振った。

「ありがとうございます」

横から女が銚子を取って酌をしようとするのを、

「恐れ入りますが、旦那さまじきじきのお杯をお願いしとうございます」

と、お玉は請求した。

傍《そば》で何も知らない藤四郎が、

「ようよう」

と、囃《はや》し立てる。

茂平次もこうなっては破れかぶれ、糞度胸を据えて、お玉の手が支えている杯に銚子を傾けた。

「ありがとう存じます」

お玉はそれをぐっとひと息に飲んで、懐紙《かいし》を出し、滴《しずく》を切って、

「恐れ入りますが、お返しでございます」

と突き出し、茂平次の顔をじっと見ている。

茂平次は眼の前に灼熱の太陽がある思いで、眩《まぶ》しげに返杯を受け取る。それにお玉がおだやかに酒を満たした。茂平次は今にもお玉の狂喚《きょうかん》が爆発しそうで、全身が痺《しび》れている。

藤四郎が、

「お玉、本庄氏ばかりにへばりつかないで、ちとわしのほうにも顔を向けてくれぬか」

と言うと、お玉は膝を茂平次から彼のほうへ変えた。

「これは失礼。つい、江戸のお方が珍しくて気を取られておりました」

と、なんの変わりもない落ち着いた声である。

「これこれ、何を申す。わしとても江戸の者だぞ」

「お代官は江戸のお方でも当分はこちらにおいでになる人。してみれば、やはり下総《しもうさ》の住人でございます。いいえ、お代官がお帰りになりとうても、わたくしたちが手足を押えてお帰しはいたしませせぬ」

「こいつ、うれしいことを申す。本庄氏、かような田舎でも、田舎は田舎なりのおもしろさがござるて」

「まことに」

と、茂平次も相槌《あいづち》を打ったが、薄氷を踏む思いで、声もうわずっている。

しかし、茂平次も、しだいに奇妙な感じになった。不思議なことだ。この女は、たしかに長崎から箱根まで連れてきて突き放したあのお玉に相違ないが、彼女とてもこちらの顔を忘れるはずはない。ひどい目に遭わせた男だから、金輪際《こんりんざい》記憶から去ってはいまい。現に、この女が以前、江戸の南町奉行所の門前で、茂平次の名を怒鳴って会わせろと言ってさんざん暴れたことを知っている。

それなのに、お玉はまるで初めて会ったように茂平次に対している。わからないわけはないはずだ。それなのに、まるきり涼しい顔でいる。はてな、これはおれのほうが間違っているのかなと錯覚を起こし、茂平次はおそるおそる上眼で藤四郎と話のやりとりをしているお玉の横顔を窺った。

たしかに眼の前にすわっているのはお玉だ。眼の特徴、鼻のかたち、ものを言うときの唇の格好、ぜったいに間違いない。——奇妙なことだが、そんな確認をわざわざしなければならないほどお玉は茂平次を見向きもしなかった。

はてな、この女、頭がどうかなったのではなかろうか。

あんまり虐《いじ》められてきたので気がおかしくなっているのではないか。それでおれだということが識別できないのではないか。そんなことも思ったりしたが、お玉は相変わらず篠田藤四郎とだけおもしろそうに話のやり取りをしている。

茂平次は座を起《た》った。女中が階下《した》の厠《かわや》へ案内した。急に造った家だから庭も何もない。厠の前は田圃になって蛙が鳴いていた。

用を足して手水鉢《ちょうずばち》に手を伸ばすと、暗い所に女中が待っていて柄杓《ひしゃく》の水をかけてくれた。つづいて手拭を差し出す。何気なく受け取ったとき、

「茂平次さん」

と、女が声を出した。

「あっ」

暗い所に影のように立っているので案内してくれた女中と思っていたのに、お玉だった。風が八手《やつで》の葉を騒がした。

「久しぶりだねえ」

「お、お玉か」

茂平次はあとの声に詰まった。やっぱり知っていたのだ。

「な、何をする？」

と言ったのは、いきなりお玉が茂平次のずんぐりした小柄の身体にぴたりと付いて脇に腕を差し込み、暗い横手の部屋に連れ込もうとしたからだ。

「黙って、こっちへおいでよ」

お玉は障子をあける。気を呑まれた茂平次は女を突き飛ばすこともできなかった。いや、突き飛ばしたのはお玉のほうだ。茂平次は酔ったせいもあって畳の上にのめった。

「こん畜生」

と、お玉は茂平次の上に倒れかかると、その二の腕を力いっぱい抓《つね》った。

「痛てえ」

「この人非人。人でなし。えい」

お玉は茂平次のたぶさを思い切り摑んで引き、顔じゅうに爪を立てようとした。

「これ、乱暴するな」

茂平次は女の手を払いのけようとした。その下をぐって彼女は茂平次の首から胸のいたるところを爪で掻きむしった。

「えい、くやしい」

その手も茂平次に摑まれたので、お玉は自由が利かず、身体を悶《もだ》えさせ、歯がゆそうに唾を茂平次の顔に吐いた。

「これ、やめぬか」

茂平次は、弱みがあるのであまり強くは出られない。さし当たり女の乱暴を封鎖するだけだ。それ以上手痛い目に遭わせると何を喚《わめ》かれるかわからない。

「お玉、とんだ所でおめえと会ったな。大きな声を出すな」

「何を今さら白々しい。あたしはおまえにあんなひどい目に遭わされ、何度死のうと思ったかしれないよ。憎いおまえとここで会ったのも観音さまのお引き合わせ、恨みを晴らさないでおくものか」

暗い中から、お玉の歯が音を鳴らした。

「まあ、待ってくれ」

と、茂平次はお玉の両手を抑えたまま低い声で、

「悪かった。なんともおまえには申し訳がない。謝《あやま》る謝る。このとおりだ」

と、首をたてつづけに下げた。

「えい、今になってそんなことを……卑怯者《ひきようもの》」

胸に迫ったお玉の声は震えていた。

「もっともだ。おまえの言うとおりだ。だからこうして謝っている」

「勘弁してくれだけで、女ひとりを台なしにした罪が消えると思うかい。これ、茂平次さん。おまえは鬼か蛇《じや》か、それとも、その身体には人間らしい血がないのかえ？」

「なんといわれても申し訳がない。だが、これには仔細のあること……」

「えい、おまえの口の巧いのは昔からのこと、もう騙《だま》されはせぬ。あたしはあの座敷にはいっておまえを見たとき、頭がくらくらして眩暈《めまい》がしそうだったが、いきなり恥を掻かせるだけでは足りぬ、どうしたら気が済むかとその仕返しの方法を考えながら、わざと知らぬ顔をしてお代官の相手をしていたのだよ。見れば、おまえもだいぶん出世の様子、ここは一番おまえを折檻《せつかん》のうえ、引きずってあの座敷に戻り、篠田さま初め代官所の役人の前で洗いざらい悪事を言い立ててるから、そう思っておくれ。面の皮の厚いおまえには、よっぽど大恥を掻かさないと気が納まらないわえ」

「ちょ、ちょっと待ってくれ、お玉。まあ、静かに聞いてくれ」

「これが落ち着いていられるか。あたしの胸はもうどうしようもないんだからね」

「もっともだ。だが、まあ、ちょっとだけおれの言い分を聞いてくれ」

茂平次は女を静めるのに必死だった。ここの騒ぎを上の座敷に気《け》どられたら、それこそ藤四郎に対するせっかくの威厳もなくなる。悪くすると、嗤い者にされたうえに、鳥居甲斐守の耳にもはいりかねない。まさに一生の浮沈に関る思いだった。

「まあ、事情《わけ》を聞いてくれ。実は長崎に下る前から、おれには江戸に女房があったのだ」

「そんなことは何度も聞いているわえ」

「まあ、待て。……おれはな、心底からおめえが好きだったのだ」

「この嘘つき野郎」

「いや、ほんとうだ。好きだからこそあのときおれは女房と別れるとおめえに言ったのだ。おれはおめえと長崎の丸山で出来合ったとき、この女のためには死んでも本望だと思っていた」

「えい、憎たらしい。まだそんな減らず口を」

と、お玉は言ったが、以前に聞いた男のその言葉を耳に入れると、激しかった口調も、微妙な変化を起こしかけていた。

茂平次は早くも女の軟化を見て取った。彼はお玉の手を緩《ゆる》めたが、その手はもう二度と彼の顔に爪を立てないばかりか、力を失いかけていた。

「そんなわけで、おめえをぜひとも長崎から江戸に連れて帰りたくなり、ああして駆落《かけおち》はしたものの、箱根の山で悪い雲助に騙されて離れ離れになったのだ」

「嘘だ嘘だ。あれはおまえが雲助に酒手をやり、好き勝手にせいと言って女郎に売らせたのじゃ」

「さ、そこがおめえの思い違い。雲助がおめえにどのようなことを言ったか知らねえが、ありようを言えば、おれが草鞋《わらじ》の紐《ひも》を結んでいるとき、あの悪雲助が勝手におめえの乗った駕籠《かご》を担いで山路をどんどん逃げたのだ。おれがあわててその駕籠を追っかけようとしたとき、うしろから雲助仲間にむんずと摑まれ、口を塞《ふさ》がれたばかりか谷底に蹴落とされたのだ。……何しろ不意のことではあり、相手は三人、おれも不覚を取った」

「え、そんなら、おまえも？　……」

「そうだ、そうだ。おれはおめえのことが心配になり、箱根中の山を駆けめぐって捜したが、何しろ谷に落ちたときの怪我で足も自由にならず、それに江戸の主人への報告もあり、不本意ながら、つい諦めて引き揚げたのだ」

「あ、いけない。……おまえはまたあたしを騙そうとする。そんな実があれば、あたしがここに鞍替《くらがえ》する途中おまえの屋敷を訪ねたとき、どうして会ってくれなかったのだえ」

「さ、そこだ」

と、茂平次はいかにも残念そうに顔を歪《ゆが》めた。

「何しろ、あのときはおめえに済まねえことをしたという気持ちでいっぱいだった。飛び立つ思いで門を走り出たかったのだが、何せそこは宮仕えの役宅、同輩は隣り近所にいるわ、下役人どもも横にいるわで、心ならずも座敷に釘づけになっていたのだ。お玉、表でするおめえの声を聞いたときは、おれの腸《はらわた》もちぎれそうだったぜ」

「ほんとうにおまえはひどい人、人か鬼かわからないねえ」

「なんと言われても返す言葉はねえ。男にはいろいろと義理もあるし、体面もある。そこが女と違うところだ。女は一途に情《じょう》だけに生きていけるが、男はこの世の義理もあるし、出世もしてみたい。おめえもうすうすは察していようが、おれは長崎から帰って町奉行鳥居甲斐守さまのおめがねに叶い、いざ、これから出世をしようとする大事な矢先だった。そこに半狂乱のおめえと関りがあると言われちゃ、せっかくの運が台なしになるからな」

「どうせ、あたしは長崎の女郎だからね」

「まあさ、そう僻《ひが》むな。女郎であろうが、芸者であろうが、好いた女には変わりはねえ。だが、他人《ひと》はそうは見ねえ。お玉、実を言えばおれもおめえのあれからが気になってどんなに行く先を捜していたかしれねえ。おめえ、このおれの気持ちはわかってくれるだろうな？」

「おまえは口が巧いから、眉に唾をつけて聞いておかないと、あとでまたとんだ後悔になりそうだね」

「はあて、どこまでも疑い深い女だ。おれの真実は、この花島観音さまがようくご存じだ。お玉、おれは自分の胸を切り裂いておめえに見せてやりてえぐらいだ。それでも、おめえ、この茂平次が憎いかえ」

「あたしゃおまえに騙されたくやしさで、まだ自分の気持ちがわからないよ」

「そこだ、お玉。騙されたの、くやしいのというのは、おめえがおれにまだ惚《ほ》れているからだ。自分では気がつくめえが、女心というものはそうしたものだ。よく胸に手を当てて考えてみろ。おめえはおれが好きなのだ。え、どうだえ?」

「えい、どこまでおまえは憎い口を利くかしれないよ」

お玉は茂平次の膝を抓ったが、今度は力が弱かった。

「憎い憎いは惚れた証拠だ。せっかく会えた好いた同士が、何も啀《いが》み合うことはねえ。お玉、こっちへこい」

と、茂平次はお玉の身体を自分の胸の前に落とした。

「いやだよ、この人は」

と、お玉はそれでも抵抗するように茂平次の顎を下から突き上げた。

「へへへへ」

と、茂平次は笑い、その手を玩具《おもちゃ》のように静かにはずした。彼はお玉の背中に回した手をぐっと引いて抱きしめた。

「お玉、おれの言うことに嘘はねえ。ほんとにおめえのことは寝る間も忘れていねえ。

こうしておめえの身体を抱いているのが、まるで夢みてえだぜ」

「茂平次さん」

と、お玉もたまりかねて彼の分厚い胸板に顔を押し当てた。いつの間にか彼女の手も茂平次の衿首《えりくび》に回っていた。

「ほんとうは、あたしゃおまえがまだ忘れられないんだよ」

「そんなら、今までの恨みつらみも水に流して、このおれを許してくれるかえ?」

「あい。おまえの気持ちが変わらねば、あたしゃまだおまえにかわいがってもらいとうござんす」

蛙がうるさく鳴きはじめた。

茂平次は暗い中でしばらくお玉を愛撫《あいぶ》していたが、

「いつまでもこうしちゃいられねえ。上の連中がどこに行ったかと騒いでいるにちげえねえからの」

と、身を起こしかけた。

「もう少し待っておくれ」

お玉はうっとりとした声を出した。

「あたしはおまえと百年目に会った気でいるんだから、そう邪慳《じゃけん》に離れないでおくれ。上の冬瓜《とうがん》代官などはどうでもいいよ」

「なるほど、藤四郎が冬瓜だとは、あのぶくぶく膨《ふく》れた身体にうまく付けた渾名《あだな》だ。あの男、このおれに気を遣ってなんとか出世しようと焦っているのだ。お玉、おれはそれほど出世しているんだぜ」

「ほんにおまえは女を騙すのも巧いが、上の人をちょろまかすのもじょうずとみえるね」

「おめえの口の悪いのは相変わらずだな」

「でも、あたしはおまえが頼もしいよ。せいぜい出世しておくれ。そして、あたしを早くこの草深い田舎から身請《みう》けして江戸で添えるようにしておくれ」

「うむ。おめえと会ったからにはもう黙っちゃいられねえ。すぐさま江戸に帰って身請けの金を調達し、請け出すことにしよう」

「今度は騙すんじゃないだろうね？」

「今の茂平次はおめえと駆落したころの茂平次ではねえ。はばかりながら、江戸で町奉行の用人といえば、泣く子も黙るくらいだ。船板塀《ふないたべい》に見越しの松、おめえにはねえやを一人つけて不自由なくしてやるぜ」

「ほんとにそうしておくれかえ？　あたしはまた騙されそうでひやひやしているよ」

「この印旛沼の工事をたとえ失敗《しくじ》っても、おれの言う言葉に間違いはねえ。そのためには少々おれも稼がざアなるめえ」

「こんな田舎に鞍替させられたあたしだもの、そんなに大金は要らないよ」

「そのほうは安くとも、ちゃんとした構えにおめえを飾って置くのだ。そっちの元手が入用だからな。……なあ、お玉、こいつは内証で訊くが、おめえの言う冬瓜代官篠田藤四郎は、おれの見たところ、どうやら内証で裕福なことをやっている様子、おめえ、だいぶ藤四郎には贔屓《ひいき》になっているようだが、その内証を知っているかえ？」

「あい」

と、お玉は俯向《うつむ》いたが、

「こんなことをおまえに言っていいやら悪いやら……」

と、躊躇《ためら》っていた。

「何もそう遠慮することはねえ。おれとおめえの昔からの仲だ。ここだけの話として打ち明けてくれ。……それとも、おめえは藤四郎と何か特別な事情《わけ》でもあるのかえ」

茂平次はお玉をじろりと見て言った。

「なんの、そんなことがあるものか。そりゃ、あのお代官はあたしに気があるけれど、あたしはまだ靡《なび》いてはいないんだよ。いくら金で買われた身体といっても、気に染まない男の言うことは諾《き》きたくないからね。こんな草深い所にいるんだから、それくらいのわがままは大目にみてもらわなくちゃね」

「そんなら、藤四郎はおめえに執心《しゆうしん》だな?」

「これ、茂平次さん、余計な甚助《じんすけ》を起こさないで。おまえという人に会えたからには、あたしゃ今までの恨みが解けて、おまえがかわいくなったのだからね。ほかの男には気がないよ」

「そんなら、藤四郎の懐《ふところ》の内証ごとを教えてくれるか?」

「あたしが躊躇《ためら》ったのは、なんといっても贔屓の旦那、悪口を言うのは気が引けたままでさ。誰にも言わない約束なら、あたしが気づいたことをそっとおまえに教えてあげるよ」

お玉は茂平次を引きつけると、その耳もとにささやいた。お玉が言葉を区切るたびに茂平次は合点合点した。

「うむ、やっぱりそうだったか」

聞き終わった茂平次は腕組みをした。

「なんといっても難儀な工事場だからな、各藩ともそんな手心をしてもらわなくてはやりきれまい」

道理で藤四郎の動作が垢抜けていると思った。自分が賄賂《わいろ》を取っているから、同じ方法でこっちまで籠絡《ろうらく》しようというのだろう。こいつはおもしろい、ひとつ騙されたつもりで乗ってやれと、茂平次は大きく顎を引いた。

「これ、茂平次さん、ほんとに黙っていておくれよ。でないと、あたしが篠田さまに悪いからね」

お玉は後味の悪そうな顔つきだった。

「合点だ。おめえにとっては大事な大事な旦那だからな」

「あれ、そんな当てこすりを言わないでおくれ。篠田さまだけでなく、これでも、あたしに心を寄せる客は多いんだからね。……あ、そう言えば」

と、お玉は急に気づいたように口の中で叫んだ。

「ねえ、茂平次さん。おまえ、了善という祈禱坊さんを知っているかえ?」

「なに、了善?」

今度は茂平次が眼を剝《む》いた。

「知らねえこともないが……。おめえ、どうしてその名前を?」

「あい、その了善があたしにまつわって、この辺をうろうろしているんだよ。おまえを恨んでつけ狙っているから、用心をおし」

「了善がこんな所に来ているのか」

茂平次はにわかに眼に見えない因縁《いんねん》を感じた。

# 口走った一句

　廊下から女中が障子を細目にあけて顔をのぞかせた。灯《ひ》のない部屋に茂平次とお玉とがいるのを見つけると、あっというような顔をしてあわてて閉め、そのまま足音を忍ばせて逃げた。

「あはは、女中め、おどろきおったな。藤四郎も聞いて眼を剝くにちがいない」

　と、茂平次はお玉に言った。

「だが、藤四郎の首根っこは、この茂平次が押えている。かえって、おめえと仲のいいところを藤四郎に教えてやったほうがあとの都合がいいかもしれねえな」

「あんな冬瓜《とうがん》代官はどっちでもようござんす」

　と、お玉は言って、

「それよりも、茂平次さん。おまえ、了善という男、ほんとに知ってるのかえ？」

「うむ、ちっとばかり面識がないでもねえ」

「おまえをひどく恨んでいたよ。あたしに愚痴を言っていたが、おまえのために身の破滅になったとこぼしていたけど、大丈夫かえ？」

「なあに」

茂平次はせせら笑った。

「あんな坊主がどうじたばたしておれをつけ回そうと、藪ッ蚊のように捻り潰すだけだ。……ところで、お玉。おめえ、どうして了善からそんな話を聞いた？」

と、不審顔に訊き返した。

「そりゃあたしがあの坊主のところに祈禱を頼みにいったことがあるからね。それというのも、真実《ほんと》を言えば、おまえに早くめぐり会いたいばかりにしたことだよ。了善は、そのうちにだんだんあたしに妙な気持ちをもって、訊きもしないのに、そんな身の上話をぺらぺらとしゃべったんだよ」

お玉は、自分と了善と情事《わけ》のあったことはもちろん打ち明けなかった。

「そうか。あの野郎、気が小せえからな。奉行所で会ったときの悄気《しよげ》かたったらなかったぜ。その了善にこんな所で会おうたア、とんだ祈禱のご利益《りやく》だな」

「茂平次さん、ほんとにおまえ大丈夫かえ？　こうなると、あたしは心配でならないよ」

「なあに、あんな奴の五匹や十匹、一どきにたかってきてもびくともする茂平次さんじゃねえ。おれはこう見えても剣術の達人なのだ」

「それはちっとも知らなかった。女を口説《くど》くのは達者と思ったがねえ」

「茶化すんじゃねえ。剣術にかけては道場の師匠にだってなれる腕前だ」

「えっ、おまえさんが？」

と、お玉は眼をまるくしている。それを疑っているとみたか、茂平次は胸を反《そ》らして右腕を叩いた。

「嘘じゃねえ。一度おめえに見せてやりてえくらいだ。江戸の真ん中でも立派に道場を持てる身だ。論より証拠、おれは今から二年前……」

と言いかけて茂平次は、はっと声を呑んだが、騎虎《きこ》の勢い、あとの言葉を押えることができず、小さな声になって、

「これ、お玉、ここだけの話だが、実はおれはな、江戸の道場の主《あるじ》を手にかけたことがあるのだ」

「えっ」

「おっと、そうびくつくんじゃねえ。誰にも言わねえ内証をかわいいおめえだけに打ち明けるのだ」

「でも、剣術の師匠を倒すとは、おまえ、よっぽどの腕前だね」

「その師匠も決して腕の悪い人間ではなかった。名前は言えねえが、偉い人のところに剣術師匠として出入りをしていたくらいだ。おれは一時、その人に弟子入りをしたが、このおれの眼から見ては、たいした腕とは思えなかった。向こうさまが先生面をしやがって、なんのかんのと講釈を聞かせるのが片腹痛かったぜ」

「それで、どうしておまえはその人を殺したのだえ？」

「うむ、それはな」

と、茂平次はちょっと厭《いや》な顔をしたが、

「男には、女にわからねえ意地があるのだ。ひょんなことで、思わねえことになっただけさ」

「………」

「おれのように気のいい男がそうしたのだから、よっぽどのことだと思ってくれ」

「ほんにおまえは男らしいところがある。あたしはおまえに惚れなおしたよ」

「何を言やあがる。おめえはその甘口で長崎の丸山でもこっちでもさんざん客をたぶらかしたんだろうな」

「くやしい」

と、お玉は茂平次の胸をまた抓《つね》った。

「どこまであたしの心がわからないんだろうね。ひどい目に遭わされたあたしが、おまえに会えたのをこんなにうれしがっているんだから、よっぽど心底から惚れてるんだよ」

「まあまあ、勘弁してくれ。こっちもつい疑ぐりたくなったのだ。もうわかったから、今に金がごっそりはいれば、ほんとうにおめえを身請けするつもりだ」

「そんなら、冬瓜代官を強請《ゆす》ることだねえ」

「うめえ知恵をつけてくれるぜ」

「それもおまえがかわいいからさ」

茂平次とお玉の痴言《しれごと》はいつ果てるともしれない。互いに身体を擦り寄せ、手を縺れ合わせての陶酔だった。

了善は、角屋の近くに来ていた。

彼は昨夜、お玉に愛想づかしを言われたうえ、角屋の若い衆に辱《はずか》しめを受けたのが忘れられなかった。しかし、なんとかして仕返ししたいというのは彼の一面の気持ちで、実際はそれにこと寄せてお玉の顔をのぞきたくてたまらなかったのである。それに、助けられた熊倉伝之丞からも何やら頼まれた。それもお玉に会う理由となっている。

だが、今夜の角屋の様子は少し違っていた。おや、と思ったのは店の前に代官所の提灯《ちょうちん》がならんで駕籠が二挺《ちょう》置かれていることだ。警固の小者が床几《しょうぎ》に腰をおろして振舞酒を飲んでいるし、客の出入りも止められているようである。さては今夜は代官の篠田藤四郎が来ているなとわかった。

藤四郎は前々からお玉を贔屓にしている。代官として普請手伝いの各大名も一目《いちもく》置いている男だから、今にその権勢にものを言わせてお玉を抱くつもりだろう。これも了善を苛立《いらだ》たせることだったが、向こうの身分と、怪しげな祈禱坊主とでは、所詮《しょせん》、太刀打ちができるはずはなかった。

だが、了善にはお玉の身体を先に自分のものにした妙な優越感がある。たとえ代官であろうが、理不尽な真似《まね》はさせない。お玉の男はおれだという気持ちは、お玉に向かう嫉妬心《しっとしん》になっている。

代官の駕籠を見て了善はかっと頭に血がのぼったが、今夜の二挺駕籠に首をかしげた。いつもは藤四郎の駕籠一つしか表にないのである。

了善は角屋の前を通らず、藪蚊の唸っている裏手の畦道《あぜみち》を通って隣の茶屋の横に出た。

「もし、姐さんえ」

了善はちょうどそこに出ていた女中に声をかけた。

「おや、了善さんかえ」

お玉に執心して通《かよ》ってくる了善を、この辺の並び茶屋の者はみんな知っている。

「今夜はあいにくと角屋にははいれないね」

「うむ。いま店の前に来て仰々《ぎょうぎょう》しいありさまにびっくりしていたのだ。客はお代官さまだろうが、駕籠がもう一つあるのは誰ぞ来ているのかえ?」

「ああ、なんでも、江戸から見えた奉行所の人をお代官さまが招いているとかで、今夜の角屋さんは客止めなんだよ」

「なに、奉行所の人だと？」

了善ははっとした。

「そりゃ本庄茂平次さまとはおっしゃらないかえ？」

「さあ、あたしにはよくお名前はわからないが、なんでも、今度のご普請場を御奉行さまのご名代で調べにこられた方だそうだね」

やっぱり本庄茂平次だ。熊倉伝之丞の言ったとおりである。

こいつはおもしろくなったと、了善は肚《はら》の中でうれしがった。本庄茂平次こそお玉の仇なのだ。いつぞや彼女からしんみりと茂平次の悪業《あくごう》を聞かされたことがある。茂平次は、まさかこの茶屋にそのお玉が住み込んでいようとは、思わなかったにちがいない。

気のつよいお玉のことだから、向こうから飛び込んできた茂平次に襲いかかり、さぞかし大騒動が起きたことだろうと、角屋の二階をそっと見上げると、中からは唄声や三味線の賑やかな騒ぎである。燭台《しょくだい》の灯影《ほかげ》には人間が踊っていた。

はてな、と思ったことだ。いったい、これはどうしたことだろう？

お玉がいれば、必ず茂平次に食ってかかるはずだから、この和《なご》やかな光景はありえない。お玉はいないのか。

「とんでもない。お玉さんは先頭にたって騒いでいるよ」

と、隣の女中は教えた。どうも話がおかしい。それでは代官の客は茂平次ではなかったのか。なるほど、江戸の奉行所ともなれば使っている人間も多いことなので、町奉行の使いでくるのは茂平次だけに限ったことではあるまい。よし、藤四郎の客がどんな面か出てくるところを見てやろうと、了善はその茶屋の中にはいって冷たい濁酒《どぶろく》を飲みはじめた。

そのうちに角屋の二階の三味線が急にやんだ。代わって話し声が湧き、うるさいざわめきになった。二階で人がばたばたと立つ。了善はあわてて鳥目《ちょうもく》を置くなり、急いで観音さまの境内《けいだい》の石段の上に腰の位置を占めた。眺めていると、女たちのかしましい声に送られて小太りの男が先に出た。つづいて大兵肥満の男が従ったが、いうまでもなくこれは篠田藤四郎だ。しかし、了善の眼は代官などどうでもよい。その先頭に立っている男の格好こそ紛《まご》うかたなき本庄茂平次の姿であった。おれを巧いこと誘い出して高尾山で破滅させ、伝馬町の対決でも嘘の塊りで罪に落とした男である。さらには江戸で玉屋の火事の際めぐり会っているから、なんでその男を忘れることができよう。夢の間にも眼に焼きついていることだった。

了善は、おのれ茂平次めと、怒りがこみ上がり、脛《すね》に群がる藪蚊の痒《かゆ》さも覚えなかった。

なおも了善が眼を凝《こ》らしていると、茂平次は丁重に先頭の駕籠に入れられた。つづいてうしろの駕籠に代官が窮屈そうに大きな身体を入れた。亭主、おかみ、女中総出の見送りだ。

が、このとき了善は実に奇妙なものを見た。お玉が先頭の茂平次の駕籠に擦り寄ると、何やら茂平次に挨拶をしているのである。それも普通の客に言うようではなく、ひどく情の籠《こも》った態度だ。

「ようよう、本庄氏、お安くござらぬぞ」

と、うしろの代官が阿諛《あゆ》まじりの声援を送っている。どっと囃《はや》すようにぐるりの者が手を打ち、笑い声をあげた。お玉が恥ずかしそうに袖を顔に当てて身を退いた。それがいかにも情愛のこもった素振りである。

了善は狐につままれたような心地になった。これはいったいどうしたことか。まさか眼の迷いではあるまい。それとも花鳥観音の妖霊に騙されているのか。花見川の白蛇の精が誑《たぶら》かしたのか、それほど濁酒は飲んでいないがと、わが頬を抓ったが、どう見てもその女中はお玉である。茂平次を乗せた駕籠はゆらりと地上から浮いたが、見送るお玉の風情はなんとも名残り惜しそうであった。

了善は呆気《あっけ》にとられて、駕籠を囲む提灯の光が闇の蛍《ほたる》を掻き分けて遠ざかっていくのを見送っていたが、ふいと気がつくと、ばたばたと角屋の前に走り寄った。

「お玉」

絶叫すると、女中たちが彼を見つけて、

「あれ、了善さんだ」

と、声をあげた。昨夜の乱暴をみんなが知っている。亭主が振り返って睨んだ。

「われは了善だな。何をしに来た？」

「何をしに来たでもねえ。今夜はおとなしくするから、そこにいるお玉と二言、三言話してえ」

了善は頼んだ。

「何を言やあがる。性懲《しょうこ》りもなくまた野良犬のようにやってきたが、昨夜のことがくやしくて仕返しにでも来たのか？」

「いいや、そういうつもりは毛頭ねえ。今夜はおとなしくしている。ほんのちょっと話をしたら、諦めて帰るのだ。……お玉、おう、お玉」

「何を騒々しい。おまえ、また何かあたしに因縁でもつけようというのかえ？」

お玉は茂平次に見せた顔とは打って変わった形相《ぎょうそう》で了善の前に進み出た。

「いいや、そうじゃねえ。昨夜のことはこのとおり謝る。おれが悪かった。……金輪際乱暴はしねえから、おいらの言うことを少しの間、聞いてもらいてえのだ」

お玉も悪いところを了善に見られたと思った。むやみと追い返すわけにもいかない。了善が茂平次を仇敵《きゅうてき》と狙っているのをお玉は知っている。

「じゃ、ちょっとだけ聞こうかね」

「おい、お玉、大丈夫かえ？　若え者を付けてやろうか？」

亭主が気づかった。

「なあに、たいしたことはないよ、旦那。それに、昨夜で懲りてるから、あんまり遠い所には行かないからね。さあ、了善さん。おまえの話というのを早いとこ聞こうじゃないか」

「うむ、そうこなくちゃならねえ」

了善は一同を尻目《しりめ》にしてお玉といっしょに石段の下まで来た。

「了善さん、この辺でいいだろう。これから上は、どうやらあたしには鬼門のようだからね」

お玉は足をとめた。

「おめえがそう用心すりゃ仕方がねえ。なあ、お玉。さっき駕籠に乗ったのは、ありゃ本庄茂平次だな？」

「見ていたのかえ？」

「知れたことよ。おめえ恋しさに昨夜の手ごめにもひるまず来たのだ。すると、なんと茂平次が立派な風采《ふうさい》をして駕籠に乗るところじゃねえか。ありゃ代官さまの客になってここへ来ているのかえ？」

「そうだよ。それがどうしたというのかえ？」

「どうしたと？　……おい、お玉。おめえ、茂平次への恨みは忘れたのか？　あれほど涙を流して茂平次の悪業三昧《あくごうざんまい》をおれに訴えたのを忘れたのか？」

「なんだか知らないが、そんなこともあったっけね」

「なんだと？」

「これ、了善さん、よく聞いておくれ。人の心はいつも同じ所にいるわけじゃないよ。それに、あたしは気の変わり方が早いほうでね、そういつまでも茂平次さんを恨んではいないんだよ」

「呆れた女だ。……うむ、読めた。さては、おめえ、茂平次と縒《より》を戻したな？」

「おまえさんには悪いが、あたしにとっては初めて心を通わした男だからね。一時は逆上しても、ここで会ったとき、もう、昔の恨みつらみはすっかり水に流してしまったよ」

「おめえはよっぽど浮気な女だな」

「ふん、話はそれだけかえ？」

「ちょっと待ってくれ。こうなっちゃ、おれも茂平次には恨みを晴らさなきゃならねえ。そういつもいつも洟垂《はなた》れ餓鬼《がき》じゃあるめえし、指をくわえてばかりいられるもんか」

「ふふふ、おまえ、茂平次さんに仕返しをしようというのかえ？　そいつは諦めなよ。あの人はおまえを藪蚊ぐらいにしか思っていないからね。いくら力んでもおまえの独り相撲だよ」

「おれだけではかなわねえかもしれねえが、おれにはちゃんと歴《れつき》とした武士《さむらい》のうしろ楯がついているのだ。めっぽう腕っ節の強い人だから、茂平次にそう言ってくれ、今のうちに下に経帷子《きようかたびら》でもつけておくようにとな」

「了善さん、あんまり笑わせるんじゃないよ。おまえのうしろ楯がどんな奴か知らないが、茂平次さんは剣術の達人だからね。江戸で道場の師匠さえただ一打ちに倒した腕前だよ」

お玉は了善をへこませたいばかりに、つい禁句を口走った。

熊倉伝之丞は、二、三日後に彼の宿にやって来た了善から、お玉の吐いた一句、

（茂平次は江戸で剣術師匠を殺したことがある）

というのを伝え聞いて、まさしく己れがこの田舎までやって来た甲斐があったと思った。

伝之丞は慎重な男だ。これまで茂平次に兄伝兵衛を殺した下手人の疑いをかけていたが、疑いはあくまでも疑いである。伝兵衛の女房や門弟どもが口々に茂平次こそ仇敵にちがいないと言い、彼を討とうと逸《はや》っていたが、それを彼は押しとどめていた。

その意見によると、確証がないのに討ってはあとの名分が立つまい。ことにきびしいご時世の折りからである。万一の落度があっては、主家の松平隠岐守にも疵《きず》がつかぬともかぎらない、というのである。

松平隠岐守とは、伊予松山藩の久松家のことで、ここにはわが子の伝十郎も奉公している。伝之丞は主家への迷惑を考慮して、暇をとるつもりでいるものの、なにせ相手の本庄茂平次は鳥居甲斐守の用人である。うかつに討つと、鳥居が水野越前を動かして、隠岐守を難詰し、どのような報復を考えないともかぎらない。

伝之丞は、茂平次に確かな証拠がないばかりにこのへんの事情を斟酌《しんしゃく》して遅疑《ちぎ》逡巡《しゅんじゅん》していたのだが、茂平次が自ら江戸の剣術師匠殺しを吐いたとならば、もはや、迷うことはない。ことにそれを女に自慢したというのだから本音《ほんね》である。

茂平次は、今まで言いのがればかりしていたが、ついに不用意に化《ばけ》の皮を脱いだのだ。これは気長に待ち受けた甲斐があったと伝之丞は喜び、勇み立った。

しかし、了善の報告だけでは信用できない。了善は女に振られたくやしさと、茂平次憎さのあまりに余分なことをつけ加えたのかもしれないのだ。これは、やはりお玉という女に会って直接に聞いてみる必要がある、と伝之丞は考えた。

了善から話を聞いた翌日の午後、伝之丞は彼の祈禱所にこちらから出向いた。

「了善殿。昨夜、そなたが教えてくれた話は、ほんとうであろうな？」

「なんで嘘を言いましょう。あの女《あま》がはっきりと茂平次は江戸の剣術師匠を討ったとぬかしましたよ」

了善は歯がゆそうに言った。

「この前の晩、あなたがここにお泊まりになったとき、この辺を立ち回っている茂平次の口を割らすようにてまえにお頼みがあり、いろいろとその方法を申されましたが、なにもそんな策略も手間も要《い》りません。お玉のやつが自分のほうから、ぺろりとしゃべりましたんでね」

「かたじけない。あの晩にそなたに打ち明けたように、その剣術師匠とは、わたしの兄だ。下手人は茂平次に相違ないと思うが、その一言こそ神の助けだ」

「旦那。立派に仇討ちをしておくんなさい。茂平次のような悪党は嬲り殺しても足りません。あんな人殺し野郎が栄えている世の中が間違っています。……てまえにもぜひ一太刀、恨みを晴らさせてください」

了善の恨みとは、高尾山の一件とお玉に絡んだ嫉妬である。了善だけでは、とても茂平次には太刀打ちできなかった。

「うむ、その際はそう頼むかもしれぬ」

伝之丞は痩《や》せた顔を微笑させて、

「で、角屋に行けば、そのお玉という女に会えるかの？」

「そりゃ会えますが……旦那はお玉のところにいらっしゃるので？」

「なんといっても事が重大だからな、念のために当人に確かめてみる」

「旦那はどこまでお堅い人だかわかりませんね。お玉に訊くまでもない。茂平次が言ったのは本心を洩らしたのですよ」

「わたしもそう思うが、あんたの一方口を信用したと他人に言われても心外だ」

「そんなら、旦那、あっしもお供しましょう」

と、了善がそわそわしはじめたのは、お玉の顔を見たいからである。

「お玉は旦那に問い詰められて言葉を変えるかもわかりませぬ。そんなことのないよう、あっしが証人になって、横で眼を光らせている必要があります」

「まあ、そう大げさに騒ぐほどのこともあるまい。どうせ最後は直接《じか》に茂平次に会わねばならぬからな。角屋にはわたしが独《ひと》りで行ってみる」

「そうですか」

と、了善は残念そうだった。ちょうど、そこに祈禱を受ける村の者もきた。了善も金を稼がないと生活ができないから、客が来ればやむをえず同行を諦めなければならなかった。

「旦那、いま時分だと、お玉はまだ昼寝してるかもしれませんぜ。そのときは店の若い者に代官所から来たと言ったほうがいいと思います。その声を聞けば、お玉のやつもすぐに起きてくると思います」

「それはいいことを聞いた。では、行って参る」

と、伝之丞は暑い陽射しのなかに歩きだした。

伝之丞は激しい太陽に扇子を顔の日除《ひよ》けにした。山路もむんむんするような草いきれであった。

「どうやら、これでわが運も向いてきた。長い間茂平次を尾《つ》け回した甲斐があったわい」

と、歩きながら癖になっている独り言を言った。

花島観音の前に伝之丞が着いたのは七ツ（四時）ごろだった。昼間の茶屋は白茶けた虚《むな》しさを持っている。

伝之丞は、表に水を撒《ま》いている若い者に、代官所の者だがお玉を呼んでくれと頼んだ。

「お玉さんはまだ昼寝をしていますが、そんならすぐにここに呼んできます」

了善の言ったとおり、一も二もなかった。ほかの下働きの女中がどうぞ中へと招じたが、伝之丞は断わって入口の廂《ひさし》の下に立った。

しばらくすると梯子段に足音がして、まだ眠たげな顔をした女が降りてきた。着物の前を取り繕《つくろ》いながら、

「わたくしがお玉ですが、茂平次さんからの言づけですかえ？」

と、草履《ぞうり》をつっかけて伝之丞の前に立ったのが当人である。白粉《おしろい》焼けした黒い顔に腫《は》れぼったい眼つきをしている。

「あんたがお玉さんか……ちと内密な話があるので、ここではしにくい。幸いこの前に観音の境内があるようだから、そこまでご足労願えないかな」

伝之丞は下手《したで》に頼んだ。

「内密な話?　そいじゃ、茂平次さんからのお使いではないんですか?」

お玉は怪しむように伝之丞を見た。

「偽りを言って申し訳ないが、あんたに会うには、そう言ったほうが便利だと教えられたので……」

「いやだね。誰がそう言ったのか知らないが、旦那、気味が悪うござんすよ」

「いやいや、決して迷惑はかけない。ほんの少しの間で済むことじゃ」

「旦那はどこのお方で?」

と、お玉は屹《きっ》となって伝之丞をみつめた。

「わたしは江戸から来た者で、仔細あって名前は言えぬが、この辺に逗留している」

「おや」

お玉は気づいたように、

「そいじゃ、先夜了善さんが何か言っていたが、旦那は了善さんのうしろ楯ですかえ?」

「決してそういうわけではない。了善には世話になったことがあるが、わたしはわたしで、あの人とはあまり関係のないことです」

「まあ、とにかくお話を伺いましょうよ」

と、お玉は自分から石段を登りはじめた。

観音の仁王門の間をくぐると、空に聳《そび》えた二本の銀杏《いちょう》の樹が下に影をつくっている。

境内は高みになっているので風通しもよい。

「旦那、ここが涼しゅうございますよ」

お玉は伝之丞と影の中に佇《たたず》んだ。

「お話というのはなんでしょうかね？」

「さっそくだが、つかぬことをお尋ねしたい。あんたは本庄茂平次殿とお知合いだそうだが、ほんとうでしょうな？」

「ええ、ええ、もう、あの人とはずいぶん前から親しく願っていますよ」

お玉は首すじに風を入れるように衿をひろげた。

「そこで、訊きたいのは、了善があんたから聞いた話として、茂平次殿が江戸で剣術の師匠を一打ちに斬ったということだが、それは真《まこと》でござるか？」

さすがにこの問いには伝之丞の緊張が籠っていた。

「何かと思ったら、そんなことですか」

お玉は伝之丞を嘲《あざけ》るように見返した。

「ええ、ええ、そのとおり、あたしが茂平次さんからはっきりと聞きましたよ。とても剣術が強くて、江戸でいつでも道場を持てるくらいの腕前だとね。斬られた相手も強い方だったそうですが、茂平次さんの前にはひとたまりもなかったそうですよ。……それがどうかしましたかえ？」

「さようか」

と、伝之丞は胸の轟《とどろ》きに大きな息を吐いた。

「了善だけの片口ではわからぬと思い、あんたに当たったのだが、そこまではっきりと聞いたなら間違いはあるまい」

「旦那。旦那は了善の肩を持って茂平次さんに当たるつもりですかえ？」

それはむだだからよしたほうがいい、と言いたげなお玉の口ぶりだった。

「これは了善とは関り合いはない」

「え？　了善が旦那に手伝いを頼んだんじゃないんですかえ？　あたしはまた、あの生臭坊主があたしへの未練から茂平次さんをどうかしたくて旦那に助勢を頼んだんだと思っていたんですがねえ。じゃ、なぜ、そんなことをお訊きになるんです？」

「いやいや、これには仔細のあること。わたしはただそのことだけをあんたから聞けばよかった。どうも手間を取らせた」

と、伝之丞が石段のほうに歩きかけるのを黙って見ていたお玉は、急にはっと、あることに気づいて顔色を変えた。

「旦那」

と、彼女は小走りに武士《さむらい》を追った。

「旦那は茂平次さんとは前からのお知合いですかえ？」

「かなり以前から彼を知っている」

「それは江戸ですかえ、それとも長崎ですかえ？　あの人は長崎に生まれて、ずっと向こうにいましたから……でも、旦那の言葉には長崎訛《なまり》がないから、やっぱり江戸ですね」

「そのとおりだ」

伝之丞は人一倍慎重な代わりに正直でもあった。ここでもお玉には嘘がつけなかった。

「では、茂平次さんがまだ鳥居さまのお屋敷に奉公しない前のお知合いなんですね？」

「そういうことになるな」

「旦那。旦那はもしや茂平次さんも通っていた剣術道場のお弟子さんではありませんか？」

「いや、弟子ではないが」

「弟子ではないとすると、なんです？」

「まあ、それはあんたには関りのない話だ」

と、伝之丞もさすがにそのへんで話をやめた。

「では、御免」

ひどく元気づいて歩いていく伝之丞をお玉は背後から見送っていたが、その眼は何かを思案していた。すると、自分の肩をひと震いさせ、

「これはこうしてはいられぬ。茂平次さんに一刻《いっとき》も早く今の男のことを知らせなくては
……おう、そうじゃ」

と、一どきに醒めたようになって角屋の入口へ走り戻った。

「源さん、源さん」

と若い衆を呼び立て、

「駕籠を一挺出しておくれ。代官所まで大急ぎだよ」

花島村から、お玉は一気に駕籠を飛ばした。小高い丘に駆け上がった。

陣屋の表を警固している小者に、本庄さんに会わせてくれとお玉が言うと、玄関の奥から手代が出てきた。むろん、お玉とは顔見知りだ。

「おや、西尾《にしお》さん、先晩はどうも。……本庄さんに会いたいけど、上がってもいいですかえ？」

手代が迷惑そうな顔をして、

「さあ、ここは役所だからな。どうも」

「何を言ってるの。本庄さんがここにいるなら、ほかに行きようもないじゃないの。ぜひ、急いで話したいことがあるんだから取り次いでおくれよ」

「しかし、ここは役所だからなあ」

「おや、あんたはあたしが本庄さんといいちゃつきにでも来たくらいに思ってるんだね。あたしだって、夜と昼間の区別《けじめ》くらいはついてるよ。篠田さんはどうしたの？」

「お代官は普請場見回りだ」

「そいじゃ面倒臭くなくてちょうどよかった。上がらせてもらうよ。どっこいしょ」

お玉は草履を脱いだ。

「茂平次さんはどこなのよう？」

手代は降参した。この陣屋には代官のいる仮屋敷と、部下たちのいる長屋とが付属している。事務所になっている建物と仮屋敷の間は渡廊下でつないであるが、お玉は手代の案内でそこをずんずん歩き、一間《ひとま》の前にくると、手代の眼合図で杉戸をがらりと開けた。

「なんだ、茂平次さん。おまえも昼寝かい？」

お玉は、外側の障子を開け放し、涼しい風を入れて転がっている茂平次を見おろした。

茂平次はうす眼をあけて、

「おう、お玉か」

と、両手を突っ張って伸びをした。お玉はその横にぺたりとすわった。

「早く起きなよ。知らせたい話があって、早駕籠を飛ばしてきたんだから」

「早駕籠とは容易ならぬ、さてはお家の一大事か。それとも、お玉殿の恋の早打ちか。

これ、もそっとこっちへ寄るがよい」

と、寝たままお玉の手を握った。

「まあ、茂平次さん、そんな呑気《のんき》なことじゃないんだよ。おまえの一大事だよ。ちゃんと起きなよ」

「息せき切って、はて、何ごとじゃ？」

「まだ戯《ざ》れて、いやだよ、この人は。おまえの命を狙う者がわたしのところに現われたんだよ」

「なんだと？」

と、茂平次はむっくり起き上がった。胸にこたえるものがあるからだ。

「その寝呆け眼《まなこ》を醒ましてよくお聞き。……ほら、この前の晩、おまえが江戸の剣術師匠を殺したことをあたしに話したね」

「それがどうした？」

「了善坊主があのあと来て、あんまりあたしを脅《おど》かすものだから、つい、坊主をへこますつもりでおまえの言ったとおり言ってやったんだよ。そしたら、今日妙な武士《さむらい》が来てね、了善に話したことはほんとうかと訊くんだよ」

「そいつはどんな奴だ？」

「瘦せて背のひょろ高い武士《さむらい》だったよ。色が黒くて、頰骨《ほおぼね》の張った、いやにごつごつした胡瓜《きゅうり》みたいな顔だったがね」

茂平次は呻《うな》った。

「そいつは熊倉伝之丞という奴だ。おれを兄の仇だと尾《つ》け狙ってる奴だ」

「やっぱりそうかえ。あたしはとんだことをしゃべったんだね」

「だが、伝之丞は了善からどうしてその話を聞いたんだろう？」

「その武士のところに、了善坊主が始終往き来しているらしいよ。それで坊主は気が大きくなっているんだね」

「なるほど、了善もおれが憎いからな」

「もし、茂平次さん。おまえ、用心しておくれ。そんな奴がうろうろしていてはあたしは心配でならないよ」

「なに、そんな奴はちっとも怕《こわ》くはねえが……」

「いったい、あのお武士はなんだね？」

「そのおれが殺した剣術師匠の弟だ。執念深え野郎だ」

「ほんとに勘弁しておくれよ。あたしはついうっかりしゃべっておまえに迷惑をかけたね」

茂平次はあぐらをかき、首をうなだれていたが、それを急にもたげると、

「なに、あのうるさい奴は、そのうちなんとか始末をつけなければならないと思っていたところだ。遅かれ早かれ、こういうことにはなりそうだ。いっそ、これがいい機会《おり》かもしれねえ」

「えっ、では、おまえ、あの武士と？」

「仕方がねえ。向こうから仕掛けるからにはこっちも受けねばなるまい。この本庄茂平次、逃げも隠れもしねえ」

「いやだよ、茂平次さん。そりゃおまえが強いのはわかってるけれど、万一怪我でもしたらどうするんだえ？」

「うむ、擦《かす》り傷ぐらい負わねえともかぎらねえな。向こうはそれこそ必死に襲ってくるだろうからな。待て待て。あんな野郎にたとえ擦り傷でも怪我をさせられてはつまらねえ。お玉、いいことを知らせてくれた。ちょいとこちらに耳を貸しな」

「あい」

茂平次は彼女の汗ばんだ耳朶《みみたぶ》に何かを囁《ささや》いた。

むし暑い。空は鬱陶《うっとう》しい雲で塞《ふさ》がっている。

祈禱所で汗をかいて昼寝していた了善を、裏の女房が起こしにきた。

「了善さん、お詣りだよ」

祈禱坊主はうすく眼をあけた。

「誰だえ？　いま眠くてしようがないときだ。もそっと後刻にしてもらいたいな」

「そんなことを言っていいのかえ？　ほれ、お客さんは、前にここによく来ていた花島観音下のきれいな女《ひと》だよ」

「なに、お玉が来たと？」

了善はむっくと起き上がったが、また背中を畳に倒した。

「いやいや、お玉がくるわけはねえ。同じ花島観音の下でも、百姓のかみさんが子供の厄除《やくよ》けでも頼みにきたにちがいねえ。そんなのはいくらにもならないから、やっぱりあとにしてもらいたい」

「何を言ってるんだよ。あたしが見間違うわけがないじゃないか。お玉さんだよ」

「なるほど、おまえさんは前によくここに来ていたお玉の顔を見ているわけだな。だが、それにしてもおかしい。まさかおれをかつぐんじゃあるまいな？」

「おまえをかついだって庚申《こうしん》の晩のお茶代にもならないよ」

「ちげえねえ。だが、どうもおれには腑におちぬ。あの女《あま》がわざわざここにくるわけはないが」

「ぶつぶつ言ってないで、お玉さんが表に立っているから、早く戸をあけてやんな」

了善は半信半疑で土間に降りた。やはり胸がどきどきする。

表の軒に吊った注連《しめ》の下にまぎれもなくお玉の笑っている姿を見たとき、了善は頓狂な声をあげた。

「了善さん、あたしがここにくるのもしばらくぶりだね」

笑っている彼女の眼は、了善の顔に吸いつくような愛嬌である。

「ほんとにおまえはお玉だ。……ま、ま、まあ、はいんな」

と、了善はうろたえたが、はっと気がつくと、

「いけねえ、いけねえ、おめえはうっかりとこの閾《しきい》を跨《また》がせてはいけねえ女だ」

と、彼女の胸を突いた。

「何を言ってるんだよ。おまえのところは祈禱所じゃないか。そんなら誰がこようと断わるわけはないはずだ。あたしはその祈禱を受けにきた客なんだからね」

と、お玉は了善の手を胸からはずして、ついでに柔らかく握りしめた。

「なに、祈禱だと？　また、どんな風の吹き回しでそんなことをおれのところに頼みにきたのだ。おめえはおれに愛想をつかしたはずだ」

「ああ、そうだよ。たしかにあたしはおまえにそう言ったね。だけど、今日のあたしはそんな色恋とは関りなく、おまえの信者として来たんだからね、信者を門口から追い返す法はないだろう。さあ、ぐずぐず言わないで、そこをどいておくれ」

お玉は了善を押しのけるようにして内にはいったが、了善はそれ以上に彼女に手が出ない。ぼんやり立って、お玉が勝手に祭壇の前にすわりこむのを見送った。

「さあ、了善さん、肝心のお坊さんがいないと話にならない。こっちに来てさっそくお祈りをはじめてもらいたいね」

了善は呆気に取られたが、同時に全身に熱い血が脈搏《みやくう》ってきた。

「いったい、なんの祈禱だえ？」

彼の声はもう弱くなっていた。

「まあ、そこにおすわりよ。立っていたんじゃ話にならない」

　昼間だが、お玉は厚い化粧をしていた。うすい浴衣《ゆかた》は彼女のむっちりした身体つきを露《あら》わに見せている。了善は生唾《なまつば》を呑んだ。

「ご祈禱を頼みにきたからには願いごとを先に言うのが本筋だね。……了善さん。今日は、あたしに付いている厄をおまえの法力で落としてもらいたいんだよ」

「おめえに付いている厄だと？」

　了善は妙な顔をした。

「ふふふ、おまえはあたしの愛想づかしを本気に受け取って、その厄の神が自分のことだと勘違いしてるんだね」

「じゃ、そいつは誰だ？」

「了善さん、あたしは町の女《あま》っ子と違って銭で縛られてる女だよ。自分の心にもないことでも、親方の言いつけだと断わることができない悲しい女なのさ。ほんとにおまえには悪かった。あれは義理に責められて心にもない愛想づかしを言ったんだよ……」

「お玉、おめえは何を言いにここに来たのだ？」

「まあ、聞いておくれ。うちの親方は、今度のご普請で荒稼ぎをもくろんでいる。そのためにはご普請場でいちばん幅を利かせている代官の篠田さんのご機嫌を取らなきゃならないのさ」

「それで、その親方があの代官におめえを無理やり抱かせようとするのか？」

「それもついこの間までのこと、今ではその代官がひょっこり江戸から来た茂平次にあたしを取り持とうとしているよ。篠田さんにしてみれば、茂平次の親玉に当たる鳥居甲斐守さまに悪く告げ口されると首が危ないから、ここんとこで、茂平次に一生懸命胡麻《ごま》を擂っているのさ。だから、親方も代官に頼まれてあたしを茂平次に押しつけようとしている。……これが嘘のない事情だよ、了善さん」

と、お玉は説いた。

了善はまだ半信半疑だった。

「お玉、そんなら、どうして茂平次と縒《より》を戻すような素振りをしていたのだ？　おれは陰からちゃんと何もかも見ていたのだ。茂平次が駕籠に乗るときのおまえのとろけるような風情《ふぜい》といったら、おれはまるで熱い鉛を眼の中に注ぎ入れられたような心持ちだったぜ」

「さあ、そこだよ、了善さん。おまえに悪態をついたのも、また茂平次にあんな様子を見せたのも、みんな角屋の中でのこと。なにしろ、すぐ横には代官の眼も光っているし、親方の怕い顔もある。銭で買われているあたしにはどうしようもなかったんだよ……」

「お玉、そいじゃ、おまえは茂平次と焼木杭《やけぼっくい》に火が点《つ》いたのじゃないのか？」

「なんであんな奴にそんな気持ちが起こるものか。あたしはもう茂平次が憎くて憎くてしようがないんだからね。こんなに身を落としたのもあいつのためだよ。それは、おまえもよく知ってるじゃないか？」

「それはそうだが……男と女の仲はまた別だからな」

「何を言っているの？　あたしは一度だまされた男は金輪際《こんりんざい》勘弁しないんだからね。さあ、了善さん。おまえが疑うのはもっともだけど、いま、その証拠に祈禱のお願いごとを言うからね、よく聞いておくれ」

「うむ、うむ」

「あたしにとりついた厄の神というのは本庄茂平次。この五つの文字を紙に書いて供え、どうぞ呪い殺しておくれ。あたしはそのためには藁人形《わらにんぎょう》を作り、丑《うし》の刻詣りをしてもいいよ」

「えっ、お玉、そりゃほんとうか？」

「なんでこんなことを嘘偽《うそいつわ》りに不動さまにお願いできるものか。もし、おまえを騙すつもりだったら仏罰てきめん、あたしのほうが先に殺されるにちがいないよ。ねえ、了善さん、おまえの祈禱にはそれくらいの効験《ききめ》があるんだろう？」

「うむ、まあ、そりゃそうだが……」

「それご覧。だからさ、あたしがどれだけ本庄茂平次を憎んでいるかわかるだろう。ほんとに厭な奴。あの男のためにさっそく今晩にでも生贄《いけにえ》になるかと思うと、あたしゃもう今のうちから鳥肌《とりはだ》が立っているんだよ」

「なに、今晩だと？　お玉、そ、それはどういう次第だ？」

了善は血相を変えた。

「それというのはね、やっぱり親方の指図で、今晩の六ツ半（七時）に弁天堂に出かけるんだよ」

「弁天堂？」

「ほれ、横戸《よこど》にある弁天さまさ。あそこは二つの川が落ち合って新川になっている。その川のほとりに弁天堂があるのをおまえも知っているだろう?」

「うむ、通りすがりに見たことがあるが、寂しい所にぽつんと建っているな」

「その寂しい所で茂平次はあたしが来るのを待っているんだよ。それからどこかに連れていって、久しぶりにあたしを抱くつもりでいるんだね」

「畜生」

「それもあたしは断わることもできない。茂平次の奴が冬瓜代官に頼み、代官から親方に話が来ているから、あたしはがんじがらめなのさ。親の仇《かたき》よりもまだ憎い茂平次に無《む》理《り》強《じ》いに抱かれるかと思うと、いっそ淵川に身を投げて死んでしまいたいくらいだよ」

「茂平次の奴、どこまで悪党だかしれねえ」

「ほんとうだよ。あいつは色好みだからね。この草深い所に捨てた女がいるのを見て、ほかにましな女がいないものだから、またおもちゃにしようというんだね。なんのかんのと言ってるが、けっきょくは一時の慰みもの、江戸に帰るときはまたぽいとおっぽり出すに決まっている。どこまであたしを馬鹿にしているかしれないよ。ねえ、了善さん。おまえの祈禱で、その茂平次が今夜にでも死ぬようにできないかえ?」

「待て待て」

了善はしばらく瞑目《めいもく》していたが、はっと、あることに気がついたように膝を叩いた。

「お玉、安心しな。そいつはたしかにおれが引き受けた」

「え、おまえが？」

「いや、その、おれの法力だ。きっとおれの呪法で茂平次の命をなくしてみせる」

「まあ」

お玉は頼もしそうに了善の膝にとりついた。

「やっぱりおまえの法力はたいしたものだね。そいじゃ、あたしは安心していいかえ？」

「大丈夫だとも。何も心配することはねえ。おれの力に縋《すが》っていろ」

「やれやれ、これであたしは生き返ったようだよ」

「お玉、おめえが茂平次と会うのは今夜の六ツ半だったな？」

「あい。所も横戸の弁天堂……」

「幸い、今夜は、月も星もねえ真暗闇……」

「え？」

「なに、そういう晩が呪法にはいちばんよく効くというのだよ」

了善は、にんまりと笑った。

お玉は了善の顔を頼もしげにうっとりと眺めた。

「茂平次はおまえにとっても仇、あたしにとっても憎い奴、祈禱はあたしたち二人分で祈っておくれよ」

「お玉、その言葉はどういう料簡《りようけん》から出たのだえ？」

「あたしはおまえをどうしても忘れかねているんだよ。だから、この前、愛想づかしを言うときはほんとうに身を切られるように辛かったよ。あんなことをおまえにしゃべっていながら、よくも自分の舌が抜けないでいたものだね」

「お玉、そりゃ真実だろうな？」

と、了善は膝にとりついてきたお玉の手を上からがっちりと両手で押えた。

「おまえも疑い深い。ここまであたしが言っているのに、まだ本気にしてくれないのかえ？」

お玉は潤《うる》んだ眼で恨めしそうに見上げた。その顔にはむし暑いせいか汗がじっとりと滲んでいる。了善の心は沸《わ》き立った。

「そんなら、お玉、お、おめえを疑うわけじゃねえが、それが本心なら、その証拠を見せてくれ」

「いいとも。あたしゃできることなら、自分の胸を切り裂いておまえに見せてやりたいね」

「いいや、なにもおめえの白い肌を切り裂くようなもったいねえことをしないでいい。お玉、ここでおれに抱かれてくれ」

了善はもう荒い息を吐いていた。

「おや、こんな真昼間にかえ?」

お玉はあたりを見回した。

「なに、昼間でもかまうことはねえ。戸を閉めてしまえば夜と同じだ」

「でも、祈禱を頼む人が来たらどうするかえ?」

「戸を閉めて家の中で黙っている分には留守だと思って帰っていく。さあ、お玉、おれはもうたまらなくなった。早いとこ、その帯を解いてくれ」

了善は起ち上がると、ばたばたと雨戸を繰り入れた。そのうす暗い中でお玉がうしろ向きになって帯を解きにかかっている。了善は意地も何もなく、その肩に跳びついた。

「お玉、早くしろ」

「でも、おまえ……」

「えい、ぐずぐずするな」

了善はお玉を抱いたまままいっしょに畳に転がった。うす暗い中でお玉の仄《ほの》白い顔が観念している。了善が犬のような息を吐いて、その懐を押しひろげようとしたとき、

「ごめんねえ」

と、外から声がした。

「あれ、誰か来たよ、おまえさん」

と、お玉がびくっとして了善を押しとどめた。

「なに、黙っていろ。返事をしなけりゃそのまま帰る」

了善が小さな声で耳もとに囁くと、

「ごめんねえ、ごめんねえ」

と、外の声は怒鳴った。

「こちらに角屋のお玉さんは来ていませんかえ？　わっちは角屋から迎えにきた者だが……もし、誰かいませんかえ？」

お玉が、

「いけないよ。うちの者が来た」

と起き上がろうとした。了善はそれを押し返したが、表の声がつづくので、お玉は気もそぞろに上体を起こした。

「もし了善さん、こっちにお玉さんが来ているだろう、早く返事をしてくんな」

と、戸を叩いた。

「えい、畜生」

了善はいまいましそうに舌を鳴らした。

「肝心なところに邪魔な奴がやってきた」

お玉は乱れた前を取《と》り繕《つくろ》いながら、

「ほんとに不粋な者が現われたもんだね。あたしもおまえに抱かれたくて身体が燃え上がっていたところなのに……」

「そいじゃ、お玉、このまま帰るのか？」

了善は恨めしそうな顔をした。

「仕方がないよ。だから金で買われている身は、自分のものじゃないというんだよ。了善さん、早いとこあたしを身請けしておくれ。そしたら朝から晩までおまえの傍に付いていられるからにね」

「うむ……そいつは貧乏なおれにはちっとばかり遠い話だな」

「あたしのことを想うのだったら、せいぜい稼いでおくれよ。あたしはどこまでもおまえから離れないからね」

「お玉、そいつは本心だろうな？」

「いやだよ、この人は。ここまであたしが証拠を見せても、まだ疑ってるのかえ。邪魔な者がこなかったら、今にもおまえとうれしい首尾を遂げたとこじゃないか」

「お玉、おめえこそおれから離れるな」

「あい、おまえが邪慳《じゃけん》にしても、あたしはどこまでも付いていくから覚悟しておくれ」

「お玉、おれはもう頭に血がのぼって眼の先がわからなくなった」

「あたしだっておんなじ思いだよ。茂平次さえ今夜にでも呪い殺してくれたなら、あたしは明日の晩にでもここへ来ておまえに抱かれるよ。さあ、日が昏れたら早速かかっておくれ。なにしろ、六ツ半だからね」

「うむうむ」

「おまえの祈禱さえ大丈夫なら、あたしは弁天さまのところに行かないで、おまえといっしょにここでお祈りをしてもいいよ」

「そうか。お玉、ぜひそうしてくれ。茂平次の傍に行かないでくれ。頼む」

了善はお玉につづけざまに頭を下げた。

「その代わり、きっと茂平次は今晩のうちに祈り殺してみせるからな」

了善は力強く請け合った。

お玉が、にっこりして帰ったあと、了善は呆然となってすわっていたが、

「これはこうしてはいられない。すぐにも熊倉さんに知らせなくては……」

と、発条《ばね》のように足を立てた。

# 伝之丞殺し

空を蔽《おお》った厚い雲が大地を蒸《む》し風呂にしている。陣屋の中では小役人たちが暑さに喘《あえ》いでいた。

離れにある代官仮屋敷の一間で、本庄茂平次は陣屋の手代を呼んでしきりに工事の進捗具合を訊いていた。代官篠田藤四郎は朝から現場見回りに出てまだ帰ってこない。ひどく仕事熱心のようだが、茂平次の想像では、藤四郎はどこかの大名小屋に立ち寄って昼酒でも飲んでいるのだろうと思っている。工事担当の各藩とどんな取引きをしているかわかったものではない。

茂平次は、青畳の上に片肘を枕にして寝そべっていた。手代は、その前にかしこまって工事場の図面を見せている。茂平次殿を丁重に、という代官の言葉があるし、鳥居甲斐の名代だと思うと、手代も彼を粗略にはできない。

今日の茂平次は何を思ったのか普請場の説明をしろと熱心に言うのである。

「すると、難所は、この酒井左衛門尉の持場だな？」

茂平次は片肌を脱ぎ、首だけもたげて図面に見入っている。

「さようでございます。柏井村より天戸村まで十丁が松平因幡守の持場、花島高台より柏井まで十八丁ございますが、これは、酒井左衛門尉の持場にございます」

「うむ」

「と申しますのは、因州藩の持場は、この新川と花見川の中間の高台に新しく掘割をなし、東西の二つの川尻をつなぐことですが、ご存じのように、これが今度の工事の成否にかかるほど容易ならぬ難場でございます。……また庄内藩の受持ちは新川を深く掘ることでございますが、これまた例の化土《けど》が厄介で、まるで豆腐で底と両岸が造られているような具合でございます。掘っても掘ってもたちまちあとから土が湧いて参ります。畚《もっこ》でも叺《かます》でも追いつきませぬ。測量の分銅《ふんどう》をおろしてみますと、二丈も三丈もずるずると中にはいります」

「なるほど。それは前々から、篠田殿からも聞いているが、どうじゃな、そこをうまく乗り切れる見込みがあるのかな？」

「は？」

「いや、篠田殿は、あのとおりお役目大切に奉公されておられるが、その苦衷《くちゅう》のほどはお察し申しておる。口では強気を申されているが、わたしとしてはあの仁のほんとうの肚を知りたいのじゃ」

「しかし、お代官がさように申されたなら……」

「見込みがあるというのかな？　庄内藩もやれる見込みでいるのかどうか、これはじかに肚を打ち割って訊いてみたいくらいだ」

「しかし、お代官が言われるには、庄内藩の普請場もなかなか元気で、工事は捗《はかど》っておるように申されておりますから、間違いございますまい」

「うむ。だが、庄内藩は篠田殿の胸に工事の全部を預けているのではないかな？」

「は？　と仰せられますと？」

「つまりだ、庄内藩は見込みがなくとも篠田殿の腹中に頼っているのではないか？」

茂平次は暗に篠田藤四郎と庄内酒井家との内通を暗示してみせた。手代もその意味がわかって、暑さに紛《まぎら》わすように顔の汗を拭いた。

「さようなことはございますまい。一度普請場をお代官のご案内でお見回りになればおわかりになると存じます」

「いずれ、そうしたいと思っている。篠田殿の案内なら、普請のことに疎《うと》い拙者ゆえ、さぞかしいろいろと教えられるところがござろう」

と言ったのは、藤四郎の口先のごまかしを皮肉ったのだ。

「お代官はお詳しいゆえ、ご不審の点はご自身からご説明があるでしょう」

手代も藤四郎の裏をうすうす察知しているだけに、言葉もしどろもどろになった。

「ぜひ、そう願おう。でないと主人鳥居殿への具体的な報告ができないでな。……それにはまず、図面の上でおよその知識を得たい。この庄内藩の受持ちは花島村高台より柏井まで十八丁、一万五千四百坪ということだが、この場所でどこがいちばん難所になっているな?」

「それは、まず、村上《むらかみ》から米本《よねもと》の間でございましょうな」

と、手代は地図を指した。

「この区間は川底の地盤が最も悪《あ》しく、下は砂地が何十丈とも知れず積もり、いくら杭を打っても、まるで底なしのように止まりませぬ。さらに例の化土もここらあたりがいちばん柔らかく、いかなる堰止《せきど》めをしてもいっこうに効き目がありませぬ。川岸の縁から桟橋を渡し、人夫の手繰りで浚渫《さら》いましたが、少しも土が減りません。ことに雨でも降ろうものなら水嵩《みずかさ》が増し、前にも増して下の泥砂が湧き起こり、なんともはや始末に負えぬ所でございます」

「なるほどな。すると、ものを放り込んでも、その泥砂に巻かれて浮かんでこぬこともあるな？」

「はい。ただ今申しましたように、せっかく打った杭も砂から抜けますが、こいつが底なしの沼の中にはいったと同様、はるか下のほうに巻き込まれて沈んだままになっていると思われます。ここも分銅を三丈も四丈も下げても手応《てごた》えがありません。雨がやんだのちに工事をはじめてみますと、先に打ち込んだ杭が抜け、その抜けた杭が流れたのを見たことがございませぬ」

「なるほど、それはえらい所だ」

茂平次は降り出しそうな外の空模様を見た。

「今日のような天気だと、さぞかし泥濘《でいねい》が下から湧いているであろう」

「実は、われわれもそれを心配しております。少し雨が降りますと川水がふえ、田畑に溢れます。そうなると、せっかく進んだ工事もまた元の木阿弥となり、はじめから仕直さなければなりませぬ。とんとはや、蟻地獄《ありじごく》のような次第で……」

手代も外の天気に眼を投げて嘆息した。

茂平次は、暗くなりかけたころにふらりと陣屋を出た。

「いずれへ？」

と手代などが訊いたが、茂平次は笑って、

「野暮なことは訊かれるでない。こういう所に四、五日もおれば、身体が鈍《なま》ってどうにもならぬ。今夜は、ちと気付け薬を呑みに参る」

呼ばせた駕籠に合羽《かっぱ》をつけて乗った。合羽の下には厳重な身ごしらえができている。

駕籠舁きに、

「横戸の弁天堂に行ってくれ」

「へえ、弁天堂でございますか？　観音さまではないので？」

「今日はちと趣向が違うのだ」

「でも、旦那、あそこはなんにもない所で……」

「知っている。夜になると、川の中から白蛇の精が出るそうな。これはきれいな女の姿に化けるそうだから今夜はそれに会いにいく」

「へえ、旦那はさすがに粋《いき》でございますね。あんがい、生きた弁天さまじゃございませんか？」

「まあ、そんなところだな」

駕籠は平戸の丘をくだってしばらく畦道《あぜみち》を歩いていたが、やがて新川の橋にかかった。土地の者は弁天橋と呼んでいるが、これを東に渡ると、川縁に朱《あか》い弁天堂がぽつんと建っている。今は闇夜だから一物も見えない。

「いま何刻《なんどき》だ」

「かれこれ六ツ半（午後七時）近くになりましょう」

「うむ、ちょうどいいな。駕籠屋、ここから帰ってくれ」

「旦那、ここでお待ちをしなくてもよろしいので？」

「はて、先ほども言ったではないか。少しは粋《すい》を利かすものだ」

「なるほど。でも、ずいぶん暗い所で……」

「なに、風流でよい。今夜は雨の前だから蛍がいっぱい飛んでいるな」

茂平次は駕籠から降りた。いくらかの酒手を渡すと、駕籠屋は喜んで空駕籠を担いで去った。彼の言うとおりあたりの草むらや川の上に蛍が群れ交《こ》うていた。

茂平次は持参の提灯《ちょうちん》に火をつけた。片手に提《さ》げて、黒い建物の影に向かって歩いた。この辺から彼の眼は油断なく左右に配られた。

弁天堂は小さな祠《ほこら》で、かたちばかりの鳥居があった。そこをくぐって堂の縁に腰をおろした。あたりには物音一つしない。

(もうそろそろ来る時分だが……)

茂平次はわざと咳払いをし、提灯から火を煙管に吸い取った。どこかで人声がしたが、すぐに熄《や》んだ。遠くにある人夫小屋で喧嘩でもしていたのであろう。

川の音がいつもよりは高く聞こえる。朝、少々降っただけで、もう水嵩《みずかさ》が増しているのだ。このあたりは高津落《たかつおと》しという沢と、別の沢とが落ち合った所で、水勢も一段と激しい。

足音がした。茂平次が屹《きっ》となったとき、暗い所から、

「本庄氏」

と、声がひどく近いところで聞こえた。

「誰だ?」

茂平次は腰をあげた。いよいよ来たな、と構えた。

「わたしだ、熊倉伝之丞だ」

飛ぶ蛍の光を背に背の高い黒い姿がにょっきりと立っていた。茂平次は提灯を翳《かざ》した。相手の顔がうすぼんやりと浮き、その中に二つの眼だけが光っていた。

「おや、これは伝之丞殿……妙な所でまたお会いしましたな。わたしはまた不意と声をかけられたので、場所柄おどろきましたよ」

「本庄氏、あんたはここに一人でこられているのか？」

と、伝之丞の声は訊いた。

「ご覧のとおり、今のところ一人です。実はここで落ち合う約束の女がおりましてな、六ツ半がその時刻ですが、いま待ちかねているところです。ちょうどよい。こんな場所で話相手もなく退屈していたところです」

「なるほど」

「伝之丞殿、女が来るまで少し話しましょうかな」

「いや、本庄氏、気の毒ながら、そんな閑話《ひまばなし》ではなく、わたしはあんたにとくと訊きたいことがあるのじゃ」

「はて、それはどのようなことですかな？」

「わたしの兄、あんたにとっては師匠に当たる井上伝兵衛殺しの下手人についてだ」

「やれやれ、またその話ですか。わたしはもうその話には飽き飽きしましたよ」

「なに、飽いたと？　……これ本庄氏、仮りにもあんたの師匠が殺されたのだ、下手人を詮索するのが弟子としてのあんたの務めというものじゃ。それを飽いたと言うのは……さてはわれらから逃げる気だな？」

「別段逃げもかくれもしませんよ」

本庄茂平次は闇の中でせせら笑った。

「あんたがあんまりしつこいので、その話ならもう御免だと言いたいのです」

「わたしがあんたにこれほどつきまとっているのは、われらの推量どおりあんたが兄殺しの下手人と思っているからだ」

今夜の伝之丞はいつもの躊躇《ためら》いがない。はじめから語気鋭く一気に迫っていた。

「ほう。そりゃまた何を証拠に？」

茂平次は弁天堂から離れて散歩するようにぶらぶらと歩いた。伝之丞がうしろから追い縋《すが》った。

「証拠？　なるほど、いつものあんたの手だ。だが、今度は、その逃げ口上も通用せぬ。われらの耳にはたしかにあんたが兄伝兵衛を討ったと言ったことがはいったのだ」

「えっ、誰がそんなことを？」

「誰だかあんたに憶えがあろう。聞いた相手は女じゃ」

「どこの女ですかな？」

「まだしらばっくれるつもりか、角屋のお玉とかいう女に明かしたはずじゃ。自慢げに言った憶えがあろう？」

「ああ、あの女のことですか」

と、茂平次は笑い出した。

「たかが売女《ばいた》、信用するに足りませんよ」

「いいや、そうは言わさぬ」

と、伝之丞は茂平次の横にぴたりと付いた。

「聞けば、そのお玉というのはおぬしの女だそうじゃ。他言はできぬが、と断わって剣術師匠殺しを打ち明けたとたしかに聞いた」

「まあ、待ってください」

と、茂平次は伝之丞の鋭い気勢を抑えるように言った。足だけは相変わらず川の土手沿いに歩いている。茂平次が歩くかぎり伝之丞もついていく。川筋にはどこまでも蛍がいた。茂平次の目的は、陣屋の手代から聞いた泥砂の深い個所、村上から米本あたりの川べりに伝之丞を誘いこむことにある。

「そのことについては少し説明したいことがあります」

茂平次は目的地に向かって歩きながら言う。

「はて、今になって言いのがれをする気か?」

伝之丞は茂平次をはっきりと兄の仇にした態度になった。

「言いのがれはせぬ。ただ、あんたも女の片口でわたしを下手人に決めるのはちとどうかと思われますな。これはもう少しよく調べたほうがよろしかろう」

「なに」

「まあ、お聞きなさい。あの女は少々拙者に恨みを持っております。いやはや他愛のないことだが、女というものはつまらぬことから男に憎しみを持つもの。されば、男を憎むあまりに途方もない嘘を他人に撒き散らすのはありがちなこと。それを真《ま》に受けられてここまでわたしを追ってこられた熊倉殿は、失礼ながらちと浅慮《せんりよ》ではござらぬかな」

「では、おぬしは女の言ったことを嘘だと言うのか？」

「根も葉もないこと」

「黙れ！」

と、伝之丞は大喝《たいかつ》した。

「お玉なる女が師匠殺しのことを、おぬしの口から聞かぬ以上知る道理がない。それを知っているのはおぬしがお玉にそれを明かした証拠じゃ。もはや、つべこべと言いのがれは叶わぬところ。わたしも兄、伝兵衛が殺されてから二年の間、おぬしをひと筋に狙ってきた甲斐があったというものだ。……さあ、本庄茂平次、ここで尋常の勝負をなし、われらに討たれるがよい」

伝之丞ははじめは、証拠を握ったら主家を退き、伝十郎や小松典膳に知らせて共々に仇を討つ、と約束をして江戸の地を離れたのであるが、お玉の言葉だけでなく、本人の口から白状すれば、これは絶対である。そのうえで、と考えていたが、いまここで仇の当人から一蹴されたので、かっとなった。茂平次はそれにかまわずすたすたと歩いていく。

川筋の路は悪かった。いたる所が普請で掘り返され、土が盛り上がったり、排水路ができたりしている。暗い中なので足もとに気をつけないと躓《つまず》いて転倒しそうだ。年上の伝之丞は不覚をとらぬよう足に気を取られているので、茂平次から遅れがちになった。

「茂平次、茂平次」

と、うしろの伝之丞は呼んだ。

「どこまで逃げるのだ？」

「別段逃げはせぬ。わたしはこれから好きな女に会いにいくでな。あんたの世迷言《よまいごと》を聞いている暇はない。いい加減のところで引き返しなされ」

と、茂平次はあざ笑った。もう、この辺が難場の村上だろうと、あたりを見回し、見当をつけた。

「うぬ、茂平次。貴様、どこまで馬鹿にする気か。今度はそんな軽口でごまかされないぞ。止まれい。おとなしくわれらに討たれるのだ。えい、足を止めぬか。止まらぬとうしろから討つぞ」

「ほう。そこでは討とうにも足場が悪かろう。……おや、そこに土が盛ってあるから気をつけなされ。掘り返した穴もある」

茂平次は笑いながら教えた。

伝之丞が思わず地面に眼を落とした瞬間に、茂平次の姿は見えなくなっていた。提灯の灯もどこかに消えている。

「茂平次、どこにいる？」

伝之丞は闇の中に叫んだ。

「茂平次、茂平次、出てこい。どこに失《う》せた？」

伝之丞は堤の上に立って狂気のように叫んだ。相手が相手だけに、この好機を逃がすといつまた彼に出会えるかわからない。彼にはかねての約束を破ったうしろめたさも内心ある。これは無意識のうちの言い訳であった。

「茂平次」

と、伝之丞が咽喉を嗄《か》らして叫んだとき、ふいと足もとから、

「おう、ここにいる」

と、茂平次の声が応えた。

あっと思ったとき、片脚を下から一太刀で斬られた伝之丞は、身体の平衡を失って横に傾いた。太い棒杭が伝之丞の頸《くび》の骨を殴《なぐ》りつけた。ぐわっ、と潰《つぶ》された蛙のような声を出した伝之丞は土手の斜面に頭を下に突っ込むように倒れた。

「ざまあ見ろ」

茂平次は刀を抜きかけて倒れた死骸をずるずると土手の下に引っ張り、抱き上げて川の中にどっこいしょと投げ込んだ。暗い中に水音だけが聞こえた。

「やっとしぶとい厄病神をこれで落とせたわい。底なしの泥砂に巻き込まれては死体も水の上にはあがってこぬ。ま、砂地獄の底で逆立ちしたまま骨になるがよいぞ」

雨が急に強く降ってきた。


貧弱な祭壇に蠟燭《ろうそく》の灯を万灯のように点け、護摩《ごま》を焚いて一心に祈禱をしているのは了善だ。香煙は蠟燭の妖《あや》しい灯に縺《もつ》れ狭い室内にたち籠《こ》めている。

彼はお玉のために一心不乱だった。袈裟《けさ》をかけ、数珠《じゅず》を繰って、しきりと呪文を唱えている。人を調伏《ちょうぶく》する祈禱だから、彼はこの暑いのに戸を閉め切り、顔から汗を流して必死となっていた。

お玉は了善のうしろにすわって手を合わせているが、心はここにないような様子でいる。

「ビヤアバロウキャヤ。チサマ。ハンシャソケンダア、サタアシシヤ。ソババアバ

「……」

了善の読経《どきょう》はさすがに馴れたもので、祭壇にゆらぐ灯も立ち昇る護摩の煙も、彼の隠微な呪文に奇怪なかたちに踊らされ、さながら降三世忿怒尊《ごうざんぜふんぬそん》の出現する前ぶれかと思われた。お玉が不意にうしろから、

「もし、了善さん、いま何刻《なんどき》ですかえ？」

と訊いた。

了善は修法の途中を邪魔され、腰を折られたように、

「そうさな、かれこれ六ツ半（七時）近くになるだろう」

と言った。

「あれ、もう六ツ半になるかえ？」

「そろそろ、そのくらいにはなるだろう。……ほんとうの調伏秘法は真夜中からだ。まだだいぶん刻《とき》があるぜ」

了善は、今夜、弁天堂で茂平次と会うはずのお玉が、そこへは行かずに一晩じゅうつき合うと言うので心が躍《おど》っている。

「そんなら、あたしはもうそろそろお暇《いとま》しなければならないよ」

「えっ、なんだと？」

と、了善は身体を膝ごとねじ向けた。

「あい、あたしはやっぱり商売のほうが気になりますからね、このくらいで勘弁してもらいますよ」

お玉はもう座を起ちそうにしている。

「何を言う。本式の祈禱は丑の刻にはじまるのだ。これは教令輪明王《きょうりょうりんみょうおう》の法と言うて、身の毛も逆立つほど恐ろしいものだ。それでなくては人を呪い殺すことはできない。かの悪人の身を壇の上に追い載せて、大智火《だいちか》を放って、わが身中の業《ごう》、及び悪人の貪瞋痴《とんじんち》、ならびに作《な》すところのことを焼浄して、降三世の真言を誦《ず》すのじゃ。それほどこの呪法には行者も精力を使い尽くす。……おまえのように今からそんなことを言っては、せっかくの頼みがいっこうに役に立たなくなるぜ」

「あれ、祈禱はおまえの役目じゃないか。あたしは万事おまえに任せて帰るよ」

「何を呑気《のんき》なことを言っている。この呪法はな、依頼者も行者の横に付いて跪拝《きはい》していなくては気合いがかからぬのだ。それでこそ摂化降伏《せっけごうぶく》、人非人の調伏ができる。……それに、おまえは丑の刻詣りをすると自分でも言っていたではないか。今から商売が気になるのなんのと言ったところで、はじめからその覚悟で今夜来ているのじゃないのか」

「それはそうだけれど……でも、あたしは金で買われている女、角屋の親方の眼が怕いからね。了善さん、悪いけれど、あとはお任せしますよ。その代わりお布施ははずみますからね」

お玉が起ち上がるのを、了善は裾に片膝を載せてぴたりと抑えた。

「お玉、そりゃちっとばかり約束が違うようだな」

「なんですって？」

「これさ、まあ、落ち着いて聞きな。……この話はおめえから持ちかけたのだ。こっちは仏に仕えている身、人を呪う調伏祈禱はよっぽどのことでなければしてはならないことになっている。おれも茂平次には恨みはあるが、まさか殺すほどのことは考えていねえ。それを、おめえの強《た》っての頼みだからおれは請け合って、このとおり呪法にとりかかっているのだ。肝心のおめえが商売が気になって途中で帰ると言われちゃ、おれの念力も効験《ききめ》がうすくなるというものだ。お玉、ほんとうに茂平次を呪い殺したいのだったら、今夜一晩は何もかも忘れておれの横に付き切りでいるがいいぜ」

「ふん、了善さん、おまえがあたしをひと晩じゅう傍に付けて置きたいのは、あたしに妙な秘法を施したいのじゃないかえ？」

「そ、そんなことはねえ」

「人を呪う祈禱をするのだか、女を往生させる調伏をするのだか、わかったもんじゃないねえ」

「お玉」

「とにかく、あたしゃ、これで帰らしてもらいますよ」

お玉は抑えられた裾を足首でぽんと蹴ると、さっさと土間に降りた。

「お玉、それではやっぱり茂平次のところに行くのだな」

了善はせっかくのところを女に逃げられて眼を血走らせている。

「そんなことはありゃしないが、何度も言うとおり、ほんとうに勘弁しておくれよ。その代わり、あたしのぶんまで入れて二人分の呪詛《じゅそ》祈禱をしっかりと頼むよ」

戸を開けてお玉は外に出た。了善は跣足《はだし》のまま土間に駆け降りて、

「お玉、ここまでおれを引きずってきて、そいつはあんまりひどかろうぜ」

と、袂《たもと》を抑えた。

「おや、ひどい雨が降っているね」

お玉は片手を摑まれたまま外をのぞいた。

「うむ、やらずの雨とはこのことだ。お玉、こっちにはいって濡《ぬ》れねえようにするがいい」

「ふん、おまえとの濡れごとはもうお断わりだよ」

お玉が雨の中へ駆け出そうとするのを了善が追う。その出ばなを別な男の影がすっと遮《さえぎ》った。

「了善さん、あんまり無体なことをされると困りますぜ」

「あっ、おめえは、角屋の若い衆……」

了善は、この前のことがあるから本能的に怯《ひる》んであと退《ずさ》りした。

「へへへ、雨のことは気遣いなさんな、ちゃんと駕籠を持ってお玉さんを迎えにきているわな」


お玉は駕籠で送られて角屋に戻ったが、帰るなりほかの女中に、

「あたしを訪ねて誰かこなかったかえ？」

と訊いた。まだ誰も見えぬと答えると、彼女は暗い外に降っている雨をのぞいて気遣

わしげにしていた。

外は土砂降りで、地面には暗い中でも白く雨脚が立っている。道も水が小川のように流れていた。

「こんな晩はお客もあるまい。今夜は早仕舞いだ」

と、亭主のぼやく声が聞こえていた。

「まあ、待っておくんなさい、親方さん。ひとり訪ねてくるお客があります」

「なんだ、お玉か。おまえ、了善のところに行っていたそうだが、ここにくるのは、あの乞食坊主かえ？」

「とんでもありません。今夜来る客は本庄茂平次さんですよ」

「なに、本庄さんが見えるのか？」

「あい、あたしとちゃんと約束がしてあります」

「本庄さんもだいぶんおまえが気に入ったようだが、まさかこの雨ではな」

亭主が言っているところに、ほかの女中が来てお玉に耳打ちをした。

「ほれ、ごらんなさい、親方さん。いま本庄さんが門口に来たそうですよ」

「そいつはいけねえ」

と、亭主も長火鉢の脇に煙管《きせる》を放って起ち上がった。

表に出てみると、茂平次が合羽《かっぱ》着のままびしょ濡れになって裾を絞っていた。

「おや、これは本庄の旦那さま、こんな雨降りに、まあ、ようお出かけくださいました」

亭主が女房を呼び、女房は女中を呼んで大急ぎで合羽を取らせ、茂平次を抱えるようにして中に入れる。すぐに盥《たらい》に水を汲んで足を洗うといった大騒ぎだ。

「やれやれ、えらい雨だな。亭主、こうずぶ濡れになっちゃ色男も台なしだ」

茂平次は磊落《らいらく》に笑っている。

「いいえ、そのご熱心が何よりでございます。たとえ濡れ鼠になっておられようと、お玉が親切に介抱いたします」

「さすがに客商売だけあって、亭主、じょうずを言うぞ」

「いいえ、ほんとうでございますよ。先ほどもお玉が、もう本庄の旦那さまがお見えになるころだと首を長くしておりました」

「なに、お玉は帰っているのか？」

「えっ、お玉が今夜どこかに出かけたのを旦那はご存じで？」

「いいや、なに、ここに見えぬからのう」

「今はさっそく部屋にはいって、旦那にお目通りするため化粧をしておるのでございましょう。好きな殿御に逢う女子《おなご》の気持ちは格別でございますよ」

と、女房が茂平次の肩をぽんと叩いた。

茂平次はおかみに背中を押されるようにして二階の一間に通った。今夜はどの座敷もがらんとしている。

「おかみ、今夜は静かだな」

「はい。このとおりの雨でございますから、お出かけになるお客さまも二の足を踏まれたのでしょう。今夜は旦那さまがまるで買切りでございますよ。うちの女中たちも旦那さまが総揚げというところで……」

「煙管の雨が降るわ、降るわ、というところだな。なに、それほどもてなくともよいぞ」

「ほんに、そうでございましたな。旦那さまにはお玉さん一人あればよろしいわけで……いま、そのお玉が参ります。それから、その濡れたお召物ではお気持ち悪うございましょう。わたくしの亭主のもので恐れ入りますが、洗濯したばかりのものがございます。どうぞ、それとお召替えを……」

茂平次が女中の持ってきた乱れ函をじろりと見て、

「おや、これは粋な浴衣だな。こんなものを着ていてはここに落ち着きすぎるかもしれないな」

「まあ、こんな晩でございます、ゆっくりとしてくださいまし。なんでしたら、使いの者を陣屋のほうに走らせまして、旦那さまがお泊まりになられるとお知らせしましょうか？」

「まあ、待て。そう野暮に気を利かしてもらっても困る。とにかく酒を持ってきてくれ。雨のせいか、少々身体が冷えてきたようだ」

「はい。はい」

おかみが女中に酒を運ばせてきたとき、うしろからお玉が化粧したばかりの顔を現わした。行灯《あんどん》の灯影《ほかげ》にそれが白く浮いている。

「茂平次さん、お待たせしましたね」

「おう、お玉か。待っていた」

「ごめんなさい」

お玉は茂平次の横に擦りつくようにすわり、片手を彼の膝に凭《もた》せて倚《よ》りかかり、銚子を取り上げた。

「ああ、これは見ていられないわ」

と、おかみをはじめ女中が騒いだ。

「本庄の旦那、しばらくはお玉さんに任せますから、わたしたちは消えます」

「おう、みんな失《う》せろ」

「まあ、憎らしい」

女たちがおかみを先頭にぞろぞろと階下《した》に降りると、あとは茂平次とお玉きりになった。

「茂平次さん」

と、お玉は声を忍ばせた。眼は茂平次の横顔に光った。

「あちらの首尾は？」

茂平次は杯を含んだまま、

「まずは、こちらの思ったとおりだ」

と、大きくうなずいた。

「まあ、それでは、あのお武家を……」

「そうさ。造作はない。まるでかまきりを踏み潰したようなものだ」

お玉は緊張した顔を綻《ほころ》ばせた。

「それはよかった。あたしは、まあ、どんなことになるのかと、了善のところにいるうちにも胸がどきどきしていたよ」

と、茂平次の杯を受け取って、ぐっと一息に飲んだ。

「おまえが了善のところにいて、あの坊主を釘づけにしてくれたのがよかったのだ。でないと、坊主め、様子を見に伝之丞といっしょに弁天堂までくるかもしれないからな。そうなると、わしはうかつに伝之丞を殺すわけにもいかぬでの」

茂平次はお玉の肩を叩いた。

「それがあたしのできるあんたへのお手伝いだよ。その代わり、了善の機嫌を取るのにひと苦労だった。あんな厭らしい奴はありゃしないからね」

「おまえ、そんなことを言っているが、今までのつき合いからしてまんざらでもあるめえぜ」

「よしなよ、そんな戯言《ざれごと》……そりゃあたしだって商売繁盛の祈禱を頼みには行ったが、何もこれっぽっちもあんたに疑われることはなかったからね。あたしはあいつがじゃれつくのを我慢して、あんたが無事にその武士《さむらい》を討ち果たすのを祈っていたよ」

「安心してくれ。もうこれで、きれいさっぱりと狙われる心配はなくなった」

「ほんとにおまえは強いんだね。了善はえらくその人の腕を自慢していたが、おまえにかかってはかたなしだったんだね。ほんとにおまえは女にも強いが、男にも強いよ」

「そう賞められては、おれも今夜はゆっくりと祝い酒をあげなければなるまい」

「おや、うれしいことを言ってくれるね。そいじゃ、茂平次さん、今夜は泊まっておくれかえ？」

「おうさ、外はこれだけの大雨だ。不粋な陣屋にまたぞろ濡れ鼠になって帰ることもあるめえ」

「あたしはそれだからおまえが好きだよ。ええ、もう、どうしようもないよ」

お玉は身もだえして茂平次の頬に吸い付いた。

その晩はほかに客もないので、茂平次は女中を全部呼び、

「さあ、飲んでくれ。今夜はおれが総揚げだ。おまえたちの食べたいものはなんでもた

らふくつめこむがよい。酒の飲める奴は動けないぐらいにやってくれ」

と、はしゃいだ声を出した。

あの陰気な伝之丞をほうむっただけでも茂平次は胸がすっとするのだ。とにかく、あの男が現われただけでも陽の当たった所がにわかに翳《かげ》ってくる感じだった。執念深いこともまるで蛇のようだ。その伝之丞が川の中に永久に眠ったかと思うと、身体じゅうが軽々となる。

(これで伝兵衛も伝之丞もおれの手にかかった。伝之丞はおれを訪ねてこっちに仇討ちのつもりで来たのだろうが、これで死んだか生きたか江戸に残っている者にはわかるまい。この茂平次が伝之丞を討ったという証拠はなにひとつない。死骸さえこの世には現われてこないのだ。あとにどんな奴らが残っているかわからないが、証拠なしにおれを仇呼ばわりもできまい。ざまあ見やがれ……)

茂平次は愉しくて仕方がなかった。

「亭主」

「へえ、今晩はみんなにまで大盤振舞で、どうもかたじけのう存じます」

亭主はうしろのほうからぺこぺこと頭を下げた。

「なに、この勘定は全部陣屋の篠田さんにつけてくれ」

「かしこまりました」

「篠田さんは金持ちだ。いくらでも金づるを握っているからの」

「え？」

「なに、こっちのことだ。さあさ、遠慮するな。どんどんやるがいい」

お玉もそれにつれて、

「茂平次さんがああ言うのだ。あんたがた、遠慮なしにおやり」

と、自分もいい顔になった。

さて、女中も傭人もみんな動けなくなるほどだらふく飲んだり食ったりしたころには、もう四ツ（午後十時）がとっくに過ぎていた。

「おかみ、少々眠くなった、ああ、いい心持ちだ」

「はいはい、あちらにお支度はできておりますから。さあ、お玉さん。あんたもいつまでもがぶがぶと飲んでいないで、旦那のお世話をするんだよ」

「あい、おかみさん、わかっていますよ」

と、お玉は茂平次と縺れ合って部屋を出ていく。

はいった部屋には屏風《びょうぶ》を立て回し、枕もとにあるうすい光の行灯が夜のものを照らしていた。鹿《か》の子絞《こしぼ》りの赤い蒲団が眼を射すようである。

「おまえさん、ほんとに今夜はどういう晩だろうね。あたしはうれしくて仕方がないよ」

と、お玉はすわりもしないうちに茂平次に絡みついた。

「これこれ。おめえのほうがそう酔っちゃしようがねえ。さあ、着更えの支度をするのだ」

「あい」

と、お玉はいそいそと茂平次のうしろに回って着物をぬがした。

「よく降るな」

と、茂平次は寝巻の帯を締め、外に耳を傾けた。彼の脳裏には強雨に叩かれた普請場の崩壊が泛《うか》んでいる。

「雨が降ろうが照ろうが、そんなことはどうでもようござんす。さあ、茂平次さん、床入りしましょう」

風を交えた雨音が外の屋根を一段と激しく叩いた。

そのころ、この雨の中を了善が法界坊もどきに破れ傘をさして弁天堂に向かってい た。

土砂降りの雨はつづいている。了善は、すぼめた傘に頭を突っ込んで、真暗な中を弁天堂に向かっていた。股《もも》から下はずぶ濡れだ。道はぬかるみ、ところどころ川になっている。

川といえば、傍の新川は水位が増して轟々《ごうごう》と音をたてている。闇の中にも、その白さが知れるのだ。川土手の草も水の中に没していた。

了善は弁天橋を渡ったが、橋桁《はしげた》もすでに低くなっている。だが、彼にはもう水を見る余裕もなかった。弁天堂に到着した彼はあたりを窺った。檜皮葺《ひわだぶき》の屋根を叩いている雨の音だけが強く、裏のほうでは樹が風に鳴っていた。

了善は闇の中を見定めたが、動く影とてはなかった。彼は用心深く地面に眼をさらして歩いた。一度躓《つまず》いたが、これは人間の死体ではなく、蛇のように伸びている樹の根だった。

人間が倒れている様子はどこにもない。

「はてな？」

了善は首をかしげて呟《つぶや》いた。

「熊倉さんが茂平次と出会うのはたしか六ツ半だ。もうかれこれ、その時刻から一刻くらいは経っている。果たし合いはとっくに終わったはずだが……終わったなら、茂平次の死体がその辺にあるわけだが」

了善は、それからしばらく暗い中を捜し回った。もしやと思って祠の縁の下までのぞいたが、そこにも見えない。

おかしい。……

たしかに二人はここで闘ったはずだ。お玉の知らせによると、茂平次は六ツ半にお玉とここで落ち合う約束になっていたというから、茂平次はたしかに来たはずだ。伝之丞は自分でも、証拠の取り方があまりにも慎重すぎて、みっともないように考えて、了善には話をつくったのである。

果たし合いの結果は茂平次が殺されたに決まっている。兄の仇だから、熊倉伝之丞の意気込みからして違うはずだ。由来、仇討ちは討つほうに有利と決まっている。

伝之丞は、茂平次を討ち果たしたら、即刻にどこかの大名小屋に駆けつけて、仇討ちの次第を訴え出ると言っていた。これは、検視その他を受け、中立ての証拠にするためで、仇討ちの定法《じょうほう》となっている。

それなら、すでに熊倉伝之丞は目的を果たして大名小屋に自首したのであろうか。だが、それにしても茂平次の遺骸がなければならない。それがないというのは奇妙だ。仇討ちだから、死骸を川の中に放り込むということはありえない。

川は雨の音をうけて轟々と鳴っている。闇の中に白いものが田のほうへ流れていた。

「熊倉さん！」

と、了善は闇の中に向かって呼んだ。

「熊倉さん！」

耳を澄ましたが、人間の返事はない。耳にはいるのは相変わらず雨と水の音だけだった。了善は、その辺をうろつき回って、四方に向かい伝之丞の名を呼んだ。

「熊倉さん。おーい、熊倉さん！」

とつぜん、あたりが真昼のように光った。雷の音が地を揺るがすようにつづいた。

了善は心細くなった。これは何かの手違いであるかもしれない。自分と行き違いに熊倉伝之丞が家に戻ったような気もしてくる。

そろそろ諦めかけていると、向こうから提灯の灯が二つ三つ動いてくるのが見えた。了善の足は停まった。

灯は川に沿って来ている。さては伝之丞に駆け込まれた藩の者が検分に来たのかと、了善の気持ちはまた引き立った。役人の検視なら、とうぜん、熊倉伝之丞も現場案内のためにその一行の中にはいっているわけだ。

「熊倉さん」

と、了善は提灯を目がけて呼んだ。

「伝之丞さん」

提灯の揺れてくる方向に返事はなかった。了善は走り出した。

両方が近くなって了善の見たのは、笠に蓑を着けた者が三人だけである。刀を差しているところをみると百姓ではなかった。

「もし」

了善は呼んだ。

「そこに熊倉さんはいませんか?」

先頭の提灯が了善の顔を照らすように翳《かざ》された。

「なんだ、おまえは?」

男の声は怪しむように咎めた。

「はい、わたしは大和田村の近くで祈禱所を開いている了善という修験僧でございます」

了善は、そう言いながらうしろの人間に気をつけたが、熊倉伝之丞の姿は見えなかった。

「その祈禱僧が、今ごろ、どうしてこの辺をうろうろしている?」

「実は、たしか、この辺で仇討ちがあったはずで、討った人はわたしの知合いでございます。熊倉伝之丞というお人ですが、もしや酒井さまの小屋に出頭したのではないかと思いまして。……旦那方は、庄内藩のお方でございますか?」

「いかにもわれらは庄内藩だが、さような者は知らぬ」

「へえ」

了善は当てが違って、

「では、どうして、この雨の中をここまでお越しになったんで？」

「余計なことを申すな。われわれは普請場の見回りに来ているのだ」

なるほど、この豪雨で普請場の模様が心配になり、庄内藩の者が様子を調べに出てきたのか。

「坊主、奇態なことを申さずに帰れ、帰れ」

了善は追い払われた。


了善は庵《いおり》に帰ったが、熊倉伝之丞は戻っていなかった。

さすがの了善も不安に襲われた。熊倉伝之丞のほうが強いと信じているが、茂平次もたいそうな腕前だ。お玉が言ったのは少々大げさではあるが、なまくらな腕ではないことは確からしい。もしや伝之丞が返り討ちになったのではないかという危惧《きぐ》が起こってくる。

その夜明けまで了善はまんじりともしないで伝之丞の帰りを待っていた。ついに彼は戻ってこなかった。

了善は落ち着かなかった。伝之丞がどうなったかを確かめなければならない。伝之丞が殺されたなら、茂平次は無事だということになる。茂平次が生きていれば、陣屋にいるはずだから、そこに行けば様子がわかる。

しかし、陣屋に行くには気おくれがした。了善は茂平次に初めから気圧《けお》されているので、彼に会うのは苦手《にがて》だった。

それなら、お玉に会えば様子がわかるかもしれない。そう思ったとたん、了善は、はっと気がついた。お玉が自分を騙したのではないかということである。彼女は茂平次と六ツ半に弁天堂で逢引《あいびき》する約束になっていることをわざわざ知らせてきた。考えてみると、これからしておかしい。いかにもおれの口からそのことを伝之丞に話してやれと言わぬばかりであった。

さては、あれはお玉の策略だったのか。いいや、お玉の考えたことではあるまい。茂平次があの女をそそのかしてその工夫をつけたのだろう。

了善は、お玉が昨日の六ツ半まで茂平次の呪詛調伏《じゅそちょうぶく》を頼むと称して自分の傍に付ききりでいたのを思い出した。あれはおれを弁天堂に行かせないためだったのだ。六ツ半になってお玉が急に帰ると言い出したのも符節を合わせたといえる。

了善は居ても立ってもいられなかった。こうなると、これからお玉のところに駆けつけ、泥を吐かさねばならぬ。彼はそそくさと身支度をして外に出た。

昨夜の雨は止んで、空は嘘のように蒼空《あおぞら》がのぞいている。豪雨の名残りは道に溢れている水でわかった。彼は泥濘を踏んで花島に急いだ。途中の川筋の普請場には大勢の人がうろうろしている。その辺は田に水が溢れ、川との区別がつかなかった。どの人間も呆《あき》れたように茫然と立っている。

だが、そんなことは了善にはいっこうに関係はない。旱魃《ひでり》になろうが、洪水になろうが、彼にはただお玉あるのみだった。


――そのころ茂平次は、角屋の奥座敷で朝酒を飲んでいた。

傍らにはお玉が満ち足りた顔で酌をしていた。

「ねえ、おまえ、外は昨夜の雨でだいぶん水が出たようだが、普請場のほうはたいへんだろうね。いま若い衆が外から帰って、そう言っていたよ。川のあたりはお手伝いの大名衆のご家来が総出で見回っているそうだよ」

「うむ、おれも今それを考えていたところだ。あの雨じゃさぞかし、せっかく掘ったところも土砂崩れでえらいことになっているだろうな」

「おまえ、見にいかなくてもよいのかえ？」

「なあに、おれは普請場の人間じゃねえ。その模様を見にきたのが役目だ。膝坊主まで泥んこになって歩き回ることもねえ。ここでゆっくりと飲んで腰を上げるとしよう」

「おまえ、うれしいことを言っておくれだね」

お玉は、うっとりと茂平次の顔を眺めた。

「そんなら、このまま今夜も流連《いつづ》けておくれかえ？」

「まさかそうもできまい」

と、茂平次は笑った。

「午後《ひる》から神輿《みこし》を上げてひと回りしてくるとしよう」

「こんなふうに普請場がめちゃくちゃになっていれば、お代官の篠田さんもさぞかし蒼くなっておいでだろうね」

「おめえの言うように、冬瓜代官もうら成りみたいな顔色になっているかもしれねえな」

「そいじゃ、お代官もしばらくはここにこられないね」

「なあに、あいつのことだ。蒼くなっているのは表向きのこと、あんがい、肚の中はうれしがっているかもしれねえな」

「えっ、それはどういうわけかえ？」

「わけもへちまもねえ。人間には裏と表とある。表の顔色ばかり見ていたんじゃ人間はわからないのだ。大事なのは裏から見た人間よ。こう見えても、茂平次、篠田藤四郎の裏も表もずっと見通しているつもりだ」


茂平次は、昨夜の災害がかえって藤四郎の懐《ふところ》をふくらませると思っている。この工事に費やす資材はたいへんなものだ。杭、石、材木、板、竹、釘、縄、使役の牛馬、人夫賃銀など全部を見積もったらどれくらいになるかわからない。しかも、これらの投入した資材も全部が役立っているわけではなかった。今度のように大雨が降って工事場が崩れたとなると、また初めからやり直しだ。そのたびに新しい資材の投入となる。人夫賃もふえるわけだ。

幕府は今度の工事について各藩の士気を鼓舞《こぶ》するため、それぞれの費用についてお助け金を出している。今でいえば政府の補助金に当たる。これを藤四郎が支配しているのだ。

仮りに杭木一本、堰止めの材木一本についていくらかの水増しをするとすれば、全体の資材ではたいそうな利潤である。杭木でも、上柵、中柵、羽口と使い途《みち》によっては違う。たとえば、上柵は杉丸太で長さ一丈、末口三寸という極《きま》りになっている。中柵は同じ長さに末口二寸五分だ。また人夫の数も水増しすれば、これも夥しい鞘《さや》が稼げる。

もとより、これは藤四郎ひとりの腕ではできない。いくら代官でもそこまでの芸当はできないから、とうぜん、各藩の現場役人と組むことになる。各藩もこの工事には手を焼いているので、代官の検査が通れば、いい加減に手を抜いていてもそれで済むことになる。

完全な工事を施行しようとすれば、資材がいくらあっても足りないし、いつになったら完成するか期日の見当がつかぬ。各藩としてもなるべく早いところこの苦役からのがれたい。代官篠田藤四郎と手を握らざるをえないゆえんだ。

各藩の現場役人は、藤四郎も太らせるが、自分たちもうまい汁が欲しかった。天保年度の印旛沼開鑿工事失敗の裏には、このような腐敗も一因となっている。

茂平次は、藤四郎の汚職に感づいているので、この際、彼をいたぶって彼なりのひと儲けを企《たくら》んでいた。

茂平次がお玉相手に朝酒を飲んでいると、表が急に騒がしくなってきた。何か罵《ののし》る声が聞こえてくる。

「なんでしょう？」

と、お玉がうるさそうに様子を見にいったが、間もなく、顔をしかめて戻ってきた。

「おまえさん、いやな奴が来たね。いま表で大きな声を出しているよ」

「誰だ」

茂平次は杯から顔をあげた。

「それが了善なんだよ」

「なに、了善が来たと？」

「あい。あの坊主、性懲《しょうこ》りもなくあたしを追い回しているんだね。昨日、あたしが邪慳《じゃけん》にして帰ったから、まだそれを根に持って怒鳴り込みにきたんだね。いま階下《した》で、お玉を出せ、熊倉伝之丞をどこにやったか、などと咆《ほ》えているよ」

「なに、伝之丞のことを言っているのか？」

と、茂平次は杯を置いた。

「うるさいったらありゃしないんだよ。この前うちの若い衆に手ごめに遭いながら、またやってくるんだからね」

「伝之丞のことを大きな声でしゃべられたら、ちっとばかり面倒になるな」

茂平次が考えている間にも怒鳴っている了善の声がここまで聞こえてくる。

「お玉、帰る支度をしてくれ」

「あれ、もう帰るのかえ。ひるにはまだだいぶん間があるよ」

お玉はびっくりしたように茂平次を見た。

「うむ、そのつもりでいたが、了善が現われたからにはそうもしてはいられまい」

「ほんとに憎い坊主だね。おまえさん、あの坊主も退治しておくれよ」

「そうなるかもしれないな。とにかくうるさい奴だからの」

お玉が手伝って茂平次は身支度を直した。茂平次はとんとんと梯子段《はしごだん》を降りる。降りたところの土間で若い衆が四、五人、了善と向かい合っていた。

「やいやい、てめえら、おれをおどかそうと思っても、今度はそうはいかねえぞ。いつもいつもおれがおめえたちの嬲《なぶ》りものになっていると思うか。お玉はとんでもねえ女《あま》だ。あいつは人殺しの加勢をしている。やい、お玉を出せ。そこに持っている棒をおれの身体にちょっとでも当ててみろ、恐れながらと訴え出れば、お玉は人殺しの連累者として召し捕えられるのだ。そうなったら、この角屋にも疵《きず》がつこうぜ」

怒鳴っている了善の前に茂平次がぬっと顔を出したので、了善は、あっとばかりにたまげた。彼は二、三歩よろめくようにうしろに退ると、口を開けたまま茂平次に眼を剝いている。

「おう、われア茂平次……」

「了善、久しぶりだったな」

茂平次はにっこり笑った。

「…………」

了善はあとの口も利けないでいる。

「おまえが島をご赦免になって帰ったことは知っていたが、こんな所で会おうたア夢にも思わなかったな。どうやら元気な様子、相変わらず、この辺で祈禱坊主をやっているそうだな」

「…………」

「それに、お玉から聞けば、だいぶん彼女《あれ》が世話になった様子、おれからも礼を言っておくぜ」

「うぬ……」

「と、まあ、ここまでは昔の誼《よしみ》、元のつき合いでものを言ったが、これからは江戸南町奉行鳥居甲斐守用人本庄茂平次だ。……これ、了善、頭《ず》が高いぞ。そこへ直れ」

茂平次は大喝した。

了善はその声に思わず腰を落としかけたが、彼にも一分の意地はある。さすがに土間に餌《は》いつくばうことはなかった。彼は尻込みしながらも茂平次を睨んだ。

「了善、いま二階で聞いていれば、人殺しがどうのこうのと言っていたが、乞食坊主の世迷言と棄てておけぬ。世間を惑わすことを言いふらすのは重罪じゃ。これからひっ括って代官所の牢にぶち込むから、そう思え」

茂平次はそう言うなり、ぐるりに立っている角屋の若い者に顎をしゃくった。

「おまえら、そこに木偶《でく》の坊のように突っ立っていねえで、この了善をひっ括《くく》ってしまえ」

「へえ、合点《がってん》です」

若い一人が了善に飛び付いた。それを合図のように四、五人が了善にかかり、彼を土間に捩《ね》じ伏せた。

「うぬ、茂平次、おれをどうしようというのだ?」

了善は泥まみれになって匍いずりながら叫んだ。

「どうもこうもない。おまえの罪状は、これから陣屋に行って、この茂平次さまがじきじきに取り調べる。御用だ。覚悟しろ。手向かうと為にならないぞ」

茂平次は威勢をみせた。

了善は若い衆に荒縄で括り上げられて泥亀《どろがめ》のようになった。

「旦那、こいつはどうしますので?」

「かまうことはない。その辺から駕籠に乗せて陣屋に運んでくれ」

「へえ、合点です」

このありさまを、お玉が梯子段の途中に腰かけて心地よさそうに眺めていたが、

「了善さん。いい格好だね」

と、声を立てて笑った。

本作品中に差別的ともとられかねない表現が見られますが、著者がすでに故人であることと作品の文学性・芸術性に鑑み、原文のままとしました。

（春陽堂書店編集部）

『天保図録』覚え書き

初　出　「週刊朝日」（朝日新聞社）昭和37年4月9日〜39年12月25日号

初刊本　朝日新聞社　昭和39年6月、昭和40年6月、昭和40年7月　※上・中・下

再刊本　光文社〈カッパノベルス〉　昭和41年10月、昭和41年12月、昭和42年1月
※上・中・下

角川書店〈角川文庫〉　昭和47年6月　※上・中・下

文藝春秋〈松本清張全集27、28〉　昭和48年10月、11月　※上・下

講談社〈講談社文庫〉　昭和57年1〜5月　※全5巻

講談社〈日本歴史文学館24、25〉　昭和62年4月、5月　※上・下

朝日新聞出版〈朝日文芸文庫〉　平成5年10月、11月、11月　※上・中・下

（編集協力・日下三蔵）

春陽文庫

# 天保図録《てんぽうずろく》（三）

2023年7月25日　初版第1刷　発行

著者　松本清張

発行者　伊藤良則
発行所　株式会社　春陽堂書店
〒一〇四―〇〇六一
東京都中央区銀座三―一〇―九
KEC銀座ビル
電話〇三（六二六四）〇八五五（代）
印刷・製本　ラン印刷社


本書のご感想は、contact@shunyodo.co.jp にお願いいたします。

定価はカバーに明記してあります。

ISBN978-4-394-90451-9　C0193